Bisher von Don Both erschienen:

Immer wieder samstags

Immer wieder samstags – reloaded

Immer wieder Verführung

The Tower – Mad Love

The Tower – Bad love

Don Both

Corvo

SPIEL DER LIEBE

Corvo – Spiel der Liebe

Deutsche Erstausgabe Dezember 2014

© Don Bothbethy86@hotmail.de

https://www.facebook.com/pages/DonBoth/248891035138778

Lektorat: Mandy Heskamp; Sofia Petruschka

Korrektorat: Sophie Candice

Weitere Mitwirkende: Nicole Zdroiek, Louisa Beele

Cover: Sabrina Dahlenburg

Erschienen im A.P.P.-Verlag

Peter Neuhäußer

Gemeindegässle 05

89150 Laichingen

ISBN e-book Mobi: 978-3-945164-91-4

ISBN e-book: 978-3-945164-92-1

ISBN Print: 978-3-945164-93-8

Dieser Roman wurde unter Berücksichtigung der neuen deutschen Rechtschreibung verfasst, lektoriert und korrigiert.

Für Nicole und Tina,
weil ihr immer wisst, was ich meine,
selbst wenn ich es nicht weiß.

Über das Buch

Isabella Parker ist zweiunddreißig Jahre alt und hat als erfolgreiche Staatsanwältin beruflich alles erreicht, was man erreichen kann. Privat sieht es ganz anders aus – sie braucht keine Liebe, keine Freunde und keine Familie. Sie ist gern Einzelgängerin, bis sich, im (Zwangs)Urlaub ihre und die Wege des charismatischen Luca kreuzen, der ihr zeigt, was es heißt zu leben.

Einerseits hat sie so einen aufmerksamen, charmanten und attraktiven Mann noch nie getroffen, doch andrerseits existiert da eine dunkle Seite – eine, die ihr zum tödlichen Verhängnis werden könnte.

Als sie davon erfährt, ist es bereits zu spät und sie den subtilen Verführungskünsten des mysteriösen Fremden verfallen.

… womit der erste Zug seines perfiden Spiels vollbracht wäre.

Der etwas andere Don Both Roman ...

Prima Parte

WELLENRAUSCHEN

1. Prolog

Ich rannte um mein Leben.

Geradewegs das Feld hoch, zwischen den schier endlosen Wein-Reben entlang. Es gab nur einen Gedanken, der mich antrieb: Flucht. Egal wie sehr meine Waden brannten, egal wie sehr ich schwitzte, egal wie stark es in meiner Brust schmerzte, weil er mich so manipuliert und hintergangen hatte.

Er rief meinen Namen. Ich rannte schneller, stolperte, rappelte mich auf … und zwängte mich durch ein paar Reihen, damit er mich aus den Augen verlor. Ständig blieb ich hängen und zerrte mit aller Kraft an dem Oberteil, bis es riss. Als die Rebe mich freigab, stolperte ich nach hinten, fing mich und lief weiter.

Immer weiter … ich durfte auf keinen Fall anhalten und mich ergeben!

Zweige klatschten mir ins Gesicht, zerkratzten mir die Wangen. Die Panik vertrieb den Schmerz seines Verrates. Immer weiter nach oben auf das Haus zu, nicht stehen bleiben, nicht langsamer werden. Ich dachte nicht wirklich darüber nach, sonst hätte ich mir mit Sicherheit einen besseren Fluchtort ausgesucht.

Genau in dem Moment, als ich vom Feld auf den Hof des Anwesens stürmen wollte, bemerkte ich, dass es hinter mir raschelte und er doch aufholte. Mit einem italienischen Fluch, den er mir quasi ins Genick schleuderte, riss er mich so fest am Arm zurück, dass meine Zähne schmerzhaft aufeinander schlugen. Noch ehe ich schreien konnte, legte sich eine Hand steinhart über meinen Mund.

»Warte!«, fauchte er atemlos in mein Ohr und da hörte ich es: Stimmen. Viele männliche Stimmen und das Knirschen von Schritten, Keuchen und … weibliches Weinen?

Geschlagen schloss ich die Lider. Ich wusste ganz genau, wo ich hineingeraten war – und zwar mittenrein. Ich hatte keine Chance, aus dieser Sache lebend rauszukommen.

»Verdammt!«, spie er aus ... dann fühlte ich, wie er sich herabbeugte, und mit seinen Lippen drängend an meinem Nacken wisperte. »Vertrau mir!«

Er schob mich die restlichen fünf Schritte, die uns vor den Augen der anderen verbargen, vor und somit raus aus unserem Versteck, den Verbrechern direkt vor die Nase. Vertrau mir, hatte er gesagt.

2. Kapitel 1

Das Rauschen der Wellen hat etwas an sich, was einen im tiefsten Kern beruhigt. Es ist so ein beständiges Geräusch, so leise, so sanft und doch steckt eine unbändige, ungeahnte Kraft dahinter. Auf der Oberfläche bäumt sich das Meer auf, aber unter Wasser ist alles ruhig – still – friedlich.

Da ich nicht schwimmen wollte und auch ungern nass wurde, blieb mir nichts anderes, als mir weiterhin vorzustellen, wie es wäre, einfach mal abzutauchen und die Welt hinter sich zu lassen ... Deswegen war ich hier – in meinem ungewollten Urlaub – und es gelang mir unerwartet gut, zumindest momentan.

Der Druck, den ich jeden Tag mit mir rumschleppte, diese Angst zu versagen und alles zu verlieren, was ich mir mit Herzblut und all den aufgebrachten Opfern erarbeitet hatte, war daheim allgegenwärtig.

Hier war es anders.

Es roch anders – salzig und rein. Der Wind auf meiner Haut fühlte sich warm und sanft an, ich konnte meine Zehen in den von der Nacht ausgekühlten Sand graben. Möwen kreisten über meinem Kopf und stritten sich lautstark. Ich beobachtete, wie sie dem Wind trotzten und gegen den Strom flogen. Als ich diesem Schauspiel beiwohnte, zog ein leichtes Lächeln meine Mundwinkel nach oben.

Das war etwas, was ich mich nie getraut hatte. einfach auszubrechen. Jetzt hatte ich es getan.

Gezwungenermaßen, wohlgemerkt. Mir würde ein Ende als frustrierte Karrierefrau bevorstehen, die nichts vom Leben erzählen kann, weil sie nie wirklich gelebt hat ... Dies waren die düsteren Prognosen meines Chefs – Peter Keller – gewesen, mit denen er mich förmlich aus dem Büro gescheucht hatte. Er ließ mir keine Wahl, der entschlossene Ausdruck auf dem pummeligen Gesicht sprach Bände, genauso wie die geballten Fäuste. Nur die Mistgabeln und Fackeln fehlten.

Die anderen Mitarbeiter ließen es sich natürlich nicht nehmen, in tosenden Jubel auszubrechen, sobald die Glastür hinter mir ins Schloss gefallen war. Ich war nicht die beliebteste Kollegin, denn ich beteiligte mich nicht am gängigen Klatsch und Tratsch. Genau genommen war ich eher der Mittelpunkt dessen, was mich aber nicht im Geringsten störte. Dies zeigte mir lediglich ihre Missgunst. Was scherte es mich, wenn Menschen mit sich selber so unzufrieden waren, dass sie sich gezwungen fühlten, auf die vermeintlichen Schwächen anderer hinzuweisen, um von sich selbst abzulenken? Ich wusste um meine Stärken, deswegen interessierte es mich nie, was andere sagten. Abgesehen von meinem Chef – weil er eben der Chef war.

Also fand ich mich hier vor – am Meer, in Italien – bereit für das Abenteuer meines Lebens. Peter hatte es mir prophezeit, was ich nur mit einem spöttischen Schnauben registriert hatte … Deswegen fiel mein Grinsen beim nächsten Gedanken mehr als ironisch aus.

Ich bin bereit … Bestimmt nickte ich und schlang die Decke enger um meine Schultern. Gleich würde es passieren. Mit einem großen Knall und lauten Fanfaren würde das Schicksal zuschlagen.

Nichts geschah, abgesehen davon, dass eine Möwenbombe direkt vor mir im Strand einschlug. Einen Meter weiter und das Federvieh hätte mich mit seinen Ausscheidungen getroffen!

Angeekelt sprang ich von der Liege auf und umrundete das schleimige Objekt, das grau-weißlich und mit Gräten versehen vor mir im Sand thronte. Ich überlegte, ob es jetzt Zeit für einen Fluch wäre, als ein weiterer warmer Haufen herabschoss und direkt in meinen Haaren landete!

In dem Moment nahm ich ein Plätschern und ein leises Lachen wahr, das in so eine vermeintliche Idylle nicht reingehörte, und blickte nach rechts ...

Da schwamm jemand! Zwischen den aufbrausenden Wellen und das um diese – um meine – Uhrzeit! Als passenden Zeitpunkt, um den Strand aufzusuchen, hatte ich mich für den frühen

Morgen entschieden. Da war die Wahrscheinlichkeit am geringsten, einer Menschenseele zu begegnen. Der Plan war wohl kläglich gescheitert.

Ich erkannte nichts weiter als einen dunklen Haarschopf, der sich mir in rasanter Geschwindigkeit näherte ... näherte! Und ich hatte Vogelkot auf dem Kopf!

Bevor sich mein Körper für Kampf oder Flucht entscheiden konnte, war er schon zu nah und stieg aus den Wellen. Sein Blick war nach unten gerichtet, deshalb konnte ich nicht viel erkennen, außer einem markanten Kinn, inklusive Grübchen und einer von schwarzem Haar bedeckten Stirn. Breite Schultern waren das Nächste, was mir auffiel, gefolgt von einer klar definierten Brust und ein paar symmetrisch angerichteten Bauchmuskeln, einem trainierten V und ein paar Haaren, die sich ihren Weg in eine dunkelrote Badeshorts bahnten ... Der Oberkörper war außerdem mit ziemlich heftigen und sehr auffälligen Tätowierungen bedeckt.

Ganz toll! Italiens persönlicher Poseidon muss natürlich aus den Fluten steigen, wenn die holde Maid ein Krönchen aus Vogelexkrementen trägt.

Bei meinem Glück war das klar gewesen!

Auch wenn es mir um die Decke leidtat, stülpte ich sie mir unauffällig über den Kopf, als sich sein Blick hob, mich für einige Sekunden blendete und ein unglaublich freches Grinsen seine Mundwinkel kräuselte.

Der machte sich lustig! Über *mich!*

Sogar seine hellen Augen funkelten dabei verwegen! Der Typ ahnte nicht einmal, mit wem er es zu tun hatte! Über mich machte man sich nicht lustig, auch wenn ich aussah wie eine verfrorene Squaw, bis oben hin eingewickelt in meine dunkelblaue Lieblingskuscheldecke.

Mein Blick wurde auf volle Lippen gelenkt, die sich gerade noch weiter nach oben verzogen und eine Reihe strahlend weißer Zähne offenbarten, welche sich ausnehmend gut in dem gebräunten, markanten Gesicht ausmachten.

»Guten Morgen«, grüßte er mich zu allem Übel auch noch mit tiefer, leiser und irgendwie neckender Stimme, und ich fragte mich, woher er wusste, dass ich auch Deutsche war.

Bevor mir auch nur der Ansatz einer Antwort außer einem *Bist-du-irre*-Blick?! einfiel, hob er ein blaues Handtuch auf, rubbelte sich damit eher nachlässig über die Brust und marschierte zu einem der kleinen Holzstege, die hier überall die Strände pflasterten. Als ich die Tätowierung auf seinem Rücken erblickte, verschlug es mir die Sprache, ja, mir entkam sogar ein leises Keuchen.

Selbstsicher bahnte er sich seinen Weg zwischen all den Liegestühlen vorbei, mit dem Handtuch lässig über die Schulter geworfen, und verschwand schließlich in dem angrenzenden Wäldchen, das den Strand von den unzähligen Ferienhäusern und Hotels trennte.

»Von wegen, guten Morgen«, nuschelte ich grimmig vor mich hin, während sich mein Blick merkwürdigerweise, immer noch an die Stelle heftete, wo er verschwunden war.

***

Gottseidank hat keiner etwas von meinem neuen Haargel bemerkt ... dachte ich, als ich genervt die Tür meiner Suite hinter mir schloss. Auf direktem Wege begab ich mich unter die Dusche – ging also nicht über Los – und begann den Kampf gegen den Vogelkot.

Bis mir auffiel, dass mich etwas anderes weitaus mehr störte. Obwohl ich nur mit den Füßen im Sand gewesen war, klebte er überall, sogar zwischen meinen hinteren Backen!

Verstört sah ich dabei zu, wie er gurgelnd im Abfluss verschwand und überlegte, wann ich das letzte Mal irgendwo barfuß entlang gelaufen war …

Das war als kleines Mädchen … im Schwimmbad … Mit Mama … Ich sehe sie noch auf mich herablächeln, ich halte ihre warme Hand … Wenn ich an sie dachte, war der Stich in meinem Herzen allgegenwärtig, aber ich hatte gelernt, damit umzugehen, um mich an sie erinnern zu können, ohne in Tränen auszubrechen. Sie hatte Krebs, als wir es herausfanden, war es zu spät. Es waren grausame sechs Monate – nach denen sie froh war, endlich erlöst zu werden. Genauso war es mit Papa, der nur ein Jahr nach ihr ging – mit den beiden, war mein einziger Halt verschwunden und das im Alter von jungen zweiundzwanzig Jahren.

Ich hatte keine Geschwister und aus Zeitmangel auch keine Freunde. Man muss sich irgendwann entscheiden, für einen Lebensstil, für eine Weltanschauung, für einen Weg und das am besten schon in jungen Jahren. Ich hatte mich entschieden. Für die Sicherheit, dafür, dass ich niemals Geldmangel haben würde, dafür, dass ich mir alles leisten konnte, was ich wollte. Dafür, dass ich meine Ruhe hatte.

Eines hatte ich dabei aber nicht bedacht: Alles Geld der Welt bringt nichts, wenn einem die Zeit dazu fehlt, es auszugeben. Nach vier Jahren, ohne einen einzigen freien Tag hatte ich eine Rechnung erhalten, die man mit keinem Geld der Welt bezahlen kann. Ich war krank geworden. Burn-out. Ganz toll!

Wer Karriere machen will, hat kein Recht auf Privatleben und das wollte ich schon immer, deswegen war ich es gewöhnt, keine Zeit zu haben. Jetzt hatte ich elend lange vier Wochen vor mir, ganz ohne mein Baby (also meinen Laptop), nur mit mir allein. Mich grauste es – zutiefst.

Bereits nach der Dusche wusste ich nicht, was ich mit mir anfangen sollte und so schlenderte ich durch das kleine, aber saubere Hotelzimmer … und strandete schließlich vor dem

Fernseher.

Das Vormittags-Programm erschütterte mich. Bereits nach einer Stunde vom Glauben an die Menschheit abgekommen, schaltete ich den Fernsehapparat aus und entschied, Shoppen zu gehen. Ich brauchte intelligentes Kopfkino, um die vier Wochen zu überstehen! So viel war klar!

Dumpf versuchte ich mich an ein Buch zu erinnern, welches ich mit vierzehn verschlungen hatte. Es war so beeindruckend gewesen, dass ich mir vorgenommen hatte, es später noch einmal zu lesen. Dann, wenn die Handlung in Vergessenheit geraten sein würde, um den puren Lesegenuss noch einmal zu erfahren. Wieder so ein Plan, der zum Scheitern verurteilt war. Denn während ich durch den ›Supermercato‹ stapfte, ärgerte ich mich unentwegt, weil mir nun natürlich auch der Titel beim besten Willen nicht einfallen wollte. Ich wusste nur, dass es dort um Tränke ging ... Irgendwelche Lebenstränke und eine Geschichte in einer Fantasiewelt, die mich sprachlos zurückgelassen hatte ...

Auch nach fünf Minuten fiel es mir nicht ein und so entschied ich mich für eine bunte, spontane Survival-Pack-Mischung. Einen Klassiker – Kundera, noch ein Klassiker – also Follett – die kamen ganz oben in den Einkaufswagen. Etwas über eine Vampirbrüderschaft, über Feen und Highlander – in die Mitte. Und eine Sexgeschichte – die kam gaaaaaaaaanz nach unten, damit keiner merkte, welche anrüchigen Werke ich kaufte. Man soll immer offen für Neues sein, aber es muss ja nicht jeder mitbekommen.

Dazu das gesamte Kekssortiment und Mineralwasser. Voilà!

***

Mit dieser Überlebensausrüstung bewaffnet, fand ich mich nach dem Verzehr eines leichten Salates mit Putenstreifen am Strand wieder. Jeder einzelne Liegestuhl war nun besetzt, jeder Schirm geöffnet, wieso musste ich auch gerade zu Anfang der Hochsaison zwangs-urlauben?

Ich versuchte mich, trotz des Kinder- und Verkäufergeschreis, das konstant um mich schwirrte, zu entspannen und in die Welt eines tschechischen Arztes einzutauchen.

Das Buch hielt ich dabei hoch, damit jeder sah, was für eine zivilisierte, intelligente Frau hier saß, die ihre Ruhe wollte.

Räuspern half nicht. Auch keine Todesblicke.

Als ein Ball auf meinem Kopf landete, war es vorbei mit der Hoffnung auf Erholung. Von dem Kokosspalten-Verkäufer wurde ich bei meinem strategischen Rückzug auch noch laut schreiend verfolgt.»Cocco! Cocco-Bello! Bello-Cocco!«, rief er. *Das heißt Bella!*, dachte ich und rannte schneller, sodass ich letztendlich total gehetzt im Hotel ankam und mein erster Gang erneut in die Dusche führte, so verschwitzt und müde, wie ich nach dem ersten Tag Urlaub war.

Das war wohl nichts ... überlegte ich griesgrämig, als ich am Abend im Bett lag und aus der offenen Balkontür auf eine dunkle Häuserwand hinaus starrte ... Na ja, nicht jeder braucht Meerblick ...

Außerdem dachte ich sowieso an ungewohnt helle Augen in einem gebräunten Gesicht.

3. Kapitel 2

Schlafen konnte ich nicht mehr, dank ungefähr eintausend fies juckender Mückenstiche und das nach nur wenigen Stunden. So führte mich mein erster Weg in die 24-Stunden-Apotheke. Wieso schreiben die eigentlich nicht in die Reiseführer, dass man sich mit Mückenspray eindecken soll, wenn man hier Urlaub macht? Ich empfand das schon fast als gemeine Irreführung und gefährlich für das seelische und leibliche Wohlergehen. Frisch eingesprüht, wobei ich an den Dämpfen fast erstickt wäre (wozu es übrigens auch keine Warnung gab), fand ich mich diesmal schon um fünf Uhr früh am Strand wieder.

Der Sand, der gestern noch von unzähligen Füßen aufgewühlt worden war, hatte sich wie von Zauberhand geglättet. Gäbe es hier keine verlassenen Liegestuhlkolonien, sähe dieser Ort aus, als wäre er noch nie von einer Menschenseele betreten worden. Die Vorstellung gefiel mir.

Vorsichtshalber spannte ich den Sonnenschirm über mir auf, bevor ich mich auf die Liege setzte und mich gemütlich in meine Decke einkuschelte. Heute war ich sogar so früh da, dass ich der Sonne dabei zusehen konnte, wie sie sich orange-glühend über den Horizont schob. Der Anblick war erhebend, ich überlegte, ihn zu fotografieren, ließ es dann aber, denn ein Foto kann niemals die Schönheit einfangen, die sich wirklich vor einem ausbreitet. Genauso wenig, wie den Geruch, die Temperatur oder die innere Ausgeglichenheit, die ich in diesem Moment spürte. Ich atmete tief durch und schloss die Augen … lächelte sanft und fühlte, wie die ersten Strahlen über mein Gesicht krochen und es wärmten.

Als ich die Lider wieder öffnete, wusste ich, dass ich nicht mehr allein war …

Er schwamm seine Runden im offenen Meer, mit der aufgehenden Sonne hinter ihm. War er heute etwa auch früher hier? Wie auch immer, ich fand nicht die nötige Energie, um mich darüber aufzuregen. Seufzend schmiegte ich mich stattdessen enger in die flauschige Decke und sah seinen kraftvollen Bewegungen zu, musterte, wie das Wasser um ihn spritzte. Ich fühlte mich wie eine Stalkerin aus dem Fernsehprogramm und doch konnte ich den Blick nicht von ihm lösen. Erst recht nicht, während er schließlich aus dem Wasser stieg und dabei wie nebenbei den Kopf hob.

Als er mich erblickte, lächelte er. Die Härchen in meinem Nacken stellten sich auf, gleichzeitig wurde es warm in meinem Bauch.

Er schmunzelte in sich hinein und ging, ohne mit mir zu sprechen, aber diesmal drehte er sich noch einmal nach mir um – ich tat so, als würde ich mich gar nicht für ihn interessieren und starrte stur geradeaus.

***

Am nächsten Morgen ging es genauso und die darauffolgenden auch.

Pro Tag las ich ein Buch – auf meinem Balkon. Am Strand war es mir zu voll und auch zu heiß – außerdem ging ich dem penetranten Kokosnuss-Handtücher-Massagen-Schmuck-Verkäufern aus dem Weg … Die grandioseste Idee eines der Abzocker bisher war ein mit Sand gefüllter und mit aufgeklebten Augen verzierter Luftballon. Juhu!

Jeden Abend schlief ich unzufriedener ein, die Klimaanlage knatterte zu laut, die Leute feierten zu ausgelassen vor meinem Fenster, und ständig verheddere ich mich in dem dünnen Laken, das die Decke darstellte und völlig unzureichend war. Zur Beruhigung stellte ich mir vor, dass ich vielleicht irgendwann ins Wasser und möglicherweise sogar schwimmen könnte. Aber genau dies hatte ich schon so lange nicht mehr getan, sodass ich nicht wusste, ob ich es überhaupt noch konnte. Außerdem wäre er dann sicher auch da und es wäre aufdringlich, einfach zu ihm ins Wasser zu steigen ... Und das war ich nicht, vielmehr eine Liebhaberin der natürlichen Distanz. Körperkontakt war nichts für mich ... war es nie gewesen und würde es auch nie sein. Die paar Erfahrungen, die ich mit Männern gemacht hatte, waren weder erfüllend noch schön ausgefallen.

Mit achtzehn hatte ich den Sex ausprobiert, weil man das eben so macht. Ich fand es schmerzhaft, langweilig und auch ein wenig ekelhaft. Beim zweiten Versuch war es sogar noch schlimmer, aber aller guten Dinge sind bekanntlich drei, oder? Beim letzten Mal mit meinem festen Freund war es dann ein komplettes Desaster. Er stöhnte mir viel zu laut ins Ohr, hatte Knoblauch gegessen und keine Ahnung, was er mit meinen Brüsten anstellen sollte, war angeheitert und unkoordiniert, woraufhin ich einen hysterischen Lachanfall beim besten Willen nicht mehr zurückhalten konnte ...

Das war mein letzter Sex – und kurz darauf trennte ich mich von David. Es verlief zum Glück alles ohne große Komplikationen und Dramen.

Normalerweise war ich seitdem damit zufrieden, keine Beziehung zu haben. Männer interessierten mich nicht.

Ja, genau ... deswegen fiel ich ja auch aus allen Wolken, als ich am vierten Tag am Strand ankam und weder die Sonne noch er da waren ...

***

Es macht mir überhaupt nichts aus, dachte ich und versuchte, das Gefühl der Ruhe und Zufriedenheit wieder herzustellen, das mich hier sonst heimsuchte. Ohne Erfolg. Egal wie sehr ich mich konzentrierte, das Rauschen der Wellen war zu laut, der Wind zu stark und der Sand zu kalt. Blöd.

Da kann ich es doch gleich mal probieren, oder? Das Schwimmen ... Hab ja sonst nichts zu tun ... jetzt, wo ich niemanden beobachten kann und ich mache mich auch nicht lächerlich, wenn ich untergehe wie ein Stein!

Genau!

Entschlossen stand ich auf und ließ meine Decke auf dem Stuhl zurück, mein dunkelblaues Kleid zog ich mir schnell über den Kopf und legte es darauf. Gut, dass ich einen schwarzen, schlichten Triangel-Bikini drunter trug und mich sogleich wagemutig in die Wellen schmeißen konnte ...

Es war ganz gut, dass er nicht da war, denn so sah er nicht, wie ich die Zähne zusammenbiss, als ich einen Zeh vorsichtig ins Wasser streckte und meinen Oberkörper umarmte, um ein Frösteln zu unterdrücken. Also angenehm ist definitiv anders ... Von wegen wunderbar warmes Mittelmeer! Alles Lügen!

Doch einmal unbeobachtet und das ganze, große Meer für mich allein, wollte ich auch keinen Rückzieher machen. Wenn ich wirklich noch schwimmen konnte und er morgen wieder auftauchte ... würde ich es vielleicht wagen und zu ihm ins kalte Wasser springen. Vielleicht sogar ein wahres Gespräch anfangen, mit einem Fremden! Oh ja! Manchmal ging es mit mir durch und ich wurde richtig draufgängerisch in meinen Gedanken!

Wagemutig bahnte ich mir meinen Weg. Sobald meine Füße komplett im kühlen Nass eingetaucht waren, ging es sogar – also ich erstarrte nicht sofort zur Eisstatue. An den Oberschenkeln wurde es dann noch mal kritisch und ich beugte mich vor, um meinen Bauch zu bespritzten und schon mal etwas an die eisige, unmenschliche Kälte zu gewöhnen. Dabei war ich froh, dass der Boden wunderbar sandig blieb – egal wie weit ich mich hineinwagte – und mir nicht ein Krebs in den Zeh zwickte oder eine Qualle mich mit ihren langen Tentakeln vergiftete ... Haie gab es hier nicht, davon hatte ich mich natürlich umfassend überzeugt, bevor ich hierhergefahren war. Soll heißen: Ich hoffte, dass die Reisebegleiter wenigstens in diesem einen Punkt die Wahrheit verbreiteten!

Sobald ich mit dem Bauch eingetaucht war und es darum ging, meine Brust mit dem Wasser bekannt zu machen, dachte ich, ich würde einen Herzinfarkt erleiden, weil es so verdammt kalt war.

Eine Welle klatschte mir unerwartet direkt ins Gesicht und so bekam ich die erste Ladung Salzwasser meines Leben ab. Es war ekelhaft! Nachdem ich fertig gespuckt und gewürgt hatte, war ich pitschnass, also tauchte ich gleich ganz unter. Dabei hielt ich mir natürlich die Nase zu und die Augen fest geschlossen. Es brannte trotzdem, als ich wieder hochkam. Wie konnten die Menschen hier nur freiwillig schwimmen? Es war salzig, kalt und ... vielleicht machte es sogar blind!

Na ja ...

Jetzt war ich schon mal drin und so konnte ich gleich zum nächsten Schritt übergehen. Zaghaft übte ich die laut Lehrbuch zum Schwimmen benötigte Bewegung ein paar Mal mit den Armen. Ich wusste es noch, hob ein Bein, auch das andere und siehe da! Ich schwamm! Auf den Wellen, mit den Wellen, im Meer!

Bei dem ersten erleichterten Lachen schwappte mir allerdings wieder Salzwasser in den Mund, und nachdem ich noch eine Runde gewürgt hatte, entschied ich, künftig mit geschlossenem Mund zu lächeln und meiner Freude so Ausdruck zu verleihen, während ich vor mich hin paddelte. Die körperliche Betätigung tat mir gut, lockerte und entspannte mich ziemlich.

Das würde ich ab jetzt jeden Morgen tun, so viel stand fest!

Dann berührte mich etwas am Fuß ... es streifte mich nur, aber das war schon immer eine meiner grausamsten Horrorfantasien gewesen: Du, ganz allein im Wasser, etwas berührt dich und kommt aus undurchsichtiger Tiefe, du weißt nicht, was es ist, es könnte dich jede Sekunde mit hinabreißen ... also ... schrie ich aus Leibeskräften und schluckte dabei Wasser.

Anstatt die vom Lehrbuch und allen Baywatch-Darstellern empfohlenen Bewegungen zu vollführen, ging ich unter, kämpfte mich wieder hoch und soff gleich noch mal ab. Schließlich konnte ich mich nicht auf derart viele Dinge gleichzeitig konzentrieren, wie nicht zu ersticken, die Panik zu unterdrücken und noch dazu Schwimmbewegungen zu machen.

Das Wasser war überall, vor allem in meiner Lunge, die ganz nebenbei zu platzen drohte, und meine Arme und Beine wurden vom vielen Umherfuchteln und Strampeln nach ein paar Minuten, die sich wie eine Ewigkeit anfühlten, ganz schwach ...

Super Idee, Isabella ... Wirklich ... Du wirst ertrinken und keiner ist da, um dich zu retten! Was für ein Abenteuer!

Gerade als mir schwarz vor Augen wurde, fühlte ich kräftige Finger, die sich fest um mein Handgelenk legten und mich hochzogen ...

4. Kapitel 3

»Komm schon!« Die Lippen auf meinen waren warm …
und anschmiegsam. Ein Körper ragte über mir auf. Hände
drückten auf meine Brust – immer und immer wieder und sehr
fest. Sie brachten mich zum Stöhnen – ganz ohne mein bewusstes
Dazutun. Was er tat, war schmerzhaft, so extrem, dass mir die
Tränen in die Augen schossen …

Der Schmerz ließ mich bemerken, wo ich war: Ich lag im
kühlen Sand und kalter Wind streifte über meinen nassen Körper.

Ach und ich erstickte!

In meiner Brust brannte es, als wäre dort das Höllenfeuer
gefangen.

Wieder senkten sich diese Lippen auf meine … wieder
folgte dieses brutale Pressen. Ein Schwall salzigen Wassers, das
sich wie eine Ladung Kieselsteine anfühlte, schoss unerwartet
meine Luftröhre hoch. Gerade so konnte ich den Kopf
wegdrehen, damit es sich in den Sand neben mir ergoss, und noch
einer und noch einer … Ich würgte und hustete und würgte noch
mehr.

Es tat weh!

Ich hustete gequält, unzählige Tränen sammelten sich in
meinen Augen, ich glaubte tatsächlich zu sterben, wartete halb
auf den Film, der sich, zumindest von Nahtod erfahrenen
Menschen so beschrieben, vor dem inneren Auge einstellt und
noch einmal alle Stationen des Lebens zeigt, als meine Lungen
plötzlich von wunderbarer, frischer Luft geflutet wurden.

Umgehend brach ich erschöpft in mich zusammen, Tränen
benetzten mein Gesicht und mein Hals fühlte sich an, als hätte ihn
jemand als Käsereibe benutzt.

»Grazie a Dio«, murmelte eine männliche Stimme nah an meinem Ohr.

Irritiert runzelte ich die Stirn und versuchte, durch die salzigen Schwaden in meinem Hirn zu erfassen, was gerade vor sich ging, und vor allem, wer sich schwer atmend neben mir im Sand niederließ. Ich hatte eine böse Vorahnung, die sich bewahrheitete, sobald er weitersprach.

»Alles okay?«, fragte er nicht weniger besorgt klingend als gerade eben und strich auch noch die dunklen, mit Sand verklebten Haare aus meinem Gesicht. Im nächsten Moment fühlte ich mich, als würde mich ein Scheinwerfer anstrahlen. Seine Augen waren grün, aber nicht so ein langweiliges Froschgrün, sondern mit einem Hauch Grau darüber, definitiv zu hell im Gegensatz zu der braun gebrannten Haut und dem nachtschwarzen Haar. Lachfältchen an seinen Augenwinkeln zeugten davon, dass er sich öfter über andere amüsierte, so wie über mich am ersten Morgen. Momentan wirkte er jedoch alles andere als amüsiert. Sein strahlender, besorgter und eindringlicher Blick aus nächster Nähe fuhr mir bis in die Knochen und blendete mich einige Sekunden geradezu.

»K-keine Ahnung ...«, murmelte ich stotternd und bettete die Wange abgekämpft in den Sand – mir war so kalt! Sein Körper – der halb auf mir lag, nebenbei bemerkt! –, war warm und fast nackt ... Eine empörende Situation, die es sofort zu beseitigen galt! »K-kannst du b-bitte runtergehen?« Jawohl ... ich war so neben mir, dass ich sogar unhöflich wurde und einen Fremden duzte!

»Nein«, knurrte er in mein Ohr.

»N-nein?« Irritiert versuchte ich ihn anzusehen, wurde aber wieder von diesen komischen Augen geblendet. »W-wieso nicht?«

Ich folgte seinem grimmigen Blick und sah eine vierköpfige Familie neben uns stehen, ganz begeistert von meiner Rettung, mit Videokamera und zwei Kindern im Schlepptau. Hatten die das alles etwa gefilmt? Oh super, morgen würde also jeder bei YouTube sehen können, wie Isabella Parker, alias das ungeschickte Walross, am Strand wiederbelebt wurde ... Prompt fühlte ich mein Gesicht heißer werden.

»W-was jetzt?«

»Beweg dich einfach nicht!« Er klang so verbissen, wie ich mich fühlte.

»O-okay ...«, meinte ich leichthin und verschränkte die Arme vor der Brust. »Wenn du es so nötig hast!«

»Ich bleibe liegen, um dich zu wärmen!« Er sah mich an, als wäre ich verrückt geworden. Oh Gott! Am liebsten wäre ich im Sand unter mir versunken! Dieser Fremde versuchte immer noch, mein Leben zu retten ... und ich hatte gedacht, er würde perversen Gelüsten nachgehen.

Mit einem Schnauben glitt er von mir runter, und ehe ich mich versah, hatte er mich schon auf die Füße gezogen. Jetzt wusste ich, wieso er mich mit seinem Körper förmlich umklammert hatte.

Sobald er weg war, fing ich an zu beben. Ich konnte kaum gehen und ihn erst recht nicht abwehren, als er mir tatsächlich das Oberteil aufzog und vom Körper zerrte, ohne das darunterliegende, eiskalte Fleisch eines Blickes zu würdigen.

»Verbrauche deine Energie nicht fürs Diskutieren!«, forderte er kühl und leise. Wie schaffte er es nur, mich so schnell zu entkleiden und ... sich selbst auch! Als ob so wenig Stoff etwas ausgemacht hätten, wenn er nass an mir klebte!

Dann schob er mich zu einer Liege und darauf ... Im nächsten Moment hatte er seinen riesigen Körper hinter mir platziert, quetschte sich förmlich an mich und schlang meine kuschelige Decke eng um uns. Ziemlich abgelenkt von einigen harten Tatsachen bemerkte ich, dass er bereits ein Handy am Ohr hielt und schielte über meine Schulter.

Mir fielen seine Finger auf, sie waren lang und manikürt – im Großen und Ganzen wirkte er äußerst gepflegt.

Der Wind war eisig, er zog die Decke über meine Schulter und rieb über meinen Arm, wobei er in fließendem Italienisch irgendwelche sehr ruhigen und sachlichen Anweisungen gab und mich nicht aus den wachsamen Scheinwerfern ließ.

Er war wie ein harter und dennoch anschmiegsamer Ofen. Seine Brust wurde ziemlich heiß in meinem Rücken und seine Körperwärme brachte mich dazu, mich unwillkürlich, ein wenig zu entspannen. Sogar so sehr, dass sich mein Kiefer entkrampfte. Diese Lage war absolut unangebracht! Und ich protestierte dennoch nicht!

So kam es dazu, dass ich halb nackt neben einem genauso halb nackten Mann irgendwo in Italien am Strand lag, während die Sonne nun ihre volle Pracht präsentierte und es mich nicht störte.

»Sie sind gleich da ...« Nachdem er aufgelegt hatte, warf er das Handy achtlos zur Seite, murmelte etwas auf Italienisch, drehte mich auf den Rücken und schob sich sofort wieder eng an mich, um auch meine Vorderseite aufzuheizen.

»Gleich wird es besser ...« Als würde er das jeden Tag tun, nahm er meine Hände zwischen seine und hauchte warme Luft hinein. Wegen dieser intimen Geste, stolperte mein Herzschlag ... und ich versank in diesem besorgten, so irritierenden Blick.

»W... wer ist gleich da?«

»Der Krankenwagen.«

Nein!, wollte ich rufen!

»Shhh ...«, forderte er jedoch und ich gehorchte, denn mir fehlte tatsächlich die Kraft.

***

Ich war genervt.

Genervt von dem Strand, genervt von dem Meer, genervt von den Möwen und erst recht von diesem ganzen (Zwangs)Urlaub. Die starrenden Touristen und Handtaschen-Hunde-Spaziergänger, die uns neugierig beäugten, trugen auch nicht zur allgemeinen Stimmungsaufhellung bei ... Ebenfalls nicht die Tatsache, dass er irgendwann einfach nur den Arm um meine Schultern schlang, mich eng auf dieser kleinen Liege an sich zog, sodass meine Nase fast seine Brust berührte, den Kopf ablegte und die Augen schloss.

Einige Zeit musterte ich ihn störrisch, was im Nacken schmerzte, weil ich unbedingt wenigstens den Kontakt zwischen meinem Gesicht und seiner Brust vermeiden wollte. Einmal versuchte ich, mich von ihm wegzuschieben, doch der Arm um meine Schulter spannte sich an und vermittelte mir ohne Worte, dass ich keine Chance hatte. Missbilligend schnalzte er mit der Zunge und ich schnaubte frustriert auf.

Er lächelte grimmig, mit geschlossenen Augen und langen tiefschwarzen Wimpern auf hohen Wangenknochen. So, als würde er jeden Tag mit fremden Frauen am Strand liegen, denen er das Leben gerettet hatte, und als würde ihm das mehr als gefallen.

Vielleicht war er ja Rettungsschwimmer?

Er fragte nicht mal nach meinem Namen. Die intime Gesamtsituation schien ihm genauso wie sie war zu gefallen, während sich in meinem Bauch ein mulmiges Gefühl ausbreitete.

Für eine Person, die auf Körperkontakt keinen besonderen Wert legte, okay, okay, die ihn strikt ablehnte, hätte das eigentlich die Hölle sein müssen, nur fühlte es sich ganz anders an.

Mit jeder Minute, in der sich die Sonne weiter über den blauen Himmel nach oben schob, wurde auch der Wind wärmer, der schließlich mein Haar trocknete und es dazu brachte, ihm ins Gesicht zu wehen. Eine einzelne Strähne kitzelte ihn an der Nase und er zog sie kraus, woraufhin ich tatsächlich ein mädchenhaftes Kichern unterdrücken musste. Erfolgreich natürlich, denn ich kicherte aus Prinzip nicht!

Er öffnete träge die Lider und sah mich forschend an. Unsere Blicke rasteten ineinander ein, schienen mit einem Mal wie füreinander geschaffen. Wieder wurde ich geblendet und hielt sogar kurzzeitig den Atem an, als er die Hand hob und die Strähne gemächlich hinter mein Ohr schob.

Das Möwengekreische drang in den Hintergrund und ich bildete mir ein, ein ganz besonderes Funkeln in diesen exotischen Augen ausmachen zu können.

Es war schön.

Ehe ich erfasst hatte, um welche Emotion es sich handelte, verdüsterte sich jedoch sein Blick merklich, seine Lippen pressten sich zu einem dünnen Strich aufeinander und er sah mit zusammengebissenen Zähnen von mir weg. Es war, als hätte er seine Gefühle mit Gewalt zum Rücktritt gezwungen.

***

Kurz darauf drang Sirengeheul an meine Ohren und italienisch brabbelnde Sanitäter stürmten den Strand. Ich verfluchte meinen ›Retter‹, als er anordnete, mich tatsächlich ins Krankenhaus zu bringen – nur für alle Fälle! Alles klar!

Wie eine Sterbenskranke wurde ich auf eine Liege verfrachtet, er zog sich seine weiße Badehose an und schnappte sich mein Bikinioberteil und die Decke. Dann begleitete er mich bis in den Wagen hinein, ignorierte meine lautstarken Proteste und vereitelte jeden meiner Fluchtversuche, indem er mich mit einer Hand auf meiner Brust wieder auf die Bahre zurückdrückte.

»Gib endlich Ruhe!«, zischte er mir zu, als die Türen hinter uns zugingen. Er schlug mit der Faust gegen die Trennwand und schrie dem Fahrer etwas zu, woraufhin sich der Wagen sofort in Bewegung setzte und ich vor Schreck verstummte.

Im Krankenhaus angekommen bemerkte ich eher nebenbei, dass er Arzt war. Es war unverkennbar, allein schon, weil ich auf eine knappe Anweisung von dem Verräter in einem MRT landete! Wie lächerlich! Das konnte nur ein Arzt anordnen – bringt ja schließlich Geld! Dennoch ging er nicht von oben herab mit den Schwestern um oder behandelte sonst jemanden arrogant. Selbstsicher verteilte er auf Italienisch Anweisungen und wich mir nicht von der Seite. Es war mir … unangenehm und ich fühlte mich wie ein kleines Kind.

Es wurde alles noch schlimmer, weil ich kein Wort verstand

und sich auch niemand die Mühe machte, wenigstens Englisch mit mir zu sprechen. Sie redeten alle nur mit ihm, was mich fast zum Explodieren brachte.

Nachdem ich die entwürdigendste Prozedur meines Lebens, inklusive Sauerstoffgabe, Röntgen und neurologischer Untersuchung, hinter mir hatte, durfte ich endlich die erlösenden Entlassungspapiere unterschreiben. Halleluja!

Sofort drehte ich mich um und ging mit einem »Arrivederci!«

»Nicht so voreilig!«, rief er mir hinterher, doch ich verlangsamte nicht meinen Schritt.

»Was wollen Sie denn noch von mir? Reicht Ihnen nicht mein Röntgenbild? Wissen Sie was, ich schenk es Ihnen! Aber lassen Sie mich jetzt bitte in Ruhe!«

In einer locker sitzenden Jeans und einem hellen Hemd (von irgendwoher) verfolgte er mich und wir sahen strahlendem Sonnenschein und endlosen Touristenkarawanen entgegen, sobald wir das Krankenhaus (meine persönliche Folterkammer) verlassen hatten.

Instinktiv hob er eine Hand, um seine Augen vor der Sonne zu schützen.

»So einfach kommst du mir nicht davon! Ich denke, ich habe einiges gut bei dir ... Schließlich habe ich dir das Leben gerettet, also, wie wäre es mit einem Essen?«

Ich dachte mich verhört zu haben, wusste aber leider, dass es nicht stimmte – ich fand, mein Gehör funktionierte ziemlich gut. »Nein«, antwortete ich knapp und ging, in meine Decke eingewickelt, denn ich trug nichts weiter, als meinen Bikini, ein paar demonstrative Schritte von ihm weg.

Unvermutet tauchte er an meiner anderen Seite auf.

»Wieso nicht?«

Augen verdrehend beobachtete ich heimlich, wie er die Hände in die Hosentaschen schob. Die Tätowierungen an den Unterarmen bewegten sich mit dem Muskelspiel unter seiner Haut.

Ich musste härtere Geschütze auffahren! Dieser Mann schien ein einfaches ›Nein‹ nicht zu akzeptieren! Also blieb ich stehen, hielt die Decke mit einer Hand und fuhr mit der anderen über meine von dem gleißenden Sonnenlicht strapazierten Augen.

»Hören Sie mir zu! Ich danke Ihnen wirklich, dass Sie mich aus dem Wasser gezogen haben, aber ich habe kein Interesse an einer Verabredung.« Fest sah ich ihn an, wartete, dass die Information einrasten würde, doch er legte nur mit funkelnden Augen fasziniert den Kopf schief – und ich merkte, dass er mich amüsant fand. Ein Umstand, den ich mehr hasste, als sich an heißem Kaffee die Zunge zu verbrennen.

»Wieso nicht?«, fragte er auch noch allen Ernstes, und ich atmete tief durch.

»Wieso nicht?«

»Japp!« Er ließ das ›P‹ auf kindische Art ploppen.

»Vielleicht, weil ich kein Interesse an Ihnen habe?«, bot ich die naheliegendste Variante an.

»Wieso kommst du dann seit vier Tagen jeden Morgen zum Strand und siehst mir sehnsüchtig beim Schwimmen zu?«

»Moooomeeent … Ich sehe nicht ...« Viel zu laut hatte ich angefangen, weshalb mich ein paar Touristen neugierig mit ihren Sonnenbrillen-Bienen-Augen ansahen. Daher senkte ich die Stimme »... sehnsüchtig zu! Genau genommen hat das nichts mit Ihnen zu tun. Woher soll ich bitte wissen, dass Sie auch jeden Morgen dort sind? Das Meer gehört ja wohl nicht nur Ihnen, oder haben Sie es gepachtet?«

Er grinste mich träge an, als würde er mir kein einziges Wort abkaufen. »Diese Selbstblendung ist köstlich!«

»Wie bitte?«

»Du musst doch auch mal essen, also kannst du es genauso gut mit mir tun!« Und mit seinem letzten Wort verstellte er mir mit emotionslosem Ausdruck kurzerhand den Weg. Ich musste gezwungenermaßen stehen bleiben, gefangen in diesem diffusen grün/grauen und viel zu herausfordernden Funkeln. »Ich verspreche auch, dass ich mich benehmen werde wie der perfekte

Gentleman!« Das eindeutige Grinsen strafte seine Worte Lügen und ich unterdrückte die ekelhafte Hitze, die meinen Bauch entflammte.

»Sagt der Mann, der den halben Morgen mit mir nackt auf einer Liege lag.«

»Körperwärme ist bei Unterkühlung wichtig, wenn man nichts anderes zur Hand hat! Ich meine, ich hätte es auch auf andere Art tun können, aber das hätte dir mehr gefallen, als gut für dich ist.« Der Schalk in seinem Blick gab mir den Rest! Meine ruhige, sichere Fassade fiel völlig in sich zusammen, und aus dem Schutt erhob sich nichts weiter als Scham und … Empörung. Zu allem Überfluss hob er bei den letzten Worten eine Hand und berührte eine Strähne meiner lockigen Haare. Ich zuckte vor ihm zurück, umrundete ihn erneut und ging schneller. Er folgte mir. »Du musst verstehen, dass sich mir keine andere Alternative bot … Allerdings wäre es möglich, dass ich dem Rettungsdienst gesagt habe, sie könnten sich Zeit lassen!« Das gemischt mit der lakonischen Art, in der er es beichtete, machte alles nur noch schlimmer. Meine Wangen brannten lichterloh. Das Gerücht, alle Männer seien gleich, bestätigte sich wiedermal in meinem Leben. »Das ist unerhört!«

»Ein Mann muss genießen, wenn er genießen kann!« Seine Stimme kam näher, der Typ verfolgte mich immer noch!

»Lassen Sie mich endlich in Ruhe!«, rief ich ihm über meine Schulter zu. Da war ich mittlerweile fast schreckliche Zweiunddreißig und trotzdem nach wie vor so naiv! Ich hätte niemals zulassen dürfen, dass er das Oberteil auszog und ich hatte auch noch lammfromm mit ihm auf dieser Liege gelegen, während er seinen perversen Absichten nachging. Und so was passierte mir! Mir! Anzeigen sollte ich ihn! Vors Gericht sollte ich ihn schleifen und damit die Menschheit vor einer derart abartigen Kreatur bewahren! Junge, unschuldige Frauen unter Vortäuschung, ein Held zu sein, halb nackt auf eine Liege zu locken! Pah!

»Ich muss dich in den nächsten Stunden beaufsichtigen!

Lungenschädigungen können auch verspätet auftreten!« Seine Stimme war penetranter als die Mücken – genau genommen traf dies auf den gesamten Mann zu.

»Ich schädige gleich Ihre Lunge! Ich habe genug gelesen, um zu wissen, dass dies sehr unwahrscheinlich ist, und so wie Sie mich auf den Kopf gestellt haben, kann man das doch wohl guten Gewissens ausschließen!«

»Verdammt! Warte!« Seine Stimme kam noch näher und klang langsam wirklich sauer.

Zum Glück fielen mir zwei Carabinieri auf, als ich um die Ecke bog. Mit einem miesen Lächeln änderte ich prompt die Richtung und stapfte in meine Decke gehüllt auf sie zu, was mir ein paar schräge Blicke einbrachte.

Genau mit jenem – leicht irren – Gesichtsausdruck sah ich noch einmal zurück. Er stand wie vom Donner gerührt da und schüttelte düster den Kopf. Ich stapfte weiter!

Er zischte etwas, wandte sich abrupt um und verschwand aus meinem Blickfeld.

Ha!

5. Kapitel 4

Kurz aber intensiv überlegte ich, ob ich diesen Urlaub frühzeitig abbrechen sollte, schließlich war so ziemlich alles eine ausgewachsene Katastrophe. Aber was dann? Mir eingestehen, dass ich nicht mal einen Urlaub hinbekommen konnte? Ohnehin durfte ich mich die nächsten Wochen nicht im Büro blicken lassen und daheim würde mir die Decke schneller auf den Kopf fallen als hier, dessen war ich mir sicher. Also entschied ich mich abends spontan dazu, den nächsten Tag für einen Städtetrip zu nutzen.

Als ich mich am Morgen neben einem übergewichtigen Hawai-Hemdträger der noch nie was von Deo gehört hatte, eingepfercht in einem Bus wiederfand, hätte meine Laune nicht übler ausfallen können – dachte ich.

Nach zehn Minuten wurden jedoch – um sechs Uhr Früh wohlgemerkt – die lustigen Schlager angestimmt … und als würde das nicht reichen, hatte der geschmacklose Stinker ein Mettwurstbrot dabei – mit Zwiebeln. Hinter mir übergab sich ein kleines Kind lauthals in eine der Kotztüten, während Eros Ramazotti zeitgleich ins Mikrofon würgte. Die Klimaanlage fiel nach dreißig Minuten aus, die Fenster durfte man nicht öffnen und die Tür des winzigen, stinkenden Kabuffs unter den Treppen, das sich Klo nannte, ging nicht zu … Im Fünf-Sekunden-Takt durchströmte den Bus ein wahres Bombardement an Gestank und Ohrvergewaltigungen.

Nach einem Marsch von gefühlten hundert Kilometern, kamen wir in der historischen Altstadt an und wurden von der nächsten Stinkbombe fast erschlagen.

Vor den architektonisch wirklich beeindruckenden Kunstwerken tummelten sich so viele Leute, dass ich mich bei meinem Versuch, nach vorne zu kommen, wie ein Footballspieler fühlte.

Als Krönung wurden mir für einen einzigen Espresso zwölf Euro abgenommen.

Die Wirkung und der Geschmack waren dafür aber grandios und so saß ich am fünften Abend meines »Traumurlaubes« mit riesigen Eulen-Augen auf meinem Balkon und starrte die nette Häuserwand vor mir an.

Ich hörte jedoch das Meer in einiger Entfernung rauschen und fühlte ein merkwürdiges Ziehen in meiner Brust. Außerdem konnte ich nicht still sitzen, denn eine innere Unruhe beklemmte mich konstant.

Mit einem Ruck stand ich auf, schnappte meine Handtasche und den Zimmerschlüssel, schlüpfte in meine Flip-Flops und ging runter in den kleinen hoteleigenen Supermarkt, der 24 Stunden am Tag geöffnet hatte. Die Zeit schien in diesem Urlaubsort nicht zu existieren, denn in der Nacht waren noch genauso viele Menschen und vor allem Kinder unterwegs, wie am Tag.

Ziellos irrte ich durch diesen winzigen Supermercato und blieb schließlich vor dem Alkoholregal stehen. Eine Flasche Bayleys stach mir förmlich ins Auge. Ich fand, das war eines der wenigen alkoholischen Getränke, das schmeckte, und griff rein intuitiv danach. Wohin hatten mich meine soliden Kopfentscheidungen schon gebracht?

An der Kasse fiel mir eine knallrosa Luftmatratze auf und kurz entschlossen griff ich auch danach! Ich würde spontan sein, das schwor ich mir.

***

Oder auch nicht.

Am Strand tummelten sich vereinzelt Jugendliche und saßen mit Gitarren und Unmengen an Alkohol um ein kleines

Lagerfeuer herum. Na, wenn das die Carabinieri sehen würden! Eine zwielichtige Gruppe schmiss direkt vor meinen Augen eine junge Frau ins Wasser, ich wollte gerade dazwischen gehen, als die Blondine herumwirbelte und sich in die Arme eines der Halbstarken warf. Augenblicklich gab es das volle Schnulzpaket, denn ihre Fingerspitzen spielten mit den Härchen in seinem Nacken, sie ging auf die Zehenspitzen, verliebte Blicke wurden ausgetauscht, dicht gefolgt von Speichelproben.

Ich prostete den beiden zu und nahm noch einen großen Schluck der zähen und doch samtigen Flüssigkeit. Sie hatte ihren Speichel, ich Alkohol und eine Luftmatratze, die noch aufgeblasen werden musste. Das nahm ich in Angriff, nachdem ich die halbe Flasche geleert hatte, und fragte mich, ob meine Lunge vielleicht wirklich geschädigt war, so schwer, wie das ging.

Eine weitere Gruppe Touristen scharte sich um mich und wollte mich beim Pusten anfeuern, doch als ich so gar nicht auf sie reagierte, zogen sie enttäuscht ab. Gut so. Ich mochte keine Menschen – besonders nicht wenn sie betrunken und somit nur auf ihre Triebe reduziert waren.

Ein paar Mal musste ich absetzen und pausieren – dank geschädigter Lunge –, aber irgendwann war die Matratze gebrauchsfertig und ich zog das Kleid aus, um nur in meinem Bikini wagemutig zum ruhig rauschenden Meer zu stapfen. Der Mond schien riesig, viel größer als sonst, und ich erinnerte mich dumpf daran, im Radio gehört zu haben, dass er am heutigen Tag der Erde so nah wie nur einmal im Jahr sein sollte. Perfekt!

**

Und so fand ich mich mitten in der Nacht, alleine auf dem tiefschwarzen Meer wieder. Die Flasche locker haltend und mit schwindelndem Kopf starrte ich hoch zu der silberglühenden Scheibe und fragte mich, wie weit entfernt das Ding wohl war. Irgendwann mal hatte ich es gewusst, aber jetzt kam ich beim besten Willen nicht darauf.

Im Inneren hörte ich das Echo einer mir bekannten penetranten Stimme, die mich maßregelte. »Du wirst gleich wieder ertrinken, wart´s nur ab! Das ist äußerst unverantwortlich! Und du hättest wieder eine Schuld bei mir offen, wenn ich dir noch einmal das Leben rette, willst du das wirklich riskieren?«

Mir egal!, dachte ich rebellisch wie nie. Gut, das könnte an meinem schummrigen Kopf liegen oder an dem warmen Gefühl in meinem Magen oder an der Watte, in die ich gepackt war.

So ähnlich muss sich ein Baby fühlen, wenn es in einer Wiege hin und her geschaukelt wird. Automatisch wurden meine Lider schwer, meine Gliedmaßen träge ... Der Mond verblasste immer weiter ...

Mit einem gewaltigen Ruck landete ich im eiskalten Wasser! Schreiend! Keuchend! Strampelnd, denn ich konnte nicht stehen! Und das Schlimmste: Ich verlor meine Flasche!

Absolut orientierungslos klammerte ich mich an dem Erstbesten fest, das ich erwischen konnte, und zog mich prustend nach oben ... nur um in dunklen, blutunterlaufenen Augen gefangen zu werden.

»Ciao, Bella ...«

Erst fragte ich mich, woher der Unbekannte meinen Namen kannte, doch dann fiel mir ein, dass wir in Italien waren und ich wich angeekelt von dem Mitte Vierzigjährigen inklusive Wampe zurück ... nur um ... von einem weiteren Bauch abzuprallen, der sich hinter mir positioniert hatte.

»Was soll das?«, fragte ich die angetrunkenen Typen rüde und schwamm ein paar Züge von ihnen weg in Richtung Strand.

»Du warst gerade dabei abzutreiben, Süße ... wir haben dir einen Gefallen getan ...«, lallte einer der beiden und rülpste als Bekräftigung. Oh! Von männlichen ›Gefallen‹ hatte ich wirklich die Nase voll!

»Vielen Dank auch! Kann ich jetzt meine Matratze wieder haben?« Wenn schon mein Baileys den Abgang gemacht hatte! Verdammt!

Die beiden grinsten verschwörerisch und sahen dann wieder

zu mir. Durch die Art, wie ihre unkoordinierten Blicke an meinen Brüsten hängen blieben, wurde mir leicht übel – könnte allerdings auch ein Nebeneffekt des Alkohols sein.

»Nein«, meinten sie unisono und schwammen auf mich zu. Der eine hatte meine Luftmatratze in der fleischigen Hand und mir wurde sofort klar, dies war nicht der Moment, um verlorene Kämpfe zu kämpfen, denn die waren betrunken und wussten nicht mehr, was sie taten. Also machte ich das einzig Mögliche: Ich schwamm. Schnell. In Richtung Strand. Was auch immer sie von mir wollten – ich wollte es sicherlich nicht!

Natürlich war keine Menschenseele mehr weit und breit zu sehen, als ich zu meiner Liege lief und hektisch mein Kleid packte. Meine Finger bebten und ich schwankte im nun kühlen Wind, trotzdem zerrte ich mir den Stoff umständlich über den Kopf, nahm mein kleines Täschchen mit meinen Schlüssen und … wurde am Arm gepackt.

»Du willst schon gehen?« In diesem Moment wurde mir klar, was die Autoren immer mit ›entstellte Fratzen‹ meinen … denn die beiden Männer sahen nicht mehr aus wie Menschen. Alles Humane sowie Moral und Anstand war weit weggeschoben, existierte nicht mehr – war ausradiert, durch zu viel Alkohol und lahmgelegte Nervenzellen. Sie erinnerten mich an Neandertaler, die plötzlich reinkarniert aus dem Museum ausgebrochen waren.

»Lass mich los!« Mein Protest ging fast unter, weil der Größere der beiden mich ruckartig an sich zog. »Wieso denn, tesoro?« Er stank nach Bier … mir wurde übel, als ich merkte, dass der andere von hinten an mich herantrat …

»Zeig doch mal, was du zu bieten hast.« Im nächsten Moment spürte ich, wie er an meinem Bikiniverschluss zog, und japste panisch nach Luft.

»Aufhören!« Gleichzeitig schossen meine Hände nach oben und hielten den Stoff vom Fallen ab. Ich wuselte mich grob aus dem Griff, fühlte, wie er meinen Oberarm fester packte, und musste einen Aufschrei verhindern, denn es schmerzte.

Ganz automatisch hob sich mein Knie und ich stolperte weg, sobald ich etwas damit getroffen hatte, mit dem ich niemals in meinem Leben Bekanntschaft machen wollte. Fluchend beugte sich einer vornüber und griff sich an den Schritt. Das war meine Chance zu laufen, ich stolperte aber leider über meine eigenen Flip-Flops und landete vornüber im Sand.

»Hey!«, rief eine Stimme aus weiter Ferne, doch ich wusste nicht genau aus welcher Richtung. Mein Kopf drehte sich wie wild, genauso, wie die Füße die durch den Sand auf uns zuliefen und ihn aufwirbelten.

»Puttana!« Grob wurde ich in den Haaren gepackt, doch nach einem dumpfen Schlag und einem Grunzen landete mein Angreifer neben mir auf dem Boden. Gerade wollte ich mich aufrappeln und weglaufen, da bemerkte ich, wie ein Schatten sich vor mich schob, leicht geduckt, bereit, auch noch dem anderen den Garaus zu machen.

»Will hier jemand Superheld spielen, hm?«, lallte der Fleischkloß.

»Nope!« Somit wich der Schatten einer Faust aus, die direkt auf seinen Kopf zielte, und verpasste ihm einen deftigen Hieb in die Rippen. Mit einem weiteren gezielten Schlag beförderte ›der Superheld‹ den Kloß in Richtung Traumland.

Im nächsten Moment legte sich von hinten ein Arm um meine Kehle und drückte zu »Und was jetzt?«, meinte der vorher zu Boden Gegangene. Der Schatten, von dem ich bereits ahnte, um wen es sich handelte, wirbelte mit geballten Fäusten herum. Seine sonst so hellen Augen wirkten dunkel, genauso wie sein gesamtes Auftreten. Er knurrte etwas Italienisches, das wie ein Befehl klang, seine Stimme war angespannt, und keineswegs so ruhig, wie ich sie das letzte Mal erlebt hatte.

Der Kerl hinter mir antwortete lachend – in derselben Sprache! Gleichzeitig schob sich die andere Hand an meinem Bauch hoch und umfasste meine Brust, vor der ich immer noch panisch den Bikini festhielt. Er packte fest und grob zu, ich konnte einen Schrei gerade so unterdrücken. Nicht jedoch der

Mann uns gegenüber – mit einem heiseren Grölen warf er sich auf den ›Grapscher‹ und gab ihm einen so heftigen Headnut, dass der stolperte und mich beim Fallen mit zu Boden riss. Blut besprenkelte heiß meinen gesamten Rücken.

Atemlos blieb ich halb auf dem Mann liegen, während der Arm um meinen Hals völlig erschlaffte.

»Ist alles okay?« Er klang wieder einigermaßen normal, wenn auch etwas außer Atem. Ich kniff die Augen zusammen.

»Bist du verletzt?« Nun war seine Stimme näher. Das hieß, er war vor mir in die Hocke gegangen. Die Hand, die meinen Bikini vor meinen Brüsten zusammenhielt, verkrallte sich im Stoff. Das durfte einfach nicht wahr sein!

Erst eine sanfte Berührung am Kinn riss mich aus meiner Verwirrung. Er wollte mein Gesicht anheben, doch ich zischte »Fass mich nicht an!« und sprang auf die Beine. Nur leider wohl etwas zu schnell, denn im nächsten Moment verlor ich das Gleichgewicht und wäre zur Seite gekippt, wäre er nicht auch hochgeschossen und hätte mich am Arm gehalten. Ich zischte, denn es brannte wie die Hölle, weil mich dort zuvor auch der Kerl gepackt hatte.

»Was ist? Porcaputtana!«, fluchte er verhalten und ich zuckte zusammen. »Diese Bastarde!« Irgendwas an seinem gepressten Tonfall ließ mich doch in sein Gesicht blicken. Es war nur vom riesigen Mond erleuchtet. Die Augen wirkten fast schwarz in ihren Höhlen, dennoch konnte ich zu gut die pure Mordlust darin entdecken. Ein Ausdruck, der mich erneut kalt erschauern ließ.

»Lass mich los!« Ich versuchte, ihm meinen Arm zu entziehen. Das Adrenalin rauschte gemischt mit dem trübenden Alkohol durch meine Blutbahn, was mir ein selten scharfes, aber gleichzeitig verwischtes Bild von meiner Umwelt bescherte … Ich presste die Lider zusammen … Versuchte die grausigen Überbleibsel an stinkenden Atem und grobe Hände fortzuschieben, aber sie wurden klarer und das Zittern zeitgleich stärker.

Auch die Versicherung, dass ja nichts passiert war, und dass ich überreagierte, konnte mich nicht beruhigen. Und so schlug ich panisch und mit meiner kleinen Faust auf die breite unnachgiebige Brust vor mir ein, während mir tatsächlich ein verzweifeltes Schluchzen entkam. Der Alkohol war schuld an dem Dammbruch, den ich mir normalerweise niemals gegönnt hätte! Nie!

»Shhh … Komm her …« Nur am Rande nahm ich wahr, dass er auf mich einsprach, zuerst auf Deutsch. Doch als das nichts brachte, außer einem größeren Aufstand, legten sich warme, starke Arme fest und bestimmt um mich … Er zog mich eng an sich. Dann plötzlich waren seine Lippen ganz nah. Während ich zappelte wie ein gefangener Fisch, flüsterte er italienische Melodien in mein Ohr. Sobald ich seinen Herzschlag durch meine Brust spüren konnte und seine tiefe Stimme beruhigende Worte wisperte, verklang die verzweifelte Gegenwehr nach und nach – mich verließen schlichtweg die Kräfte. Ich hatte keine Chance gegen ihn, und darüber hinaus … tat es gut, sich fallen zu lassen.

Resignierend versteckte ich mein Gesicht an der nackten Brust und ließ den Tränen freien Lauf …

Zum zweiten Mal innerhalb von zwei Tagen zog er mich zu meiner Liege. Ich landete seitlich auf seinem Schoß und es war mir egal … Seine Halsbeuge war wie für mein Gesicht gemacht – es passte genau hinein –, seine Haut war warm, die Muskeln fest, sein Duft angenehm. Seine Hände, die über meinen Rücken strichen und schließlich meinen Nacken massierten, wirkten auf verstörende Art beruhigend, während er weiter für mich unverständliche Worte wisperte. Konnte es ein Gedicht sein? Es hörte sich jedenfalls so an …

Obwohl ich irgendwann gar nicht mehr wusste, weshalb, weinte ich … und er hielt mich, liebkoste mich, summte stetig in mein Ohr, war da, fest und real und stark … wie ein Fels in der Brandung.

Ich weiß nicht, wie lange wir dort saßen, allein am dunklen

Strand unter dem hellen nahen Mond … doch ich schämte mich nicht für meine Schwäche … das erste Mal in meinem Leben.

***

»Dir ist schon wieder kalt«, murmelte er nach gefühlten Jahrzehnten.

»Nein!« Eilig hob ich beide Hände, vergaß dabei das Oberteil und griff schnell wieder danach, als es runterfallen wollte. »Ooops!« Ich wusste nicht, ob sich meine Aussprache so lupenrein anhörte, wie üblich, aber er verstand. Er war still und tatschte mich auch nicht an, als ich mich umständlich erhob, grummelnd von ihm wegdrehte und versuchte, schwankend den Bikini zu schließen. Mit mäßigem Erfolg … die beiden Schnüre entschlüpften immer wieder meinen bebenden Fingern.

»Hey ...« Nun klang er ungewohnt weich, was das erneute Brennen in meinen Augen komischerweise verstärkte. »Lass mich mal ...« Und ich ließ es zu, denn ich bekam es einfach nicht hin. Ich übergab ihm die Herrschaft über die glitschigen Schnüre – senkte lediglich meine bebenden Hände und ballte sie zu Fäusten.

»Du solltest nicht allein in der Nacht rumlaufen ...« Er konnte es sich wohl nicht verkneifen, und ich verengte die Lider.

»Das hätte ich jetzt aber nicht gedacht!«

»Im Ernst!« Mit einem Mal hatte er mich umgedreht und sah streng auf mich herab. Sein Ausdruck war nicht mehr ganz so mörderisch – eher etwas gequält. »Du weißt nicht, was da draußen für Psychopathen rumrennen.«

»Vielleicht steht der Größte ja ...« Als ich mich ihm entriss, stolperte ich erneut über diese dämlichen Flip-Flops, konnte mich aber rechtzeitig fangen. »Vor mir!«

Er verdrehte die Augen. »Du redest wirr!«

»Wieder so eine wahnsinnig intelligente Information! Tut mir leid, dass ich vielleicht etwas durch den Wind bin, nachdem deine … deine ... Artgenossen so eindrucksvoll bewiesen haben, wozu sie fähig sind ...« Und da waren sie wieder … Die Erinnerungen …

Die und der Alkohol brachten meinen Magen nun endgültig auf den Gedanken, sich zu entleeren. Er hielt meine Haare und das war das Letzte, woran ich mich erinnerte.

6. Kapitel 5

Mein Kopf war ein mit Nadeln gefüllter Luftballon. Eine einzige Bewegung und sie würden ihn zum Platzen bringen … das war spontan mein erster Gedanke, als mein Bewusstsein sich aus der Traumwelt verabschiedete, um sich wieder der Realität zu stellen …

Einer … duftenden … harten …

Von einer Sekunde zur nächsten hatte ich mich in einer viel zu hastigen Bewegung aufgesetzt und blickte auf sein schlafendes Gesicht hinab. Das hätte ich nicht tun dürfen, denn nun bewegten sich die Nadeln und bohrten sich spitz und unbarmherzig von innen in meine Schädelwände. Ein Stöhnen unterdrückend hob ich eine Hand an meine Stirn und schloss für einige Sekunden die Lider. Dabei wünschte ich mir inständig, das wäre ein Traum … wusste jedoch gleichzeitig, dass ich leer ausgehen würde. Denn in Träumen hat man nicht solche Schmerzen.

Ein Blick an mir hinab zeigte, dass es sich auf jeden Fall um einen *Alb*traum gehandelt hätte, denn ich trug nichts als meinen peinlichen Bikini und er Shorts. Ich war an ihn gepresst, ein Bein lag sogar über seiner Hüfte. Als ich es vorsichtig von ihm löste, runzelte er ungehalten die Stirn. Eine schwere Hand ergriff mein Knie und zog es zurück, als würde es dorthin gehören. Das brachte mich zum Aufkeuchen und ihn dazu, träge zu grinsen. Der Bartschatten hatte sich über Nacht vertieft, und sein leise gemurmeltes »Buon giorno« lenkte meinen Blick auf volle, sinnliche Lippen.

Ich konnte mir ein hartes Lachen nicht verkneifen – voller Hohn und Sarkasmus. Was für ein guter Morgen! Na halleluja!

Welche Frau würde nicht gerne in einem fremden Bett aufwachen und … und … keine Ahnung haben, was am Abend zuvor passiert war?

Egal, wie sehr ich grübelte … ich fand nur verschwommene Bilder …

Beispielsweise wusste ich noch, dass da zwei Kerle gewesen waren, stinkbesoffen und übel riechend … und dass er sie in die Flucht geschlagen hatte, wobei etwas in seinen Augen aufgeblitzt war, das alle meine Alarmglocken schrillen ließ … Als Nächstes fiel mir ein, dass ich daraufhin in Tränen ausgebrochen und auf seinem Schoß gelandet war und dann … dann … ja dann … war da nichts. Gähnende Leere. Nur ein gerader, pfeifender Strich auf dem Herzmonitor.

»Ich glaube, ich will gar nicht wissen, was dir gerade durch den Kopf geht.« Seine vom Schlaf belegte Stimme klang rau und tief …

»Ja! Das wollen Sie nicht! Können Sie mich jetzt loslassen?!«

»Nope!« Dieses kindische ploppende ›P‹ ließ meinen Kopf fast zerspringen. Okay … Taktikänderung … »Können Sie mir dann wenigstens eine Aspirin bringen?« Was dasselbe zur Folge haben würde, wie meine vorige Bitte.

»Japp!« Männer sind manchmal so leicht durchschaubar.

Schon schwang er sich aus dem Bett, ich starrte dabei nicht seinen Hintern und vor allem nicht den Rücken an … Strikt ignorierte ich die imposante, wahnsinnig detaillierte und irritierende Tätowierung, die sich über seine Schulterblätter bis zu seinem Steißbein zog … nichts daran interessierte mich. Besonders nicht die Bedeutung dieser Körperkunst.

Stattdessen setzte ich mich auf und zog die Decke bis unter mein Kinn. Kurz darauf landeten eine weiße Tablette und ein Glas Wasser in jeweils einer meiner Hände, auch da konnte und würde ich ihn nicht ansehen, selbst dann nicht, als er sich neben mir auf die Bettkante setzte. Ich rutschte so weit weg wie möglich ohne aufzusehen und er lachte leise.

Das honorierte ich mit dem tödlichsten Blick, zu dem ich in meinem derzeitigen Zustand fähig war.

»Was?«, fragte er amüsiert und ich musterte die Tätowierungen auf der Vorderseite ... Nur so aus dem Augenwinkel ... Die kannte ich auch schon, doch bis jetzt hatte ich sie immer nur aus größerer Entfernung gesehen. Die Brust darunter war muskulös, genauso wie der Bauch, nirgends ein Gramm Fett zu finden ... Er war ein Prachtexemplar von einem Mann, das würde jede Frau zugeben, die Augen im Kopf hatte und einen Funken Verstand besaß. Kurz bevor sie sich darüber Gedanken machen würde, dass er sich sicherlich jeden Abend eine andere ins Bett holte, um mit ihr atemberaubenden aber bedeutungslosen Sex zu haben.

Das war das Stichwort ...

Mit einem Mal hielt ich es nicht mehr länger aus. Die Frage musste raus.

»Hatten wir Sex?« Die Worte hallten, wie ein böses Omen zwischen uns wider. Er runzelte die Stirn und legte den Kopf schief, dann erschien dieses irritierende, dunkle Funkeln und sein Tonfall wurde gut eine Oktave tiefer.

»Wenn wir Sex gehabt hätten, könntest du dich ganz sicher daran erinnern!«

»Dann wärst du ein Frauenschänder!«

»Das hatte ich noch nie nötig!« Seine Stimme, gerade eben so weich und lockend, klang nun hart und unnachgiebig ... Er verließ das Zimmer, ohne ein weiteres Wort oder einen Blick zurück.

Einige Sekunden starrte ich ihm blank hinterher und wusste nicht, was ich tun sollte. Mein Kleid entdeckte ich auf der weißen Kommode gegenüber des Bettes, fein säuberlich gefaltet, daneben meine Ohrringe – er hatte mir sogar die Ohrringe zum Schlafen abgenommen – vor der Kommode lagen meine Flip-Flops mit dem Leopardenmuster.

Ich konnte mich im Spiegel darüber betrachten.

Meine kinnlangen naturblonden Haare waren zerzaust, unter meinen dunkelgrünen Katzenaugen zogen sich schwarze Ringe entlang und doch waren meine sonst so bleichen Wangen gerötet … meine Iriden glitzerten verdächtig … Sie funkelten mich geradezu an und sogar ich, mit meiner blassen Haut, hatte etwas Farbe abbekommen … Sie hob sich dunkel von dem weißen Bettzeug ab. Seufzend legte ich eine Wange auf mein Knie und betrachtete mich selbst – versuchte anhand meines Aussehens zu ergründen, wieso ich mich so anders fühlte.

Im Nebenzimmer wurde die Dusche angestellt und mir wurde klar, dass dies die perfekte Möglichkeit war, um dieses perfekte Hotelzimmer und diesen scheinbar perfekten Mann zu verlassen, und ihn nie wieder zu sehen. Ich wusste nur nicht, wieso ich es nicht tat – stattdessen die Augen noch mal schloss und mich in die Kissen kuschelte … Sie dufteten … nach würzigem Lavendel …

***

Als ich gefühlte Stunden später wieder die Lider öffnete, duftete es immer noch nach Lavendel und nach etwas Süßem … aber nicht unbedingt Unangenehmem. Froh bemerkte ich, dass die Kopfschmerzen sich verabschiedet hatten, als ich mich erneut aufrichtete. Es war kein Ton aus dem Nebenzimmer zu hören … nur dieser Geruch strömte durch das Zimmer/Apartment/was auch immer. *Zeit, sich davonzumachen, Bella. Sonst wird's peinlich.*

Ein guter Gedanke, weshalb ich aufstand und mich auf Zehenspitzen zu meinem blauen Kleid begab, es überzog, die goldenen Kreolen dort fixierte, wo sie hingehörten und die Füße hastig in die Schuhe schob. Leicht gebückt schlich ich weiter, nur um im Nebenraum, wie vom Donner gerührt stehen zu bleiben.

Denn dort genoss er den wundervollsten Meeresblick, den ich je gesehen hatte und den man meiner Meinung nach genießen kann, im Schneidersitz auf dem Boden, den Rücken kerzengerade und in eindeutiger Meditationspose. Räucherstäbchen waren es, die diesen süßen Duft in einem, wie mir gerade erst auffiel, riesigen Raum verteilten, das Wellenrauschen die einzige Geräuschkulisse. Obwohl ich keinen Ton von mir gegeben hatte, musste er mich irgendwie bemerkt haben.

»Frühstück ist angerichtet ...« Er sah mich nicht an, seine Stimme klang leicht abwesend. Ich hatte noch nie einen Menschen bei diesem Schwachsinn beobachtet – es sah lächerlich aus. Mein Blick schweifte zu der Tür und dann zu der Tafel, die bedeckt mit allen möglichen Köstlichkeiten war, unter denen sich leider auch mein neues Lieblingsessen befand. Ich konnte nicht widerstehen, ob dem Essen oder allem anderem und ging rüber, setzte mich auf den Stuhl und zog ein Knie an. Die Honigmelone war köstlich süß, der hauchdünn geschnittene Parmaschinken gab genau den richtigen salzigen Kontrast … Ich stöhnte fast, als sich die Geschmäcker vermischten.

Er fuchtelte ein bisschen mit seinen gebräunten, tätowierten Armen, faltete sie wie zum Gebet, entfaltete sie wieder, stand auf, fuchtelte noch ein bisschen mit Armen und Beinen und ich konnte mir das Lachen nicht mehr verkneifen. Sein Blitzen traf mich unverhofft tief in der Bauchgegend.

»Gibt es ein Problem?«, fragte er knapp und abgelenkt. Er trug nichts weiter, als eine weiße gemütliche Leinenhose, die tief auf seinen spirituellen Hüften hing … und sie rutschte etwas weiter an einer ansehnlichen Leiste herab, als er die Arme hob … Schnell sah ich weg.

»Nein, lassen Sie sich bei Ihrer Meditation nicht stören!« Unschuldig blinzelnd rührte ich in meinem Milchcafé. Doch aus dem Augenwinkel bemerkte ich, wie sich sein Ausdruck verdunkelte. Nach weiterem Rumgefuchtel und einer Verbeugung vor was auch immer hatte er sein ›Training‹ beendet. Lässig kam er auf mich zugeschlendert, packte sich einen Stuhl und setzte sich falsch herum drauf, womit er mir übrigens viel zu nah kam.

Mit ruhigem Interesse hob er meinen Arm und betrachtete fachmännisch den blauen Fleck vom Zupacken am Vorabend. »Hast du Schmerzen?«

Mein Herzschlag verweigerte spontan seinen Dienst, als mich seine langen kräftigen Finger untersuchten, gleichzeitig befürchtete ich, dass er den vollen Gesundheitscheck inklusive Geleuchte in meine Augen und eventuellem MRT durchziehen könnte.

»Mir geht es blendend!« Ruppig entwand ich mich ihm, woraufhin er sich ein Schmunzeln kaum verkneifen konnte.

»Teilst du?« Erst nach ein paar Sekunden blöden Starrens wurde mir klar, dass er mein Frühstück meinte.

»Nehmen Sie Ihre eigene Gabel«, nuschelte ich mit vollem Mund. Er seufzte.

»Und ich dachte, du wärst aufgetaut, nachdem du mich beim Schlafen mit deinem Körper umwunden hast, wie eine Schlange.« Dies hätte trockener nicht kommen können. Ich errötete nicht!

»Ich taue nicht bei Menschen auf, deren Name mir unbekannt ist«, murmelte ich wieder, ohne ihn anzusehen, stattdessen konzentrierte ich mich nur auf den Schinken. Er spießte ein unschuldiges Stück Melone auf und es verschwand aus meinem Blickfeld zwischen vollen Lippen.

»Sind Namen denn so wichtig?« Die Frage ließ mich stocken. Ich sah ihn skeptisch an, er meinte sie ernst …

»Eigentlich nicht«, kam ich schließlich zaghaft zu dem Schluss.

»Also … nenn mich, wie du willst.« Ich warf ihm einen zweifelnden Blick aus dem Augenwinkel zu.

Er lachte wieder auf diese leise unaufdringliche, aber warme Art. »Nein, ich bin nicht geisteskrank. Da kannst du dir sicher sein … Ich bin nur in diesem Urlaub, um etwas zu erforschen – nennen wir es mal so …«

»Aha …« Ein Pseudo-Forscher – also doch geisteskrank!

»Was sagt der Name und die Abstammung schon über einen Menschen aus?«

»Einiges. Das kann ich Ihnen versichern«, antwortete ich wahrheitsgemäß, aber eher nebenbei, und zerschnitt selig ein

Stück Melone in zwei mundgerechte Stücke.

»Das ist nur ein Etikett, mit dem man dich versieht.«

»Wenn Sie meinen ...«

»Japp.«

Ich verdrehte die Augen, als es wieder ploppte. Zufrieden lehnte er sich zurück und verschränkte die Arme vor der Brust.

»Ich sehe lieber selber, nach was drin ist, anstatt mich von einer Aufschrift täuschen zu lassen. Was bist du von Beruf? Soll ich raten?« Wenn er sonst nichts zu tun hatte ... Dies gab ich auch akustisch wider.

»Hmmmm ...« Nachdenklich tippte er mit seinem Zeigefinger auf seine Unterlippe, wobei er sein unrasiertes, kantiges Grübchen-Kinn auf den Daumen stützte. »Sicher nichts, bei dem man Menschen etwas verkaufen muss ... dafür bist du zu unfreundlich ... Ich denke nicht im Dienstleistungsgewerbe ... und wenn schon, dann tun mir deine Kunden leid.«

»Ich muss doch bitten!«

Er ignorierte meinen empörten Einwand. »Du sprichst ziemlich gewählt, hast wahrscheinlich studiert und kommst aus gutem Hause, in dem auf Bildung Wert gelegt wird ... Du achtest auf dein Äußeres, aber nur zu gesundheitstechnischen, nicht zu oberflächlichen Zwecken ... du bist hübsch, aber auf eine natürliche Art ...« Ich wurde rot, das hätte er sich sparen können! »Du hast nicht viel Kontakt zu anderen Menschen ... soziale Umgangsformen behagen dir nicht ... Genauso wenig wie Komplimente ...«

»Und Sie sind der neue Freud?«

»Du versuchst, andere auf Abstand zu halten. Emotionale Beziehungen sind ein Graus für dich ...«, sinnierte er weiter, direkt ins Schwarze hinein. Das Essen lag mittlerweile unangerührt auf meinem Teller. »Du magst regelmäßige Abläufe, nicht wahr? Und hast zudem einen ausgeprägten Sinn für Gerechtigkeit, weswegen du dich nicht einfach davongeschlichen hast, als ich duschen war ... Andererseits bist du rechthaberisch und besserwisserisch.

Du glaubst, nur deine Meinung ist die richtige ... Und du gehst immer vom schlechtesten aus ... Du bist ... Polizistin oder Staatsanwältin, aber ... ich tippe eher auf das Zweite!«

Ich war baff. Siegmund hatte recht. Heiliges Kanonenrohr! Mehr als ein Grummeln blieb mir nicht, so sehr war ich vor den Kopf gestoßen.

»Dann liege ich wohl richtig?«

»Ja!« Ich klang sehr wütend, auch wenn ich das doch so gut wie nie war.

»Da soll mir mal jemand sagen, ich habe keine Menschenkenntnis ... Jetzt bist du dran!«

»Sie sind Arzt.« Meine Stimme klang wie geplant staubtrocken.

»Ach ja ... du hast mich ja schon in meinem Element gesehen ...« Wieder dieses schelmische Zwinkern. »Und? Magst du Arztserien?«

»Sicher nicht.«

»Stimmt, du bist eher der Leser, als der Glotzer.« Jetzt fing der schon wieder an!

»Und du magst lieber kühles Blau als feuriges Roooot ...« Er schaukelte gefährlich auf seinem Stuhl. Ich überlegte, ihm einen kleinen Schubs zu geben, damit er den Mund hielt.

»Und du ... magst lieber Honig statt Wassermelone ...«

Langsam wurde es gruslig!

»Und du bist Single ...« Ich legte mein Besteck endgültig zur Seite. Die Richtung dieses Gesprächs gefiel mir nicht – kein bisschen.

»Worauf ich eigentlich hinauswill: Du würdest es niemals zugeben, aber es hat dir gefallen, mit mir in einem Bett aufzuwachen. Der Gedanke, dass wir Sex hatten, hat dich angeturnt ...« Ich starrte ihn düster an. Wenn er das annahm, war er ungefähr so falsch gestrickt, wie ein Pullover, der ursprünglich Socken werden sollte. Er grinste selbstgefällig. »Wie auch immer: Ich biete dir einen Deal an.«

»Aha ...« Um das Brodeln in meinem Magen zu kaschieren,

trank ich einen Schluck Kaffee. Doch meine Hand zitterte, was wirklich ungewöhnlich war.

»Einen Tag. Keine Namen, keine Berufe, keine Verpflichtungen. Nur zwei Menschen.« Ich sah ihn schief an. Wenn er dachte, ich wäre jemand für eine schnelle Nummer, dann hatte er sich …

»Nein! Wenn du weiter so tun willst, als würdest du dich nicht zu mir hingezogen fühlen, dann müssen wir keinen Sex haben. Auch wenn es Verschwendung wäre.« Ich fixierte ihn skeptisch über den Rand meiner Tasse hinweg und verengte zur absoluten Klarstellung noch die Augen. »Was sollten Sie sonst von einer Fremden wollen?«

»So einiges … Inlineskaten … Fahrradfahren … Wasserski … leckeres Essen ...« Als mein trockener Blick ihn förmlich röstete, hob er entschuldigend seine Hände.

»Jaaa, okay … es wäre ein Traum dich unter mir zu haben. Du wirst sicher zur Wildkatze, wenn du erst mal warmgelaufen bist ... Lassen wir das ...« Er sah mit verbissenem Kiefer von mir weg und wirkte mit einem Mal etwas angespannt. »Aber das ist es nicht, worauf ich aus bin … Ich meine es ernst.«

»Bin ich nicht besserwisserisch und ähm … was war das noch?«

»Du sprichst geschwollen.«

»Genau … und ist es nicht ziemlich ... hm sagen wir ... langweilig und nervig, sich mit so einem Menschen die Zeit zu vertreiben.«

»Du hast recht«, meinte er sofort todernst und trommelte mit den Fingerspitzen ungeduldig auf den Tisch vor mir.

»Aber?«

»Du hast ein bezauberndes Lächeln.«

»Glauben Sie, ich falle auf so einen roman...«

»Außerdem magst du mich … Tief in dir drin weißt du das.«

»Das halte ich für ein Gerücht.«

»An denen ist immer etwas Wahres dran ...«

Ich musste einfach die Augen verdrehen, außerdem bogen sich meine Mundwinkel unfreiwillig nach oben, denn das war eine Meinung, die ich sonst vehement vertrat. Prompt fühlte ich mich ertappt und kaschierte das Lächeln mit einem weiteren Schluck Kaffee.

»Außerdem hätte ich nie gedacht, wie langweilig so ein Urlaub alleine sein kann ... Und das, obwohl dies der Urlaub meines Lebens werden sollte ... Ein Abenteuer, von dem ich noch meinen Enkeln erzählen werde.«

»Hmm ...« Wie erlebt man etwas, das man seinen Enkeln (wenn überhaupt vorhanden) erzählen kann, wenn es unter Zwang stattfindet? »Glauben Sie mir, wenn man etwas wagt, kommt nichts Gutes dabei raus. Man sollte bei den normalen Abläufen bleiben ...«, murmelte ich grimmig, und dachte an die Ereignisse der vergangenen Nacht.

»Ja, wenn man sich hoch hinauswagt, muss man immer auch damit rechnen, dass man tief fällt. Aber ... man könnte davor ein Stück Himmel erblicken.«

»Auch noch Poet?«

»Ab und an.« Er zwinkerte mir zu. »Wenn dir meine Gegenwart nicht behagen sollte, kannst du immer noch abspringen ... Ich werde dich dann in Ruhe lassen. Nur heute. Gib mir die Möglichkeit, dir zu zeigen, wie der perfekte Tag in Italien aussieht.«

Die Ehrlichkeit, mit der mir dieser Fremde gegenübersaß, hatte etwas Entwaffnendes – und nicht nur die – trotzdem schrillten in meinem Kopf die Alarmglocken. »Sie könnten mich kidnappen und irgendwo hin verschleppen.«

»Glaub mir, das ist auch nicht meine Art ...« Er schmunzelte düster ... »Außerdem müsste ich dich gar nicht kidnappen, du befindest dich genau genommen bereits in meiner Gewalt. Und du bist nicht fremd.«

»Ach, bin ich nicht?«

»Nope ...« Augenroll ...

»Muss ich das verstehen?«

»Du hast in meinen Armen geweint ...« Oh Gott, wie blamabel, und die weiche Samtstimme machte das nicht besser, spontan wäre ich am liebsten ... Plötzlich lag seine Hand auf meiner. »Es muss dir nicht peinlich sein! Nach dem Erlebnis war es das Normalste der Welt. Es hat mir imponiert, wie du gekämpft hast und danach ... ich muss sagen ... es war schön ... Irgendwie.«

»Schön?«

Er blieb todernst und ich zog die Hand ruppiger als nötig weg.

»Schön, von jemandem gebraucht zu werden.« Nun sah er mich nicht mehr an.

»Sie sind Arzt, da wird man doch ständig gebraucht.«

»Das ist beruflich ... Sag ja ...« Dies war nur ein heiseres Wispern, das dennoch so kraftvoll war, dass ich dem nichts entgegenzusetzen hatte. Außerdem war da dieser eindringliche Blick. Ich fühlte mich wirklich völlig entwaffnet und ... verwirrt.

Ich seufzte tief. »Na gut! Aber nur ein einziger Tag!« Und ich wusste, dies war die schlechteste Entscheidung meines Lebens – oder die Beste ... manchmal war das tatsächlich identisch.

7. Kapitel 6

Es ist seltsam, in einem fremden Land mit einem fremden Menschen, in einem ebenso fremden Auto zu sitzen. Besonders für mich. Ich hasste Small Talk und empfand es als absolut unnötige Erfindung der Menschheit, dies wurde mir wiedermal klar, während ich bemerkte, dass er äußerst gerne kommunizierte. Er hatte sicherlich nicht nur deutsches Blut in den Adern. Die Aussprache war zwar perfekt, aber sein gleichermaßen perfektes Italienisch, der Teint und sein Temperament ließen auf südländische Gene schließen. Heiß und feurig, etwas das ich normalerweise nur mit asiatischem Essen in Verbindung brachte und ansonsten absolut nichts damit anzufangen wusste. Wenn, dann mochte ich lieber den kühlen, nordischen Typ – so wie David es gewesen war. Kalkuliert und abgeklärt. Ruhig … Er hingegen war ein wahres Feuerwerk, dessen Funken drohten, auf einen überzuspringen. Seine Laune war blendend und ich tat alles dafür, um mich nicht anstecken zu lassen.

Irgendwann gingen aber sogar diesem Gütelaunebündel die Fragen und Themen aus, wobei er Fragen nie als Fragen formulierte sondern wüste Vermutungen anstellte, die, gruseligerweise, alle stimmten. Als hätte er mich ein Leben lang studiert. Die Art, auf die er mich immer und überall durchschaute, obwohl er mich gar nicht kannte, brachte mich öfter als mir lieb war, zum Erschaudern.

Statt die wunderschöne Aussicht zu begutachten, betrachtete ich ihn nun vorsichtig aus dem Augenwinkel. Er trug weiß, wie immer. Eine Sonnenbrille saß auf der mindestens schon einmal gebrochenen Nase, die Haare waren ein schwarzes Chaos, ein

Ellbogen lehnte im geöffneten Fenster und die langen starken Finger derselben Hand hielten viel zu locker das Lenkrad, während die andere im Schoß ruhte.

Ich wurde immer nervös, wenn jemand so nachlässig Auto fuhr. Wir waren zwar nur auf einer von weiten Olivbaumfeldern gesäumten Straße, doch trotzdem fuhren wir 80 und das war mehr als nur beunruhigend für mich in dieser kurvigen Landschaft.

»Kannst du das Lenkrad nicht richtig halten? Zehn vor Zwei!« Jawohl, ich hatte mich offiziell dazu entschieden, ihn zu duzen.

»Hm?« Er warf mir einen abgelenkten Blick zu, bemerkte aber sofort, wie ich mich am Sitz unter mir festklammerte und meine Beine in den Boden stemmte.

»Du hattest schon mal einen Unfall?«

»Ja!«, gab ich knapp zu und zuckte zusammen, als er einen winzigen Mini überholte und sich wieder schnittig einreihte.

»Selbst verursacht?«

»Nein ...« Ich wollte eigentlich nicht mehr dazu sagen, denn über dieses Thema sprach ich nie …

»Okay ...« Er fuhr langsamer und schaltete am Lenkrad den CD-Spieler ein. Die leisen, wehmütigen Töne von Placebos »Ghost Story« erfüllten den Wagen und sofort zog sich mein Magen ruckartig zusammen. Besonders, als er die Lautstärke etwas erhöhte und mit den Zeigefingern im Takt auf dem Lenkrad trommelte. Die Musik traf direkt in meine Gefühlsebene. Tränen stiegen in meine Augen, diesem Lied hatte ich nichts entgegenzusetzen, ich hatte es damals rauf und runter gehört. Immer und immer wieder … drei Monate lang. Es schwoll in meinem Kopf an, verschmolz mit unliebsamen Erinnerungen … und hinterließ abstrakte Bilder voll Grauen und Schrecken.

Meine Brust, genauso wie meine Kehle schnürten sich immer enger zusammen. Ehe ich erstickte, hatte ich die Hand ausgestreckt und den Ausknopf des Radios betätigt. Zurück blieb angespannte Stille …

»Okaaay ...« Er zog das Wort lang, seine Stirn war unheilvoll gerunzelt. Zum ersten Mal, seitdem ich ihn vor dem Krankenhaus stehen gelassen hatte, schien er etwas ungehalten. »Dann eben keine Musik.«

Perfekt!

Die Stille wurde jedoch immer erdrückender und ich seufzte schließlich ... Er war wirklich wütend, wahrscheinlich, weil ich seine Sachen angefasst hatte und somit weit in seine Privatsphäre eingedrungen war ... das hätte mir auch nicht gefallen. Ich schob die Sonnenbrille über meine Augen, die wir nebst Kleidung aus meinem Hotel geholt hatten, bevor wir – wohin auch immer, war ne Überraschung – aufgebrochen waren.

Zuerst wusste ich nicht, wieso ich mich mit einem Mal so unwohl fühlte, also noch unwohler, als sowieso schon mit einem Fremden im Auto, irgendwo auf einer italienischen Landstraße, doch dann ... hörte ich mich mit tonloser Stimme offenbaren. »Es war ein Lkw ... Das Letzte, an das ich mich erinnern kann, sind die Scheinwerfer vor uns ... Ich habe als Einzige überlebt.«

»Merda ...« Das leise Murmeln fuhr mir durch Mark und Knochen. Abgekämpft lehnte ich meine Stirn gegen den Türrahmen und schaute in den wolkenlosen Himmel. Er passte so gar nicht zu meinen düsteren Erinnerungen.

»Ich war siebzehn ... Wir kamen gerade von einer Party. Nicole, meine beste Freundin, hatte nichts getrunken, weil sie zum Fahren abkommandiert wurde. Mein Freund ...« Ich schluckte bei der Erinnerung an ihn und merkte kaum, dass wir an einer Bushaltestelle stehen blieben.

»... saß hinten ... mit seinem Bruder ... Er und Nicole waren auch ein Paar. Mit den Dreien bin ich aufgewachsen, wir waren jeden Tag zusammen und machten die Wälder und Wiesen rund um das kleine Dorf unsicher, sie waren weit mehr als nur Freunde für mich. Gerade eben hatte ich noch Marcs Hand gespürt, die von hinten nach meiner griff ... Ich drehte mich zu ihm um, sah in seine Augen, die sich mit einem Mal weiteten und dann ... hörte ich das Quietschen von Reifen ... Nicole fluchte ...

sie versuchte noch auszuweichen, doch da waren bereits die Scheinwerfer vor uns ... es ging so unfassbar schnell ... doch wenn ich es jetzt erzähle, ist es, als könnte man eingreifen und die Geschichte verändern.

Erst Wochen später wachte ich aus dem Koma auf. Sie mussten mich langsam zurückholen. Dann erfuhr ich, dass ich die Einzige war, die den Unfall überlebt hatte. Nicole war sofort tot. Aber Marc und Daniel – sein Bruder – haben noch tagelang gekämpft. Sie schafften es nicht.

Der Lkw-Fahrer hatte eine Vierzigstundenschicht hinter sich, bis heute bin ich davon überzeugt, dass er während der Fahrt gelesen hat, und lediglich ein paar Kratzer abbekam. Er musste einen kleinen Betrag an die Opferhilfe zahlen und bekam Bewährung. Das war seine Strafe ... Daraufhin entschied ich mich Staatsanwältin zu werden, denn das konnte doch nicht die gerechte Strafe für die Auslöschung von drei Leben sein?«

Dumpf endete ich, wusste nicht mehr, wo ich mit meiner Erzählung eigentlich hinwollte und fühlte wieder diese unbändige Leere in mir hochkriechen ... Sie zwängte meine Kehle zusammen, ließ mich mehrmals trocken schlucken ... Unzählige Male hatte ich mit meiner Therapeutin darüber gesprochen und es immer noch nicht verarbeitet.

Ich sah Nicole glasklar vor mir, sie war im Gegensatz zu mir eine richtige Schönheit gewesen. Großer, filigraner Körper, lange tiefschwarze Haare, riesige Augen mit endlosen Wimpern, abgerundet durch einen perfekten Kussmund. Immer hatte ich zu ihr aufgeblickt, ohne dass sie sich dessen in ihrer Bescheidenheit bewusst gewesen war. Eine Eigenschaft, die nur wenig schöne Menschen innehaben. Sie hatte mir durchs Leben geholfen, haute auf den Tisch, wenn ich zu schüchtern war, um für mich selbst einzustehen und tröstete mich auf ihre ruppige Art, wenn es mir schlecht ging ... Und Marc ... mit ihm hatte ich meine ersten intimen Erfahrungen gemacht. Wir beide hatten uns angestellt wie Idioten, aber das war der erste und letzte Mann, bei dem ich so etwas wie Schmetterlinge im Bauch gehabt hatte.

Ich war mir sicher gewesen: Er wird es, ihn werde ich heiraten. Obwohl oder gerade *weil* wir miteinander aufgewachsen waren … Ich vertraute ihm komplett, ich kannte ihn in und auswendig und mochte es sogar von ihm geküsst zu werden … er war so sanft und einfühlsam. So ein unglaublich guter Mensch …

Ein Fingerschnippen des Schicksals hatte sie mir entrissen.

Danach hatte ich dieser ganzen Gefühlsduselei abgeschworen. Wo hatte sie mich hingebracht? Die Freundschaft? Die Liebe? Am Schluss war ich mutterseelenallein gewesen, mit meinem Kummer und meiner Qual. Besser, ich hätte all das nie kennengelernt, dann hätte ich keine Ahnung davon gehabt, was ich verloren hatte …

Eine große Hand legte sich auf meinen Oberschenkel, der in einer Jeans-Hotpants steckte. Als er meine nackte Haut berührte, hätte ich mich unwohl fühlen sollen, aber ich tat es nicht. Der Kloß löste sich etwas auf und ich konnte freier atmen. Die Berührung holte mich ins Hier und Jetzt zurück, sie war warm und weich und real. Ich sollte seine Hand wegschieben, sollte ich wirklich, doch ich warf ihm einen schüchternen Blick zu und sah nur eines in seinen Augen: *Du bist nicht allein … Nicht wenn du es nicht willst* – und ich wollte nicht mehr … zumindest jetzt.

Ich hielt die Luft an, als er die Hand umdrehte, locker lag sie mit der Handfläche nach oben auf meinem Oberschenkel. Es war eine sanfte Einladung, ohne jeden Nachdruck, ohne Hintergedanken … und ich nahm sie an.

Vorsichtig, fast als hätte ich Angst mich zu verbrennen, legte ich meine Hand auf seine, meine Finger glitten zwischen seine, und als sie sich um mich schlossen, war es als würde er auch mein Herz umfangen. Es setzte einen Schlag aus, und raste dann los in eine Richtung, die ich nicht kannte … und dennoch breitete sich eine tiefe Ruhe, gekrönt von Aufregung in mir aus. Die Mischung war explosiv. Abermals blickte ich ihn schüchtern an, doch er sah einfach nur locker auf die Straße, auf die er soeben wieder einbog.

Als wäre das hier nichts Besonderes.

8. Kapitel 7

Wir fuhren in ein kleines Fischerdorf, abseits der Touristenmassen direkt an der Küste gelegen. Sobald ich ausgestiegen war, befand er sich an meiner Seite, nahm wieder meine Hand, als wäre es selbstverständlich und ich ... ließ es zu. Auch wenn es sich ungewohnt anfühlte, als er mich einen Hang hinab, durch kleine verwunschene Hintergassen, über unebenes Kopfsteinpflaster führte, immer näher zum kleinen Hafen. Die Hitze war schon um diese Uhrzeit erdrückend, das Shirt klebte mir am Rücken ... Die Luft war dicht und undurchdringlich, die Sonne schien erbarmungslos, aber trotzdem hatte ich keine schlechte Laune.

Freundlich grüßte er einen kleinen Italiener, der uns mit einem umwerfenden Lächeln aus seinem üppig gefüllten Obst-und-Gemüseladen anstrahlte, und kaufte zielsicher die größten Nektarinen, die ich je gesehen hatte. Dunkelrot mit einem Touch Lila. »Ich war als Kind mit meinen Eltern jedes Jahr in den Ferien hier. Mein Vater ist Italiener ... ich bin aber die meiste Zeit in Deutschland aufgewachsen ...«, erzählte er und gab mir eine Frucht. Meine Geschmacksknospen explodierten fast. Das war die köstlichste Nektarine, die ich je gegessen hatte, nicht zu vergleichen mit dem geschmacklosen Zeug, das sie in Deutschland verkauften.

»Das Erste, was wir taten, sobald wir in Italien ankamen, war, uns mit Obst einzudecken ... Ich schmecke noch heute die Süße, wenn ich die Grenze überquere«, sinnierte er leise und beobachtete mich schmunzelnd dabei, wie ich mit der Köstlichkeit kämpfte, deren wunderbarer Saft an meinem Kinn hinunterlief.

Herzhaft biss ich hinein und saugte daran, vor Genuss leise stöhnend, während wir gemächlich weiter schlenderten, die enge Straße entlang, direkt auf das türkise Wasser zu. Das Schmunzeln verging ihm bald, stattdessen verengte er die Lider und war mit einem Mal angespannt – wieso auch immer.

»Aspetta … äh … warte …« Er zog mich zu einer kleinen Bank, von der aus man das Meer überblicken konnte und holte aus der hinteren Tasche seiner hellen knielangen Hose ein wunderschönes Taschenmesser. Die zermatschte Nektarine nahm er mir ab und aß sie selbst mit zwei Bissen – mein Protest wurde völlig ignoriert. Die Nächste schnitt er in gaumenfrendliche Spalten und reichte sie mir dann. »So ist es erträglicher!« Seine Augen hinter der Brille funkelten – ich wusste es einfach.

»Danke«, grummelig nahm ich das Ding und löste Spalte für Spalte … während er die Arme über die Lehne der Bank schwang und auf das Meer blickte. Die Beine streckte er weit von sich und überkreuzte sie an den Knöcheln.

»Meine Eltern sind auch tot.« Ich hatte nie gesagt, dass meine nicht mehr lebten, doch ich enthielt mich eines Kommentars und runzelte stattdessen die Stirn. »Ich war vier Jahre nicht mehr hier.«

»Wieso?« Eigentlich sollte es mich nicht interessieren, aber seine Trauer bedrückte mich, auch wenn er sie nicht zeigen wollte. Er zuckte mit den Schultern, eindeutig wollte er nicht darüber reden, aber der Ausdruck, mit dem er nun die Idylle überschaute, wirkte genauso verlassen und leer, wie ich mich manchmal fühlte. Ich drängte ihn nicht, sondern aß leise und ein wenig zivilisierter als noch vor ein paar Minuten die süße Frucht, auch wenn es mir widerstrebte, nicht seine ganze Geschichte zu kennen. Was wohl mit meinem Beruf zusammenhing …

Jeder aß zwei dieser Prachtstücke, dann schleppte er mich zu meiner Überraschung in ein kleines Geschäft, und hielt mir einen Spiegel direkt vors Gesicht. Sonnenbrand, mitten auf der Nase begleitet von einer Armee aus Sommersprossen – ganz toll. Er kaufte Sonnencreme und ich ließ zu, dass er mich eincremte, mit konzentriertem Gesichtsausdruck und der Feinfühligkeit eines Chirurgen.

Ich fragte mich, was wohl sein Spezialgebiet sein mochte. In solchen Momenten wurde mir wieder mal klar, dass ich nicht mal seinen Namen wusste und doch unterband ich seine offensichtlichen Annäherungsversuche nicht.

Als Nächstes bekam ich noch einen peinlichen schwarz-weißen Strohhut auf den Kopf gesetzt ... wegen Hitzeschlag-Gefahr. Schließlich war ich solche Temperaturen nicht gewöhnt, als anfällige Weißhaut ... Später würde ich ganz sicher darüber lachen. Aber das Augenverdrehen würde ich mir sicher nicht verkneifen. Dennoch mochte ich irgendwie die Kombination von meinem einfachen weißen Spaghetti-Top, den abgeschnittenen Jeans und dem riesigen Hut. Ich fühlte mich fast wie einer dieser Hollywoodstars, die inkognito in den italienischen Urlaubsorten herumspazieren, als ich die Sonnenbrille aufsetzte.

Wir tranken – laut ihm – *richtigen* Espresso in einem *richtigen* Café und aßen *richtiges* Tiramisu. Wieder überfiel mich der nächste Geschmacksorgasmus, während sich die Beine der attraktiven Kellnerin fast verhedderten, weil sie so schnell versuchte seinen Wünschen zu entsprechen.

Das sei Dolce Vita ... meinte er, als wir später zu dem kleinen Hafen und den dort vertäuten vielen winzigen Fischerbooten schlenderten.

Die Sonne hatte den Zenit bereits weit überschritten und ich fragte mich, was wir hier wollten, als er bei einer kleinen Gruppe Fischer stehen blieb. Er sprach in Landessprache mit ihnen ... während ein paar Scheine gewechselt wurden. Die wettergegerbten Männer grinsten mich zahnlos an und ich bekam Herzrhythmusstörungen, als er mich beim Erzählen an sich zog und stolz den Arm um meine Schulter legte. Als wäre das nicht genug, drückte er seine Lippen an meine Schläfe und brachte mich damit völlig zum Erröten, doch ich schob ihn nicht von mir. Er benahm sich, als wäre ich sein und er deswegen der stolzeste Mann des Planeten.

Dieser Besitzerstolz hätte mir missfallen sollen – ich war kein Objekt und erst recht gehörte ich niemandem –, aber meine Hand klammerte sich fest in sein Hemd – natürlich hinter seinem Rücken … als würde er das nicht bemerken.

Schließlich führte er mich zu einem kleinen grünen Boot, in das auf keinen Fall mehr als zwei Personen reinpassten.

Der Lack war abgeblättert und es wirkte insgesamt nicht sehr sicher. Ich blieb skeptisch davor stehen, denn der Boden war von einem schlierigen Film überzogen und es roch nicht sehr einladend, doch er verbeugte sich galant und deutete mit einem »Nach Euch, Mylady« hinein.

»Nichtmal, wenn dies das letzte Boot in Waterworld wäre!« Er verdrehte die Augen, was normalerweise meine Geste war und sprang behände, als würde er das jeden Tag tun, vom Steg auf das wacklige Ding. Jetzt wusste ich, wofür er das Handtuch, die ganze Zeit auf seiner Schulter rumgeschleppt hatte, denn er breitete es auf einer der Sitzbänke aus. Dann streckte er mir, mit einer hochgezogenen Augenbraue die Hand entgegen.

»Vertraust du mir?«

»Das ist aus Aladin!«

Er lachte. »Ich hätte nicht gedacht, dass du Walt Disney bewandert bist.«

»Das ist ja wohl Allgemeinbildung!«, gab ich in meinem Stolz verletzt zu und verschränkte die Arme vor der Brust. »Also … vertraust du mir?« Das war sooooo lächerlich und peinlich noch dazu! Und so … süß. Er schob die Hand noch ein bisschen näher und schaute mich über den Rand seiner Brille eindringlich an. Ich konnte nicht anders, als die Augen zu verdrehen, doch ehe ich mich versah, lag meine Hand bereits in seiner, und das hat ganz sicher was zu bedeuten, denn ich hatte das nicht geplant! So was passierte sonst nie!

Er stabilisierte mich zwar mit sicheren Fingern, als ich mich mit wackligen Beinen in das Boot wagte, doch wie befürchtet, rutschte ich aus. Im letzten Moment schlang er mir seinen Arm um die Hüfte und zog mich ruckartig an seinen Körper.

Meine Aufmerksamkeit wurde instinktiv auf seine verkniffenen Lippen gelenkt. Ich war ihm mit einem Mal so nahe, fühlte jede Ausbuchtung, jeden Muskel, seinen Herzschlag, seinen minzigen Atem auf meinem Gesicht, während das Boot unter meinen – nun weichen – Beinen sanft hin und her schwankte. Er fühlte sich gut an – zu gut.

Natürlich wurde dieser abwegig romantische Gedanke sofort mit voller geistiger Kraft von mir geschoben und ich löste mich mit mindestens genauso viel physischer Kraft. Linkisch ließ ich mich auf eine der zwei Bänke plumpsen – natürlich auf das Handtuch, wobei ich um Haaresbreite kopfüber einen Abgang machte.

Mit erhobenem Kinn ignorierte ich die Fischer am Strand, die sich köstlich über meine Seeuntauglichkeit amüsierten. Auch ignorierte ich, dass er mit einem Mal völlig konzentriert wirkte und mich nicht mehr ansah.

Er löste das Seil vom Steg und setzte sich wortlos auf die Bank gegenüber, packte mit männlichen, starken Händen die Paddel und fing mit kräftigen Zügen an uns hinaus auf das Meer zu befördern, über dem die Sonne langsam aber sicher unterzugehen begann.

***

Es war himmlisch. Anders konnte ich es nicht beschreiben. Wir waren praktisch alleine auf dem weiten, großen Meer. Die Küste säumten bunte, malerisch wirkende Häuschen. Sie zogen sich den kompletten Hang nach oben oder ragten haarscharf über das Wasser hinaus. Das hier war das wunderschöne Land Italien. Nicht der von Touristen verpestete Ort, den ich schon fast als Klein-Deutschland betitelt hätte. Hier draußen war es nicht so heiß, und eine angenehme Brise zwang mich dazu, den Hut abzusetzen, trotzdem war die See ruhig und sanft.

Ich ließ meine Gedanken entspannt schweifen und er tat es mir augenscheinlich gleich.

Die Stille war angenehm, keiner versuchte sie mit Belanglosigkeiten zu füllen, denn wir waren uns nichts schuldig, mussten uns nichts beweisen oder dem anderen imponieren. Jeder konnte nur sein, wie er war und mir wurde schmerzlich klar, wie sehr ich das vermisst hatte. Immer musste ich mich durchsetzen. In einer von Männern dominierten Welt beweisen, dass ich trotz Brüsten genauso viel im Kopf hatte wie sie. Immer wurde ich von den Männern anders beurteilt, überwacht und von den Frauen schlichtweg angefeindet. Das bleibt als Staatsanwältin nicht aus, besonders in dem Milieu, auf das ich mich spezialisiert hatte. Ich hatte mich nur durch das definiert, was ich in meinem Beruf darstellte, aber jetzt hier auf dem Meer, mit keinem anderen, als ihm und einem stinkigen Fischerboot, wer war ich da? Einfach nur ich selbst! Ich konnte so sein, wie ich mich fühle, nicht wie es andere von mir erwarteten. Es ist befreiend, auch wenn ich das niemals zugegeben hätte.

Er hatte mich zu dieser Erkenntnis gebracht ...

Verstohlen musterte ich ihn. Irgendwann hatte er aufgehört zu rudern und sich, das Wasser nachdenklich überblickend, auf seine Ellbogen zurückgelehnt. Ich musste zugeben, das weiße Hemd zu der einfachen kurzen Hose stand ihm ... Ein Knie war angewinkelt, das andere haarige Bein lag locker zwischen meinen, es berührte meinen Unterschenkel und allein diese Stelle kribbelte, sobald ich mich darauf konzentrierte. Das war komisch, so etwas hatte ich nicht empfunden – seit Marc ... Prompt breitete sich ein Anflug von schlechtem Gewissen in mir aus, so, als würde ich jemanden betrügen. Was natürlich absoluter Humbug war!

Mit einem Mal richtete er sich auf! Ohne mich zu beachten, beförderte er unter den Bänken eine rote Angel hervor, gefolgt von dem Eimer, den er davor dem Fischer abgekauft hatte ... Neugierig beugte ich mich vor und schaute hinein.

Es war widerlich! In diesem Eimer war ein weiterer Eimer und in diesem schwammen winzige Fischchen um ihr Leben.

Während er die Angel fachmännisch vorbereitete, versuchte ich, mich nicht weiter, mit dem grausamen Bild vor mir zu befassen.

»Wir fischen«, informierte er mich, als hätte ich so ein Massaker nicht bereits erwartet und schon fing er einen dieser kleinen, armen Fische ein. Den Haken spießte er dem hilflos zappelnden Fisch direkt in den Bauch, sodass die Spitze am Rücken wieder rausschaute, woraufhin mir schlecht und jegliche wunderschöne Abendstimmung, genauso wie dieses unschuldige Wesen, gekillt wurde. Fachmännisch zog er die Schnur auf und hielt mir die Angel emotionslos entgegen.

»Auf keinen Fall«, erwiderte ich knapp.

Er sah ehrlich verwundert aus. »Wieso nicht?«

»Wieso nicht?! Das ist Mord!« Daraufhin wurden die Augen verdreht. Und ehe ich mich versah, war er aufgestanden, hatte mein Bein über die Bank gehoben, sodass ich breitbeinig draufsaß und er sich genauso hinter mir niederlassen konnte. Wofür er mir ziemlich nahe kommen musste, denn die Sitzfläche war nicht besonders groß. Verhalten rutschte ich an den äußersten Rand. »Ich will nicht!«

»Probier es nur einmal ... Dann lass ich dich damit in Ruhe.« Dafür hätte ich im Moment alles getan, also streckte ich die Hand nach der Angel aus – dieser kleine Fisch hatte sein Leben sowieso schon gelassen.

Seine Hände legten sich über meine, sobald ich den Griff umfasst hatte. Sie waren warm und sicher. Sein Atem streifte mein Ohr, als er sein Kinn auf meiner Schulter platzierte und leise hinein sprach. »Beim Fischen kommt es auf die innere Ruhe an ... es ist eine Art der Meditation ... Mein Vater hat mich schon als kleinen Jungen immer mit rausgenommen, denn er stammt aus einem kleinen Fischerdorf auf Sizilien ... du musst die Angel erst schwingen ... so ...« Er machte es mit meinen Händen unter seinen vor und reckte professionell das Kinn um alles im Blick zu behalten ... »Und im richtigen Moment musst du der Schnur Luft geben ... Jetzt!« Sie segelte davon und landete mit einem leisen Platsch mitten im Wasser.

»Schlechte Fischer brauchen einen Schwimmer. Gute haben es im Gefühl ...« Er rollte die Leine so auf, dass sie straff war. Dann legte er sein Kinn, als sei es selbstverständlich, wieder auf meine Schulter und hielt mit mir die Angel. Seine Hände waren kraftvoll und weich zugleich, und ich schloss die Augen. So nah war mir schon lange keiner mehr gewesen. Immer wieder überschritt er meine Grenzen, doch ich konnte mich nicht dazu bringen, ihn zurückzuweisen ... Wenn ich ehrlich war, störte es mich nicht. Seinen großen Körper so nah hinter mir zu wissen, meinen Rücken schützend – war altmodisch, aber beruhigend.

Die Ruhe währte nicht lange, denn mit einem Mal fühlte ich ein winziges Zucken und dann machte sich die Leine schon davon. »Festhalten!« Ich tat es und musste mich richtig dagegenstemmen, damit die Angel nicht aus meiner Hand gerissen wurde. Wow!

»Das ist ein Großer!«, rief ich aus, wobei sich meine Stimme überschlug. Ich musste aufstehen, um weiter dagegenhalten zu können. Adrenalin füllte meine Blutbahn, elektrisierend und aufregend. Er feuerte mich an. Ich musste lachen und gleichzeitig quietschen, weil mich der Fisch ein bisschen nach vorne zog. Gerade so legten sich seine Hände um meine Hüften und hielten mich fest, ich lachte lauter, als er mich zurückzog. Vereinzelte Strähnen wehten mir ins Gesicht.

»Hol ihn raus!«, rief er, auch ganz außer sich. Ich rollte, so schnell ich konnte die Schnur auf und kämpfte gleichzeitig gegen die ruckartigen Bewegungen unter Wasser. Der Fisch war stur, und gefühlt ein halber Hai. Doch ich war sturer und haiiger.

Irgendwann, nach Stunden des Kampfes – ich fühlte mich, wie der alte Mann und das Meer, oder der Kapitän und Mobi Dick – holte ich ... einen winzigen blau glänzenden Fisch hervor.

Das war´s? Enttäuscht registrierte ich, wie er ihn abmachte ... und sich das Lachen – wohl wegen meines Gesichtsausdrucks – schwer verkneifen musste.

»Nicht schlecht, fürs erste Mal!« Er war so fair mich wenigstens nicht aufzuziehen. Der Fisch landete unbarmherzig, mit bebenden Kiemen zwischen uns auf dem Boden … Ich starrte das Tier an. Tränen schossen in meine Augen, als ich dem Lebewesen beim Ersticken zusah. »Probieren wir's noch mal!« Sobald er aufstand und zu dem Eimer mit den Ködern trat, sich also von mir wegdrehte, ergriff ich meine Chance, packte den glitschigen Fisch und warf ihn zurück!

Mein Begleiter erstarrte mitten in der Bewegung, als der das eindeutige Platschen vernahm. »No, non ci credo*«, murmelte er zu sich selbst und drehte sich mit vorwurfsvollem, verkniffenen Ausdruck zu mir um. Ich zuckte mit den Schultern – kein bisschen schuldbewusst!

»Keiner sollte sein Leben zum Spaß eines anderen lassen!«

»Du hast gerade meinen kompletten Plan für diesen Abend über Bord geworfen!« Voll gebrochenem Jägerstolz blickte er zu der Stelle, wo der Fisch fröhlich in den Fluten untergetaucht war. Das Tier besaß in dem Moment, die maßlose Frechheit noch einmal aus dem Wasser zu springen, sich des Lebens zu freuen und dann auf Nimmerwiedersehen abzutauchen. Das war an Komik nicht zu überbieten. Meine Kehle kitzelte, die Augen brannten.

»Das sollte unser Abendessen werden!« Ein anklagender Zeigefinger zeigte auf das Meer.

Grinsend wiederholte ich das Schulterzucken. »Was soll ich dir denn nun vorsetzen, Frau, was du noch nie in deinem Leben gegessen hast? Was ist mit selbst gefangenem Lagerfeuerfisch zu vergleichen, hä?«

Und das war der Moment, in dem ich anfing zu lachen – laut und aus vollstem Herzen … Nach ein paar empörten Sekunden gesellte er sich dazu …

Wir aßen an diesem Abend Luigis Pizza – und ich hatte den dritten Gaumenorgasmus.

*No, non ci credo – Nein, ich glaub es nicht

Die Pizza war köstlich, genauso wie das Dessert … Und ich war mir danach sicher, noch nie in meinem Leben so viel gegessen zu haben. Außerdem hätte ich nicht gedacht, dass Wein mir jemals schmecken könnte. Der Kellner bekam Schweißausbrüche, sobald er uns beim Betreten des Restaurants erblickte, wieso auch immer. Sofort machte er den besten Tisch frei (unter Protest, der anderen Gäste) und überschlug sich halb, um uns einen perfekten Abend zu bieten, und ja … an diesem Abend schmeckte und stimmte einfach alles.

Sogar die Fahrt! Einträchtig entschieden wir uns für die ekstatischen Klänge von Muse und schwelgten schweigend in den wunderbaren Melodien und gefühlvollen, aber auch aufwühlenden und rebellischen Texten.

Es war schon dunkel, als wir nach »Little-Germany« zurückfuhren. Im Rückspiegel beobachte ich, wie das kleine, mit niedlichen Laternen erhellte Fischerdorf hinter einer Biegung verschwand, und schwor mir, ganz sicher wieder zurückzukehren.

Dies war der ungewöhnlichste, aufregendste und … beste Tag in meinem Leben gewesen. Er hatte sein Versprechen wahr gemacht.

***

Ich ließ mich zu meinem Hotel begleiten, nachdem wir uns bei ihm mit Mückenspray eingesprüht hatten. Einträchtig über den Ausflug und die Pizza quatschend schlenderten wir am dunklen Strand entlang und mieden die belebte Touristenpromenade. Das Meer rauschte, der Wind war stärker, als an den Tagen davor, und immer wieder musste ich mir die

Haare aus dem Gesicht streichen. Die Palmen bogen sich im immer stärker werdenden Wind, aber dennoch war es warm. Das kleine blau angestrichene zweistöckige Hotel kam hell erleuchtet in Sicht.

Mit jedem Schritt wurde er schweigsamer und dieses Mal war es nicht beruhigend. Wie sollte es jetzt weitergehen?

Wir stiegen in den Aufzug ... Er vergrub die Hände in seinen Hosentaschen und starrte an die gegenüberliegende Wand. Ich wusste nicht, ob ich es mir einbildete, aber sein Kiefer war ziemlich verspannt, der Ausdruck um seine Augen hart. Wortlos gingen wir den gefliesten Hotelflur entlang, als sich unsere Hände streiften, zuckte keiner zurück. Zwei Fremde, deren Wege sich gleich trennen würden, wenn nicht einer von ihnen mutig genug wäre, das zu verhindern. Doch ich konnte das nicht und wusste nicht einmal genau, ob ich es wollte.

Der Tag war genauso verwirrend wie schön gewesen und hinterließ in mir einen wahren Wirbel aus unbekannten Emotionen, die es erst zu verarbeiten galt.

»Da wären wir ...«, fing ich schließlich an, als wir vor meinem Zimmer stehen blieben. Irgendwie war die Situation peinlich ... Doch ich wollte auch nicht hinter diese Tür treten und sie für immer vor ihm schließen.

»Hm ... hm ...« Er starrte meine Zimmernummer an, nicht mich.

Wahrscheinlich war er doch wütend, weil ich seine Beute verschmäht hatte ... aber vielleicht ... ach, ich wusste es nicht.

»Also ... danke für diesen Tag ...« Ich kaute auf meiner Unterlippe und schob eine Strähne meiner wirren Haare hinter die Ohren. »Er war wirklich ... *annehmbar* ... Ich wünsche dir noch ... einen angenehmen ... Urlaub«, meinte ich stockend, weil er einfach nicht reagierte, und sperrte das Zimmer auf.

Seine Berührung kam zu plötzlich, als das ich ihr hätte ausweichen können. Mit einem Mal lagen seine Finger, um meinen Oberarm und das felsenfest. Er wirbelte mich herum, seine Augen brannten förmlich, mit einer Intensität, die ich nicht für möglich gehalten hätte.

Mit einem Ruck beförderte er mich an die Wand in meinem Rücken.

»Verdammt, du verschwindest jetzt nicht einfach so aus meinem Leben!« Und mit diesen eindringlichen Worten drückte er seine Lippen auf meine.

Sie waren warm, sie waren hart, sie waren … gleichzeitig anschmiegsam und vor allem … raubten sie mir den Atem. Mit einem Keuchen öffnete sich mein Mund und seine Zunge berührte meine zeitgleich mit seinen Fingern, die in meine Haare fuhren und meinen Kopf zurückdrängten. Dem neuen, tieferen Winkel genauso hilflos ausgeliefert, wie der Seidigkeit seiner Zunge und diesem leidenschaftlichen Bilderbuch-Überfall blieb mir nichts anderes als zu reagieren. Auf diesen Kuss, auf diesen Mann – und wie …

Etwas in mir glühte auf, in Brand gesetzt von der männlichen, harten Hitze, die sich unmissverständlich an meinen Bauch drückte. Meine Arme hoben sich und ich umklammerte seinen Nacken, ich wusste nicht, wie mir geschah, als er mich mit dem Körper in das Zimmer drängte … und mit dem Fuß die Tür hinter uns zutrat.

Der Kuss und die ungezügelte Stimmung wandelten sich aber, sobald … ich die Couch in meinen Waden spürte und rückwärts auf diese fiel … er folgte … ließ mich nicht eine Sekunde los. Mit einem Mal verlangsamte er alles, so als würde er es ansonsten nicht auskosten können.

In Büchern wird immer von einem Feuerwerk gesprochen, von glühenden Funken, von tosender Leidenschaft, von verschärften, fast übermenschlichen Sinnen. Von tausenden Gedanken, die orkanartig durcheinanderwirbeln. Das hier war nicht mehr so ...

In meinem Kopf war nur sein Geschmack.

Auf meinem Körper waren nur seine Hände.

Da war nur er … Kein anderer Gedanke konnte ihn beiseiteschieben, nichts war im Moment wichtiger, aufregender oder faszinierender.

Es war ein sanftes Glühen, kein loderndes Brennen – zurückhaltende Zärtlichkeit, keine ausufernde Leidenschaft, mit der er nun Besitz von mir ergriff. Es war verhalten, schüchtern aber dennoch intensiv und alles einnehmend.

Sein grüngrauer Blick war tief und eindringlich, als er seine Lippen von mir löste und auf mich herabsah. Kein Licht erhellte sein Gesicht, aber ich brauchte es nicht, um ihn zu sehen, wie er war. So verletzlich und offen wie ich.

»Soll ich gehen?«, fragte er und seine Stimme war so heiser, dass ein warmes Schwelen zwischen meinen Beinen bemerkbar wurde.

Selbst wenn ich gewollt hätte, meine Hände waren nicht in der Lage ihn loszulassen. Atemlos schüttelte ich den Kopf, denn ich war mir sicher, dass meine Stimme genauso versagen würde, wie mein gesunder Menschenverstand. Ich sollte ihn wegschicken, das hier beenden. Fremde so nah an sich heranzulassen, war gefährlich. Aber leider … war es bereits zu spät.

Ich sah genau, wie sich sein Mundwinkel zu einem Lächeln hob.

»Gut ...« Und mit diesem gehauchten Wort platzierte er einen weiteren Kuss auf meinen Lippen … und noch einen … und noch einen ... Unser Schicksal war besiegelt.

Meine Augen glitten erleichtert zu, die Zehen verkrampften sich, als sein voller Mund eine Wanderung aufnahm, die einer Folter glich. An meinem Kiefer entlang, wobei mich sein heißer, heftiger Atem erschauern ließ … und meinen Hals hinab. Er stützte sich auf beide Arme und bahnte sich seinen Weg bis zu meinem Schlüsselbein … und ob ich wollte oder nicht, fühlte ich zwischen meinen Beinen, wie erregt er bereits war.

Gott! Ich würde doch jetzt nicht Sex haben?! Mit ihm! Einem namenlosen Fremden! Nach einem Tag! Meine Fäuste verkrallten sich in seinem Hemd … Ich wusste nicht, ob ich ihn von mir schieben oder an mich ziehen sollte!

»Warte ...« Es war kaum mehr als ein Hauchen, doch schon hatte er seinen Mund von mir gelöst. Mit dunklen Augen, zerzaustem Haar und angespannten Gesichtszügen schaute er düster auf mich herab. Mit einem so verlangenden, glühenden Blick, dass er mir fast schon wieder die Sinne und die Sprachfähigkeit raubte.

»Okay ... ich warte ...«, informierte er mich etwas ... *forsch.* »Wie lang ungefähr?«

Ich verdrehte die Augen und richtete mich auf. Dieser besondere Moment war gebrochen, die Scham hatte ihre Chance, um meine Wangen rot zu färben. Er ließ es ziemlich mürrisch zu, dass ich mich unter ihm hervorschob und gerade auf die Couch setzte, bevor er unwillig auf die Hacken zurückwich. Ich wusste, ich musste etwas sagen, ich hatte nur keine Ahnung was ...

»Ich finde ...« Schwer kämpfte ich, um aus dem Chaos an Emotionen, die nun auf mich einprasselten, die geeignete herauszufiltern, doch dann ... dann wurde mir klar, worauf es mir ankam. »Ich finde ... Sex ... sollte mehr als ... ein Trieb sein, der mal so nebenbei befriedigt wird.« Er schwieg, doch das sehr aufmerksam ... deswegen sprach ich verhalten weiter und sah dabei zu Boden. »In der heutigen Gesellschaft treibt es scheinbar jeder mit jedem – ohne jegliches Gefühl, das widerstrebt mir«, versuchte ich mich weiter zu erklären. Und mit einem Mal fühlte ich seine Hand an meiner Wange. Sie war groß, fest und sicher und ich blickte zu ihm auf.

»Ist das hier ohne Gefühl?« Sein Daumen streichelte nicht nur meine Haut ... sondern auch einen Ort tief in mir. Meine Lider glitten ganz von alleine zu, denn jede Faser wollte sich auf den Punkt richten, den er berührte, als wäre er alles, was mein Universum ausmachte, doch das war er nicht, würde er nie sein! Das war unrealistisch und dumm!

Ich ließ mich von meinen Hormonen leiten! Ein absolutes No-Go!

Ruckartig wich ich zurück und sprang schließlich auf die

Beine, um dieser atemlosen Spannung zu entkommen. Eine heftige Unruhe ließ mich nicht stillstehen, also fing ich an, vor ihm auf und ab zu laufen und mir dabei die Haare zu raufen. »Du verstehst mich falsch … oder du verstehst mich besser als ich selbst, wie auch immer. Es geht nicht. Ich kenne nicht mal deinen Namen oder deinen Wohnort oder … was für eine Religion du hast … oder was für politische Ansichten du vertrittst! Magst du Tiere? Wie gehst du mit alten Menschen um? Bist du ein guter Mensch? Das ist genau das, was ein Mann alles beantworten möchte in einer solchen Situation, das ist klar, aber ich fühle ganz genau, dass es da etwas gibt, was du mir nicht sagen willst …« An der Art, wie er die Hand hob und sich ratlos durch die Haare strich, als er aufstand, merkte ich, dass ich genau ins Schwarze getroffen hatte. Meine Instinkte täuschten mich dank jahrelanger Übung bei so etwas nicht. Mir wurde eiskalt.

»Was ist es?«, fragte ich nun heiser und stemmte die Hacken in den Boden. Meine Fantasie ging mit mir durch, erinnerte sich an all die Gewaltverbrechen, die ich vor Gericht bereits angeklagt hatte … »Bist du ein Psychopath? Ein Mörder? Bist du ein Drogendealer?« Mit jedem Wort wich ich weiter vor ihm zurück. Mir wurde klar, dass ich hier mit ihm alleine war. Dass er um so vieles stärker war als ich, dass dies alles nur ein irres Spiel sein könnte … er könnte mich umbringen und keiner würde es merken … *Panikattacke!*

»Hey …« Mit einem Mal fühlte ich eine Wand in meinem Rücken und er stand vor mir. »Das bin ich nicht.« Er hob mein Kinn mit zwei Fingerspitzen, ich sah ihn düster an, unwillig mich wieder einlullen zu lassen.

»Was dann? Bist du verheiratet?«

Er schmunzelte traurig, überhaupt war er nun von einer stummen Niedergeschlagenheit umhüllt. »Nein.«

»Dann hast du eine Freundin.«

»Seit Jahren nicht mehr.«

»Du bist eine Frau!«

»Fühlt sich das so an?« Er drängte sich sanft an mich und

ich fühlte an meinem Bauch genau den Gegenbeweis.

Es gefiel mir, mehr als ich zugeben wollte. »Ich bin ein ziemlich normaler Mann, ich schwöre es dir. Keine Leichen im Keller ... Und wenn du nicht willst, dann müssen wir hier und jetzt auch nicht weitermachen, was aber nicht heißt, dass ich dich morgen nicht wiedersehen will.«

Ernst sah er auf mich herab und ich suchte in seinen dunklen, müde wirkenden Augen nach dem Haken. In diesem attraktiven Gesicht musste es doch etwas geben, was ihn verriet. Irgendwie verrieten sie sich immer, ob durch einen Blick oder eine Geste. Sein Gewissen konnte nicht rein sein, oder wieso hätte er sonst auf diese mysteriöse Show beharrt? Wieso sagte er mir nicht einfach, wer er war und was ihn ausmachte? Doch auch nach langer Suche fand ich nichts außer ... Hoffnung? Worauf?

»Wieso willst du mich morgen wiedersehen?«, fragte ich geradeaus und er antwortete sofort, wie aus der Pistole geschossen.

»Weil ich etwas für dich empfinde.«

»Das kann nicht sein! Wir haben nur einen einzigen Tag miteinander verbracht!«, rief mein gesunder Menschenverstand aus.

»Und doch fühle ich mich, als würde ich dich ein Leben lang kennen!«

»Das ist Schwachsinn!«

»Ist es nicht ... hier drinnen weißt du es ...« Und dann legte sich seine Hand auf mein Herz, es war das Kitschigste, was ein Mann seit Edward Cullen getan hatte und das ... schönste. Denn er hatte recht ... Von ihm berührt zu werden war wie heimkommen. Kein Ekel kam in mir auf, keine Abneigung, keine Abwehrgedanken. Nicht im Geringsten.

Als ich die Augen verdrehte, lachte er ... und dann beugte er sich wieder vor und küsste mich kurz und vorsichtig. Und nein, diesmal wich ich nicht zurück.

»Keine Hintergedanken ...«, murmelte er zwischen sanften Küssen.

»Keine Namen ...« Er strich mit seinen Lippen erneut über meine und ich schmolz förmlich dahin.

»Nur zwei Seelenpartner … die sich zufällig gefunden haben.« Was für ein esoterischer Quatsch! Doch er küsste mich bereits ganz und gar … und somit auch die zynischen Gedanken aus meinem Kopf.

Es war leise im Zimmer, man hörte nur unsere Geräusche, während er ehrfürchtig mein Gesicht in seinen Händen hielt und sich mit meinen Lippen ausgiebig bekannt machte. Mal sanftes Darüberstreichen. Im nächsten Moment packte er sie und biss hinein, dann wieder zärtliches Erkunden, dann wieder grobes Unterwerfen. Meine Arme hingen herab, ich stand relativ reglos auf den Zehenspitzen und registrierte voll Erstaunen, was er mir zeigte. Er zeigte mir, wie wunderbar und aufregend es sein konnte – mit ihm. Wenn ich mich nur darauf einlassen würde.

Wie hätte ich bei solchen Kusskünsten nein sagen können?

Ich war mir sicher, dass das hier besser als Sex war!

Auf jeden Fall war es nicht ich, die sich irgendwann von ihm löste, auch wenn ich kaum noch Luft bekam und sich mein Mund geschwollen und überempfindlich anfühlte. Er strich noch einmal mit seinem Daumen darüber – eine wahnsinnig sinnliche Geste.

»Ich hole dich morgen um neun Uhr ab ...« Seine Stimme war ungewohnt heiser.

Ich nickte.

»So fügsam?«

Ich verdrehte die Augen, und er lachte rau.

»Wie willst du mich nennen?«, fragte er plötzlich und ich runzelte die Stirn. Keine Ahnung!

»Ich weiß meinen Namen schon für dich ...«

»Aha ...«

»Willst du ihn wissen?«

»Hmmm ...«

Und somit schockte er mich ein weiteres Mal an diesem so schockreichen Tag.

»Ich finde, zu dir passt nur ein Name. Bella.« Und mit diesen Worten gab er mir noch einmal einen Kuss, woraufhin ich überlegte, ob ich langsam mal bei Akte X oder X Factor oder was auch immer anrufen sollte, und verließ mein Hotelzimmer.

Das war gruslig und so aufregend!

10. Kapitel 9

Ich war etwas müde, weil ich in dieser Nacht kaum geschlafen hatte, und daran waren diesmal weder die Mücken noch das feiernde Partyvolk schuld. Oh nein, es schien unmöglich, dass eine Person nach nur einem einzigen gemeinsamen Tag das Gehirn eines anderen Menschen so sehr einnehmen konnte, wie er meines. Wie hatte er das bloß gemacht? War er Magier?

Aber na ja … es heißt nicht umsonst, Liebe ist die einzige gesellschaftlich anerkannte Geisteskrankheit. Denn ja, so etwas wie Liebe oder zumindest Verliebtheit, musste das hier sein. Es hätte die Symptome perfekt erklärt. Nichts anderes hätte mich meine Prinzipien so leicht über Bord werfen lassen. Unter keinen Umständen hätte sich das so … gut angefühlt, nichts hätte mich mehr beflügelt. Ich schwebte, wie auf Wolken in der lauten Nacht in meinem heißen Hotelzimmer, denn die Klimaanlage hatte sich verabschiedet. Die Laken klebten an meinem Körper, die Haare an meiner Stirn. Ich warf mich hin und her. Normalerweise wäre ich Amok gelaufen, spätestens als die Moskitos anfingen, in operngleichen Chören über mir und um mich herum zu summen. Aber ich hatte andere Probleme als diese Banalitäten.

Immer und immer wieder musste ich meine Lippen ehrfürchtig berühren, um mir klar zu machen, dass dies alles kein Traum war. Einer, von dem ich niemals gedacht hätte, ihm zu erliegen. Irgendwo musste es doch einen Haken geben – den gab es immer. Doch egal, wie sehr ich auch darüber nachgrübelte, ich fand keinen. Er war intelligent, ein Gentleman, fürsorglich, wachsam, besaß Humor und war dazu auch noch gut aussehend – außerdem konnte er so gut küssen, dass mir selbst im Nachhinein noch die Knie weich wurden.

Nicht einmal bei Marc hatte ich mich so wohlgefühlt und etwas so Intensives empfunden. Das gab mir am meisten zu denken. Doch nicht lange, denn eigentlich war es fürs Denken bereits zu spät. Außerdem: Wenn du auf rosa Wolken schwebst, die deinen Kopf vernebeln, blickst du sowieso nicht mehr durch …

Am Morgen war ich ein paar Mal kurz davor einfach zu flüchten – und ich meine damit außer Landes. Mein Blick glitt immer nervöser zu der kleinen Uhr über dem Fernseher. Je näher der Zeiger der neun rückte, umso mulmiger wurde mir. Das Ticken schien mit jedem Schlag lauter zu werden. Gähnend riss ich meinen Blick von der Uhr los und schlurfte ins Bad.

Als ich mir vor dem Waschbecken die Haare hochband, bemerkte ich lauter kleine, hektische, rote Flecke auf meiner Haut, die sogar durch den Sonnenbrand hindurch zu erkennen waren. In meinem weißen sommerlichen Kleid drehte ich mich vor dem langen Spiegel im Flur und begutachtete, wie meine Hüften und Brüste zur Geltung kamen. Dabei fühlte ich mich das erste Mal wie eine ganz normale junge Frau. Ich dachte nicht ans Gericht, an besonders knifflige Fälle oder was in drei Wochen wäre, in einem Jahr, in fünf Jahren … Ich lebte für den Moment – also den Moment in dem es an der Tür klopfen und …

Es klopfte, natürlich nicht normal, sondern im Tütürütü-tütü-Takt. Das erinnerte mich spontan an meinen Vater, er hatte beim Kochen auch immer den Kochlöffel in diesem Takt am Topf abgeklopft und meine Mutter damit wahnsinnig gemacht. Komisch, das war eine Erinnerung, die ich eigentlich vergessen zu haben glaubte, aber nun hörte ich es wieder glasklar vor mir und musste wehmütig grinsen.

Gleichzeitig schrumpfte mein Magen nun endgültig auf die Größe einer Rosine zusammen, während ich auf weichen Knien zur Tür ging, sie öffnete und … mir erst mal die Luft wegblieb.

War es das helle Tageslicht, war es das lässige Muskelshirt mit dem offenen weißen Hemd darüber, oder diese helle knielange Hose? War es das leichte Lächeln, in dem attraktiven gebräunten Gesicht oder die funkelnden Augen, nachdem er sich die Sonnenbrille hoch in das schwarze Chaoten-Haar geschoben hatte – und er war einer der wenigen Männer, die die Brille so tragen konnten, ohne lächerlich auszusehen – oder war es seine leise, selbstsichere Stimme?

»Buon giorno, Isabella ...« Vielleicht auch die Berührung, als er die Hand nach mir ausstreckte und meine nahm. Oder vielleicht die Lippen, die auf kribbelnde Art über mein Handgelenk strichen ... Eventuell der gesamte Mann, der mich nun an sich zog, als würde ich in seine Arme gehören. Ich wusste es nicht, aber aus der Rosine wurde ein Schmetterlingsnetz, in dem es wild herumschwirrte. »Dormito bene ... hast du gut geschlafen?«

Ich schüttelte den Kopf, fühlte, wie meine Wangen rot wurden, als er schmunzelte und sich zu mir herabbeugte, immer noch meine Hand in seiner haltend – und zaghaft mit seinen Lippen über meine strich.

»Wieso nur?«, neckte er mich sanft.

Mit einem Seufzen ging ich auf die Zehenspitzen, warf meine Arme um seinen Hals und küsste ihn.

Wenn ich mich schon in das ultimative Liebes-Chaos stürzte, dann richtig! Oh ja! Heute Nacht hatte ich eine Entscheidung getroffen und die war unumstößlich!

***

In diesem Liebeschaos schwebte ich die nächsten fünf Tage und es zahlte sich aus. Er zeige mir Orte, die ich noch nie gesehen hatte, aber auch Gefühle, die davor nicht vorhanden gewesen waren. Er brachte mich in Kirchen, in die eigentlich keine Menschenseele Zutritt genoss. Heilige Orte, an denen ich mich nicht traute ein Wort zu sagen, um diesen Frieden nicht zu stören. Ich durfte ihm beim Beten zusehen und in diesen Minuten war er mir so nah wie nie.

Am nächsten Tag besuchten wir eine einsame Bucht, so

wunderschön, wie aus einem Katalog in die Realität gepflanzt.

Wir schlenderten über Gemüse- und Obstfelder, wo wir unser Abendessen pflückten … Kurz gesagt zeigte er mir, wie man das Heute genoss, ohne an das Morgen zu denken und es war himmlisch …

***

Wir fuhren mit einem riesigen Fahrrad, in dem vorne zwei und hinten zwei Leute Platz fanden, aber erst nach einiger Überredungskunst von dem heute ziemlich schweigsamen Mann neben mir.

Egal.

Als wir aus der Stadt heraus waren und gemütlich am Strand entlang tuckerten, als ich meinen Kopf verhalten an seine Schulter lehnte und er unsere Finger fest miteinander verschlang, fühlte es sich immer noch gut an – nein, mehr als das. Es sollte so sein.

»Ich hab auch einen Namen für dich …«, nuschelte ich nach einiger Zeit und genoss den erfrischeden Fahrtwind, froh darüber, dass es heute nicht so heiß wie an den vorangegangenen Tagen war.

»Wird ja mal Zeit!«

»Ja …« Aber jetzt würde ich ihn doch lieber für mich behalten.

»Der wäre?« Ich kniff die Lider zusammen. Was war nur in mich gefahren, ihm so einen blöden Namen zu geben? Konnte ich das auf ein übermüdetes Gehirn schieben? Im Tageslicht sehen die meisten Dinge anders aus als bei trübender Dunkelheit – auch Einfälle. Er blieb stehen und rückte etwas von mir ab, ich schaute mit brennenden Wangen auf den Boden. »Raus damit!«

»Hmmpf …«

Er lachte.

»Du hast davon angefangen, also sag es!«

»Hmmpf …«

»Gut, dann werfe ich dich über meine Schulter und

schmeiße dich so wie du bist da rein«, erwiderte er vergnügt und wirkte dabei wunderbar losgelöst und jungenhaft. Ich musste nicht nachsehen, um zu wissen, dass er in Richtung Meer deutete. Auf den Sandhintern konnte ich verzichten!

»Das ist … Erpressung!«

»Willst du mich verklagen?«

»Edward ...«, murmelte ich so schnell und so leise, dass er es unmöglich hören konnte, aber er runzelte die Stirn, was mir klarmachte, dass er mich doch gehört hatte.

»Das war eine dämliche Idee, such dir deinen Namen selber aus!«, zischte ich mit einem Mal wieder außer mir.

»Wieso Edward?«, bohrte er leicht amüsiert, bis schwer verwirrt. Ich verdrehte die Augen.

»Na, wenn du mich Bella nennst … Und zwischen uns ist es ein wenig, wie zwischen Bella und Edward.« Die Verwirrung steigerte sich. Oh Mist, ich erwartete doch jetzt nicht wirklich von ihm, dass er diesen Roman gelesen hatte?! Auch wenn ich bereits gemerkt hatte, dass er mindestens genauso belesen war wie ich, so waren seine Favoriten Stephen King, Ken Follett und Salman Rushdie – ›Der Grimus‹, war das Buch, das ich so lange gesucht hatte. Er hatte sofort gewusst, was ich meinte.

Mehr als unwillig erklärte ich also. »Aus Twilight … Bella ist Edwards große Liebe … doch gleichzeitig, will er ihr Blut – es zieht ihn magisch an. Er muss ständig gegen das, was er ist und für die Liebe kämpfen ...«, gab ich noch kleinlauter zu, ohne ihn anzusehen, stattdessen schaute ich auf meine Finger, die nervös in meinem Schoß miteinander kämpften. »Und ähm er … ist wirklich nett, wachsam, äußerst intelligent, rechtschaffen, ein Gentleman, besitzt Ehre und er kann Gedanken lesen.« *So wie du bei mir.*

»Doch hat er gleichzeitig etwas Gefährliches an sich, denn er ist er ein Vampir … Er ist ein weiser Mann, der ungefähr einhundert Jahre alt ist und schon sehr viel in seinem Leben gesehen hat. Doch immer muss er sich verstellen, denn er ist bis in alle Ewigkeit in dem Körper eines Siebzehnjährigen gefangen …

Ich finde diesen Charakter wahnsinnig interessant, wer ihn für einen Schwächling und diese Reihe für eine bloße Teenie-Schnulze hält, der irrt sich gewaltig!« Okay, jetzt war meine Leidenschaft für ein gutes Buch, das verkannt wird, mit mir durchgegangen, und es war an der Zeit, einen Punkt zu finden. »Ach, und er glitzert im Sonnenlicht. Das unterscheidet euch wohl etwas …«

Lange Zeit antwortete er nicht, also musste ich irgendwann hochsehen. Vielleicht war er ja auch schon längst unauffällig verschwunden, als er gemerkt hatte, mit was für einer Geisteskranken er es zu tun hatte. Witzig, dass ich vor ein paar Tagen noch andersrum gedacht hatte. Doch als mein Blick ihn traf, war da nichts, als … warme Zärtlichkeit und ein sanftes Lächeln.

»Grande Amore, also?«, raunte er nur und jetzt wollte ich laufen! »Oh nein, du bleibst da! Denk nicht mal dran … Ich finde, der Name passt zu mir. Er ist … altmodisch aber er hat was und ich fühle mich verdammt geschmeichelt!« Er legte mir einen Arm um die Schulter und zog mich an sich. Ich entspannte mich ein wenig, so wie immer, wenn sein Aftershave in meine Nase stieg und mir die Sinne benebelte.

»Und wenn du böse bist, nenn ich dich Eddie!« Er lachte leise, fuhr aber weiter.

***

Es hätte so ein schöner Tag, wie immer werden können, doch dann kam er … also Eddie … ich würde mich nie daran gewöhnen ihn so zu nennen … auf die glorreiche Idee mich auch mal fahren zu lassen.

Ich protestierte lautstark, denn das Holzwegchen, das sich zwischen den Sanddünen entlangschlängelte, war gerade mal so breit, dass wir mit dem Monstrum draufpassten, aber er meinte, es sei nicht so schwer und stand auf. Proteste jeder Art konnten ihn nicht aufhalten. Elegant kam er um die ›Todesfalle‹ herum und kletterte hoch. Sobald eine hintere Backe die Bank berührte, schob er mich einfach mit seinem gesamten Körper auf den Sitz des Fahrers. So viel natürlicher Dominanz hatte ich kleines Wesen nichts entgegenzusetzen. Also ließ ich mir von ihm seufzend die verschiedenen Knöpfe, Blinker und Hebel erklären. Wobei ich nicht müde wurde, nach jedem Satz zu wiederholen, dass ich bis jetzt noch nicht mal einen Führerschein besaß! Ich fuhr mit dem Rad zur Arbeit – der Umwelt zuliebe, und weil ich keine Autos mochte – und keine anderen Menschen – und kein Lakritz.

Zaghaft tippte ich das Gas an und wir hüpften nach vorne, woraufhin so ungefähr alle Haare meines Kopfes in meinem Gesicht und einem Mund landeten …

»Sachte ...«, meinte er und schob meinen Fuß mit seinem beiseite. Behutsam trat er auf das Gas.

»Warte!« Ich klammerte mich an seinen Oberschenkel, denn es fühlte sich irre an, nicht die Kontrolle über die Geschwindigkeit zu haben, aber dennoch verantwortlich zu sein. Er dachte ja gar nicht daran und drückte fester zu. »Lenk!«

Mit beiden Händen umfing ich das Lenkrad – kreischend. Etliche Köpfe drehten sich nach uns um, als wir mit rasanten fünf Km/h vorbeituckerten. Das Rad fuhr für die Augen von normalen Menschen sicherlich langsam, aber die hysterische Frau hinter dem Lenkrad fühlte sich, als hätten wir bereits Lichtgeschwindigkeit erreicht – ja, ja, sehr witzig.

»Geht doch!« Noch unwitziger wurde es, als er grinsend – und ich unterstelle ihm hier Böswilligkeit – das Pedal weiter nach unten trat. »Jetzt erhöhen wir das Tempo!«

»Nein!« Die Kurve kam zu schnell – für meine Verhältnisse. Da ich kein Gefühl für das Gefährt hatte, riss ich das Lenkrad zu fest herum und der Wagen schlingerte erst zur einen Seite, bevor er den natürlichen Kräften nachgab und ächzend auf die andere kippte. Ich landete ungeschützt auf meiner Seite, stieß mir übel den Ellbogen und die Hüfte an und schrie noch lauter. Er landete auf mir … schwer … und fluchend.

»Also Edward hätte das nicht getan.« Das Murmeln konnte ich mir mitten in die angespannte Stille nach dem Unfall nicht verkneifen. Dann brach sowieso schon das Chaos aus. Menschen stürmten auf uns zu, als wären wir mit einem Flugzeug abgestürzt.

»Beweg dich nicht!« Er stemmte sich durch das »offene Fenster« mit den Füßen voran und landete nicht mal stolpernd zwischen den filmenden, sensationslüsternen Touristen. Dann beugte er sich zu mir rein. »Ist dir übel?«

»Nein!«, grummelte ich und setzte mich irgendwie auf. Meine Hüfte durchzog dabei ein Stechen, welches sich wohl auf meinem Gesicht zeigte. Er wurde augenblicklich kreidebleich, bevor er ungehalten zischte:

»Du sollst dich nicht bewegen!«

»Mir geht's gut!« Bis auf meinen Ellbogen und meinen Hintern!

Umständlich kletterte ich aus dem Fenster und schaffte es dabei sogar seine ›helfenden‹ Hände, genauso wie die blutgeilen Blicke abzuwehren. Doch sobald ich festen Boden unter den Füßen hatte, hob ich schon wieder ab – auf seine Arme. Einen erneuten Aufschrei unterdrückend klammerte ich mich an seinem Hals fest – während er die Peinlichkeit perfekt machte und mich vom Unfallort davontrug.

»Lassen Sie uns durch! Aus dem Weg!« Ich nahm mir vor, ihn später zu töten, wenn keine Zeugen anwesend wären. Jetzt nahm ich damit vorlieb, mein glühendes Gesicht an seiner Brust zu verstecken, bis er sich mit mir auf seinem Schoß hinsetzte, als wäre ich ein kleines Mädchen!

Gerade wollte er etwas sagen, da eilte ein übergewichtiger Socken-bis-zu-den-Knien-Träger, natürlich in offenen Sandalen, auf uns zu und ging vor mir in die Hocke.

»Ich bin Arzt. Lassen Sie mich nachsehen … haben Sie Kopfsch...« Als er an meiner Schulter vorbei in das Gesicht des

Mannes sah, auf dessen Schoß ich thronte, ließ ihn das auf der Stelle verstummen.

»Oh ja … natürlich … Ihre Patientin, alles klar … Ich werde dann mal wieder … schönen Urlaub noch …« Der Mann war so schnell wieder weg, dass er fast eine Staubspur hinter sich herzog.

Als hätte es die Störung nicht gegeben, lag die Aufmerksamkeit wieder auf mir. »Hast du Kopfschmerzen?«

»Nein!«

»Wo hast du Schmerzen?« Er betastete bereits feinfühlig meinen Schädel, inklusive Wangen, Nase, drehte ihn hin und her. Ich kniff die Augen zusammen und machte auf meinen Arm aufmerksam, bevor ihm womöglich wieder die MRT-Idee kam. »Hier. Am Ellbogen.«

Er beugte und streckte meinen Arm, tastete mich ab und brachte mich dazu, die Leute um uns herum komplett zu vergessen. Seine langen Finger auf meiner Haut waren viel zu ablenkend, selbst wenn er mich distanziert und professionell berührte.

Am Ende seiner ›Behandlung‹ hatte ich leichte Atemprobleme, was das Ganze nur noch unangenehmer machte. Genauso, wie die Tatsache, dass ein neuer ziemlich, harter Ausdruck in seinen Augen stand, der mich dazu brachte, mich verteidigen zu müssen. Zu der Zeit hatten die Gaffer das Unfallfahrzeug bereits wieder aufgestellt – also waren sie wenigstens zu etwas gut.

»Ich habe dir gesagt, dass ich nicht mal einen Führerschein habe!«, zischte ich ihm leise zu und er sah mich aus dem Augenwinkel skeptisch an, antwortete jedoch nicht, bis er sich vergewissert hatte, dass das Monstrum noch fahrtüchtig war, er mich hingesetzt hatte und wir heimwärts tuckerten.

»Und ich hätte wissen müssen, dass ich dich nicht so überfordern kann«, murmelte er zu einem so späten Zeitpunkt, dass ich den Zusammenhang schon fast vergessen hatte.

»Na ja ...« Nun wand ich mich auf meinem Sitz umher. »Ganz so ist es nicht ... du hast eigentlich nicht wissen können, dass ich nicht mal geradeaus lenken kann und mich hinter einem Lenkrad in ein hysterisches Kreischmonster verwandle ...«

Er schnaubte. Ich runzelte die Stirn. »Bist du wütend auf mich?«

»Nein!«

»Aber du siehst mich nicht an.«

Er blickte so lange zu mir, bis wir fast gegen einen Blumentopf fuhren. Und als ich ihn daraufhin auf seinen rasanten, risikoreichen und überaus unverantwortlichen Fahrstil aufmerksam machte, musste er schon wieder grinsen – spöttisch.

11. Kapitel 10

Ich lag auf etwas, das eigentlich ein Balkon war, aber die Ausmaße einer Terrasse hatte. Einer Großen! Und auf dieser Terrasse befand sich ein ganzes Fußballfeld aus Couch und Rattan. Auf der war ich platziert und nicht mehr fortgelassen worden. Es war übelste Freiheitsberaubung, was dieser Mann tat, aber ich könnte ja eine Gehirnerschütterung haben und dieses Mal würde er seiner Aufsichtspflicht nachkommen. Das Grillgemüse stimmte mich milde, genauso wie der beste Cocktail, den ich je getrunken hatte und auch die Erdbeeren – mit Schokolade …

Außerdem die Aussicht, und damit meinte ich nicht das Meer und den liegestuhllosen, unberührten Privatstrand davor. Ich mochte die Art, wie er sich bewegte – selbstischer, fast schon geschmeidig und völlig mit sich im Einklang. Dagegen war ich ein echtes Trampeltier – ein betrunkenes.

Aber ich war im Schatten, es war ruhig … Es gab Leckereien, keine schreienden Kokosspaltenverkäufer, keine quengeligen Kinder, keine fliegenden Bälle, keine gaffenden Menschenmassen. Deswegen behielt ich meine Proteste für mich.

Am Abend ließen wir im Kamin, der sich auf dem Balkon befand, ein offenes Feuer brennen. Neben dem Knacken der Holzscheite, bildete das Meer die einzige Geräuschkulisse, und ich war eingemummelt in eine dünne Decke … Außerdem befanden sich überall Insektentötungslampen. Von den geflügelten Blutsaugern und Faltern blieb nichts weiter übrig, als ein herzhaftes Knistern. Zu dieser Zeit war ich bereits vollgestopft und selig, aber er brachte mich trotzdem noch dazu, die letzte Erdbeere mit dunkler geschmolzener Schokolade zu vertilgen.

Meine Lippen wurden danach äußerst gründlich von süßen Überresten befreit, bevor er sich entspannt zurücklehnte, immer noch in nichts weiter als Weiß gekleidet.

»Das hat mir meine Mutter immer gemacht, wenn ich Streit mit meiner großen Schwester hatte ... Also ich meine ... die Erdbeeren mit dunkler Schokolade ... frisch aus unserem Garten.« Ich musste bei der Vorstellung von ihm als kleinem Jungen, der weinend zu Mama rennt und petzt, wehmütig lächeln.

»Wie war sie so?«

»Wer?«

»Deine Kindheit ...«, fragte ich sanft. Er überlegte nicht lange.

»Na ja ... so, wie ein Kind meiner Meinung nach aufwachsen sollte. Den ganzen Tag an der frischen Luft und nichts als Flausen im Kopf.« Er grinste mich frech an und ich konnte ihn mir genau als Zehnjährigen vorstellen. Sein Grinsen war ansteckend, doch dann lächelte ich wehmütig.

»Bei uns hat meine Mutter auch immer gekocht, aber es gab nur die drei Hauptmahlzeiten, nie Naschereien. Das ist schlecht für die Zähne und die Figur ...« Seufzend machte ich ihre tiefe, kratzige Stimme nach, denn sie hatte geraucht wie ein Schlot – heimlich. »Wie viele Jahre trennen dich und deine Schwester?«, fragte ich amüsiert und sah ihm dabei zu, wie er noch einen Schluck von seinem Drink nahm und sich entspannt zurücklehnte. Unter trägen Lidern beobachtete er mich.

»Zwei Jahre und ich sage dir, die machen einiges aus ... Wir haben uns nur gezofft ... Wobei das wahrscheinlich weniger mit dem Alter, sondern damit zu tun hatte, dass sie eine unausstehliche Zicke und ich eine kleine Nervensäge war.« Einige Sekunden blieb es still, wir beide schauten in die züngelnden Flammen. Irgendwann gab ich mir einen Ruck und fragte, denn ich fühlte die Wärme, mit der er über seine Mutter gesprochen hatte. »Wieso hast du den Kontakt zu deiner Familie abgebrochen?«

»Ich ...« Er schluckte ... und atmete tief durch, doch

schließlich kam es wie aus der Pistole geschossen und eisenhart. »Ich habe ihrem Wunsch nicht entsprochen, das Familienunternehmen weiter zu führen ... Stattdessen ging ich ins Ausland.«

»Oh ...«

»Das kannst du laut sagen! Mein Vater war alles andere als amüsiert, genauso wie meine Onkel ... du musst wissen, meine Familie ist sehr, sehr groß und sehr, sehr italienisch. Also temperamentvoll. Ich habe keine Ahnung, was sie getan hätten, wenn ich dageblieben wäre ...« Bei den letzten abwesend gemurmelten Worten zuckte er zusammen ... und setzte sich dann mit einem Mal auf. »Ich mixe dir noch einen Cocktail!«

Ich schmunzelte, weil er anzüglich grinste und weil ich wusste, dass er vom Thema ablenkte. »Willst du mich betrunken machen?«

»Vielleicht!« Mit diesen Worten gab er mir einen winzigen Kuss und schlenderte ins offene Wohnzimmer davon.

Als er wiederkam, dachte er wohl, ich hätte das Thema abgehakt, doch meine natürliche Neugierde ließ sich nicht lange bändigen. Wenn ich mich für eine Sache interessierte, dann musste ich alles erfahren – die ganze Wahrheit und noch mehr. »Wieso wolltest du das Unternehmen nicht weiterführen?«

Er überlegte für einige Sekunden ... »Es entsprach nicht meinen damaligen Vorstellungen ... Ich machte wie geplant mein Medizinstudium und ging für ein Jahr nach Tibet in ein kleines, abgelegenes Krankenhaus. Die Bezahlung war miserabel, aber ich lernte genauso Elefantenreiten Meditation und Kampfsport. Danach ging ich zu den ›Ärzten ohne Grenzen‹. Vor einem Jahr kam ich zurück in die Schweiz. Dort, wo ich auch meine medizinische Ausbildung absolviert hatte, arbeitete ich im Krankenhaus. Ich erfuhr, natürlich während der Arbeit, dass meine Mutter gestorben war ...« Oh Gott ... das war schrecklich.

»Wann?«, wisperte ich und hielt mich davon ab, meine Hand auf seinen Unterarm zu legen.

»Vor drei Monaten ... Eigentlich war ich auf dem Weg zu meiner Familie ... Das hier sollte nur ein kleiner Zwischenstopp werden ...« Seine Hände ballten sich zu Fäusten und ich hielt es nicht aus ... nahm sie in meine und strich über die Knöchel.

Sofort klang meine Stimme belegt, denn ich konnte bei jedem anderen Menschen hart bleiben, aber nicht mehr bei ihm. »Ich weiß, wie du dich fühlst ... es wird besser.«

»Ja.« Er sah mich nicht an, starrte nur scheinbar blind in die Flammen und spielte gedankenverloren mit seinem Glas. Er schien so verloren, dass ich es nicht mehr aushielt und ein wenig vom Thema ablenkte.

»Hattest du noch Kontakt mit irgendwem aus deiner Familie, seitdem du gegangen warst?«

»Mein Vater ist schon länger tot. Die Einzige, die noch mit mir spricht, ist meine Schwester ... Sie hat mich informiert ... und mir gesagt, dass es Mamas letzter Wunsch war, dass ich mich mit der Familie versöhne. Du musst wissen, bevor ich damals ging, haben mein Vater, meine Onkel und ich uns übel gestritten. Er warf mir vor, mir würde nichts an der Familie liegen, dass ich egoistisch sei ... und ich warf ihm vor, dass es egoistisch von ihm sei, mir sein Lebenswerk aufzudrängen. Es war wirklich hässlich, was ich zu ihm gesagt habe und auch zu Mama ...« Mit einem Mal verstummte er ... sah nur blicklos vor sich hin ... die Hände, die das Glas hielten, bebten verdächtig.

Ich konnte es nicht mehr ertragen ihn so zu sehen, beugte mich vor, nahm ihm das Glas ab, stellte es auf den Tisch und schälte mich aus der Decke.

Es war seltsam, aber irgendwie vertraut, als ich mich rittlings auf seinen Schoß setzte und sein Gesicht an meine Brust zog. Ich umfing seinen Kopf und streichelte bedächtig sein Haar, die Wange bettete ich darauf und sog seinen kühlen, angenehmen Duft ein. Mit ihm war es irgendwie natürlich und vertraut, solch intimen Kontakt herzustellen. Da war keine unerklärliche Panik, kein Herzrasen, keine Schweißausbrüche, so wie sonst, wenn jemand auf die Idee kam, mir zu nahe zu treten. Einmal war das vorgekommen. Die Praktikantin war neu im Büro gewesen und hatte somit nicht gewusst, dass ich meinen Geburtstag grundsätzlich nicht mit Kuchen, Kaffee und Kollegen feierte. Genauso, wie sie nicht ahnte, dass man mir nicht gratulieren sollte. Sie tat es. Inklusive Blumenstrauß, YES-Törtchen und Umarmung … Ich hatte mich gefühlt, als würde ich ersticken und erstarrte zur Salzsäule, bis sie mich losließ.

Doch mit ihm in den Armen konnte ich freier atmen, als wenn ich ihn nicht berührte. Es war wie eine Zuflucht und das erste Mal in meinem Leben wollte ich die auch für einen anderen Menschen – nein, genau genommen für ihn – sein.

»Wenn du willst, dann komme ich mit.«

Er erstarrte … Seine Hände legten sich auf meine Hüften und seine Stimme klang heiser.

»Das würdest du tun?«

Ich nickte sofort. Sizilien war zwar ein ganz schönes Stück von hier entfernt, aber der Resturlaub würde reichen … Es war eigentlich egal, ob ich ihn hier verbrachte oder woanders. Woanders hörte sich genau genommen ziemlich reizvoll an.

»Aber ich bin doch ein Fremder ...«, neckte er mich sanft. Außerdem umfingen mich seine Arme fester.

»Nicht mehr ...« Ich wich zurück und lächelte ihn schüchtern an … Er hob fragend eine dunkle, markante Augenbraue über diesen hellen und unsagbar einnehmenden Augen. »Oder tut man das hier mit Fremden?« Als ich mich vorbeugte und mit meiner Zungenspitze über seine Unterlippe glitt, stöhnte er heiser und überrascht.

»Io non ti merito*«, raunte er an meinen Lippen, während ich bemerkte, wie sehr ihm meine Liebkosungen gefielen. Es war ein wahnsinnig aufregender Gedanke, ihn so sehr zu erregen, dass seine Stimme prompt rauer klang und sich sein Atem beschleunigte. Ganz abgesehen von den anderen körperlichen Anzeichen.

Nie hatte ich Intimität wirklich genossen, oder überhaupt irgendetwas genossen – wenn man es genau nahm.

Die letzten Tage mit ihm waren wie eine Erleuchtung. Ich mochte es nicht nur, wenn er meine Hand hielt oder mich küsste, ich fieberte regelrecht darauf hin ... Die Tatsache, dass er es immer nur bei Küssen beließ, unterstützte das ungewohnte Verlangen, das immer mehr Aufmerksamkeit forderte. Ich wollte wissen, wie Sex wäre – wenn ... ja, wenn richtige Gefühle mit im Spiel waren. Wie es mit einem Mann wäre, der mich innerhalb von einer Woche so gut kannte, wie kein Mensch jemals zuvor und bei dem sich jede einzelne Berührung so unsagbar intensiv anfühlte.

Ich wollte mehr von diesen Lippen, diesen Händen und diesem Körper – wenn ich sonst nichts aus diesem Urlaub mitnehmen würde, so die Erinnerung an diese besonderen Stunden. Ich blieb realistisch genug, um mir darüber klar zu sein, dass es über einen Urlaubsflirt nicht hinausgehen würde. Natürlich würde ich nicht mein gesamtes Sein aufgeben – auch nicht, für so etwas wie Liebe.

Liebe, diese Geisteskrankheit musste es sein. Ja, genau das war es, was ich fühlte, als mein Herz schneller schlug, mein Unterleib wärmer wurde und sich eine Gewissheit in mir breitmachte. Nur einmal im Leben würde ich ihn wagen, den Sprung ins kalte Wasser. Ich würde mit ihm nach Sizilien gehen ... wieso dann nicht auch das?

»Ich will dich heute Nacht. Ich meine ... jetzt!« Ich verstummte. Es war raus, noch bevor es der rationale Teil in mir von einer Seite auf die andere gewälzt hatte. Vielleicht war die immer größer werdende und Verstand raubende Delle in seiner Hose daran schuld, oder vielleicht das schwer gezügelte Verlangen in seinem Kuss. Vielleicht auch die Tatsache, dass er der perfekte Gentleman und dennoch so leidenschaftlich war, oder ich hatte mittlerweile schon zu viele verbotene Liebesromane gelesen und wollte mich vergewissern, ob es den darin beschriebenen perfekten Geschlechtsakt auch in der Realität geben konnte. Wenn nicht mit ihm, mit wem dann?

Das auszusprechen war mir nicht schwergefallen. Als hätte

ich es schon tausendmal getan, als wäre es richtig … Wie konnte es dann falsch sein?

Er sah das wohl anders, denn sofort löste er seinen Mund von mir. »Das ist keine gute Idee!« Seine Stimme klang hart und ich merkte, wie er hinter meinem Rücken die Fäuste ballte.

Was?

Mit riesigen Augen sah ich auf ihn herab, einige Sekunden konnte ich das von ihm Gesagte nicht verarbeiten, dann kam es an und das mit Wucht!

Oh mein Gott! Er wollte mich nicht! Er. Wollte. Mich. nicht!

Ein riesengroßer Brocken stürzte auf die Schmetterlinge in meinem Magen herab, begrub sie unter sich. Splitter davon stachen in mein Herz und meine Kehle. Ich musste hier weg! Sofort! Ich stürzte förmlich von seinem Schoß – kopflos, atemlos und meine Wangen brannten vor Scham.

»Bella?« Als er meinen wirklichen Namen rief, von dem er dachte, er hätte ihn sich ausgedacht, rannte ich nur schneller. Wahrscheinlich hatte ich mir doch nur alles eingebildet!? Oh Gott, ich fühlte mich, wie ein Kerl, der nur auf das eine aus war! Ich musste lachen, doch dann wurde ich im Wohnzimmer gepackt – und hart herumgewirbelt,

»Verdammt noch mal, Frau! Was soll das?!« Er hielt mich so fest, dass ich aus Erfahrung wusste, was es bringen würde, mich zu winden – nichts. Also sah ich ihn einfach nicht an, sondern zwanghaft von ihm weg. Diese Gegenwehr wurde jedoch auch sehr effizient unterbunden, indem er mein Kinn nahm und mein Gesicht zu sich drehte.

Mit dem Blick, der mich traf, hätte ich nicht gerechnet … er war … verzweifelt. Und ich hatte keine Ahnung wieso. Er ließ mich auf der Stelle erfrieren und dann die Stirn runzeln.

»Das war so nicht geplant!«, dachte ich noch zu vernehmen, doch dann hatte er mich bereits auf die Kommode neben uns gehoben … und mein Magen somit zu einem ungewollten Looping gebracht. Mein Gott … was war denn jetzt los? Wa...

Er küsste mich kurz. »Aber du machst mich wahnsinnig – vom ersten Moment an ...« und dann küsste er mich noch mal – eindringlicher. Ich war absolut breibeinig und vor den Kopf gestoßen ... Völlig überrumpelt. Zeitgleich gaben seine rauen Worte dem Feuer in mir erneut Nahrung. Mit beiden Händen umfing er mein Gesicht, presste seine Lippen fester auf meine und stöhnte in meinen Mund, als er sein Becken fest an meinem rieb. Wir waren wie von Sinnen, ich umklammerte mit beiden Beinen seine Hüften und wühlte in seinen Haaren.

Mit einem Mal löste er sich von mir und sah mich an ... Es war relativ dunkel im Wohnzimmer, von außen drang etwas Feuerschein herein und flackerte auf seinem ebenmäßigem Gesicht. Noch immer hielt er mein Gesicht wie etwas wahnsinnig Kostbares in beiden Händen und strich mit seinem Daumen behutsam über meine Unterlippe.

»Non cosi* ...«, hauchte er ... und ich dachte, er würde mir schon wieder einen Korb geben, aber das tat er nicht, oh nein ... Er packte stattdessen meinen Hintern mit beiden Händen und stieß sich von der Kommode ab. Panisch hielt ich mich an ihm fest.

»E non qui!*« Mit diesen unverständlichen Worten trug er mich durch die Wohnung und legte mich kurz darauf auf dem riesigen Bett in dem riesigen Schlafzimmer ab. Er folgte unverzüglich ... zwischen meine Beine, stützte sich auf seine Arme und küsste mich sehr, sehr gründlich. Erst als wir erneut atemlos waren, hob er den Kopf. Hier war es noch dunkler, dennoch erkannte ich seine Umrisse.

»Und vor allem ...«, nun hörte ich das Beben in seiner Stimme ... »nicht ohne eine Frage.«

»Hmmm?« Ich war bereits mit zitternden Fingern dabei, ihm das Hemd aufzuknöpfen und stockte in all meinen Bewegungen, als er besagte Frage formulierte.

»Kannst du mich lieben, Bella?«

Man hätte eine Stecknadel fallen hören können. Ich sah ihn mit großen Augen an, immer besser gewöhnte ich mich an die

Dunkelheit, und erkannte seinen Ausdruck – er war todernst …
und verbissen. Er wollte eine ehrliche Antwort, so wie immer.
»Denn ich werde nicht gegen deine Grundsätze verstoßen. Du
bist mehr für mich, viel mehr als schneller Sex ohne Gefühle.«
Da war wieder der Klumpen, aber nur weil mein Verstand nicht
einsehen wollte, was mein Herz vom ersten Moment an gefühlt
hatte …

»Ich … ich glaube schon ...« Dies kam zaghaft, nach
mehrmaligem Schlucken und Zögern … Doch dafür wurde ich
mit dem schönsten Lächeln belohnt, welches es auf dieser Welt
geben   konnte   …   Nur,   seine   Augen   erreichte   es
merkwürdigerweise nicht.

»Gut.« Somit beugte er sich herab …

* *Io non ti merito – Ich verdiene dich nicht.*
* *Non cosi – Nicht so!*
* *E non qui! – Und nicht hier!*

12. Kapitel 11

Sich in der Dunkelheit zu lieben ist etwas ganz anders als bei Licht. Viel intimer und inniger – primitiver und fleischlicher. Man muss keine optischen Reize verarbeiten und konzentriert sich stattdessen ausgiebig auf sanfte hingebungsvolle Küsse und gleitende, zärtliche Finger.

So war es auch jetzt … und *wie* zärtlich diese Finger … und *wie* hingebungsvoll die Küsse waren …

Ich wand mich bereits nach ein paar Berührungen vor Wonne auf den weißen, kühlen Laken.

Er ragte über mir auf, mein dunkler Schatten, auf einen Ellbogen gestützt … strich sanft mit seiner Hand über meinen Bauch, meinen Schenkel … wieder nach oben und schob dabei mein Kleid mit. Langsam, fast schon zögerlich. Doch allein das Brennen seines pechschwarzen Blickes, den ich trotz der Dunkelheit genau auf mir fühlte, ließ mich wünschen, dass ich bereits nackt wäre … und er auch. Leider war bis jetzt aber nur das Hemd aufgeknöpft. Die Tätowierungen sahen aus wie Omen, die sich dunkel von seiner Haut abhoben. Ich hörte nicht auf sie, denn dafür gab es keinen Grund. Noch nie war ich mir bei etwas so sicher gewesen, wie bei diesem Mann und das sollte was heißen.

Als seine träge Liebkosung dort ankam, wo ich bereits zu verglühen begann, drehte ich mein Gesicht und küsste seine Hand, die neben mir lag. Seine Finger krallten sich in das Laken, ansonsten reagierte er nicht, war angespannt und hoch konzentriert, wie ein Jäger kurz bevor er seine Beute erlegt, während er mir den ultimativen Genuss verschaffte. Und das tat er wirklich … Ich wäre niemals auf die Idee gekommen mich selbst zu berühren, und die Männer vor ihm konnten mit dieser Flut der Sinnlichkeit, die er da gemächlich auf mich losließ, nicht mithalten. Was hatte ich nur verpasst?!

Meine Hüften bewegten sich bald von selbst, hoben sich, rieben sich zusätzlich an ihm und reckten sich ihm entgegen. Meine Hände streckte ich weit von mir, verkrallte mich in dem Bettzeug. Er murmelte irgendetwas auf Italienisch, so schnell, dass ich es kaum verstand … dann sprang er auf.

»Zieh dich aus!«, forderte er und seine Stimme hatte einen so drängenden Tonfall, als würde er explodieren, wenn ich seinem Befehl nicht augenblicklich nachkam. Das gab den Flammen in mir wieder Nahrung und ich folgte augenblicklich, während Stoff raschelte, weil auch er sich aus seiner Kleidung schälte – schnell und effizient.

Er gab mir keine Zeit mich unbehaglich zu fühlen, denn schon war er wieder über mir … nackt und geschmeidig wie eine Raubkatze … Seine Härte streifte meinen Intimbereich, als er sich vorbeugte, und meine Handgelenke rechts und links neben meinem Gesicht festpinnte, um mich erneut zu küssen. Nun um einiges leidenschaftlicher und ungezügelter. Mir stockte der Atem und ich zuckte zurück, als ich fühlte, wie groß er war.

Sofort bemerkte er mein Unwohlsein und strich mir die Haare aus dem Gesicht. »Shh ...« Er umfing sich selbst und glitt an mir entlang. Von oben nach unten … und zurück. Sanft rieb er sich an mir … gewöhnte mich an das, was mich gleich ausfüllen sollte.

»Wenn es zu sehr weh tut … höre ich auf … Ich werde immer aufhören, bevor ich dich wirklich verletzte. Ich verspreche es, Bella«, murmelte er ziemlich zusammenhanglos … und tauchte etwas in mich ein. Ich verspannte mich, auch wenn ich spürte, dass ich bereits ziemlich feucht war. Er stöhnte heiser und auch etwas ungeduldig. Unverhofft zog er sich zurück, ließ seine Härte direkt an mir liegen und griff nach unten. Berührte mich wieder, brachte mich zum Winden.

Ich glaube, er biss die Zähne zusammen und verkrampfte sich, genauso wie ich, als er einen Finger in mich schob. Und einen Zweiten, ohne meinen Blick loszulassen. Mit einem Keuchen packte ich seinen Unterarm, hielt ihn fest, damit er sich nicht bewegte, denn die Dehnung war ungewohnt und ging fast ins Unangenehme über ... Ich fühlte mich, wie eine Jungfrau, was ich im Liebemachen eindeutig war. »Vertrau mir ... Ich weiß, was du brauchst.« Die Worte waren kaum mehr als ein Hauch. Sein Daumen gesellte sich dazu. Rieb mich langsam und genüsslich, während er genauso anfing, die Finger zu bewegen. Und das war gut ...

Zu gut!

Absolut schockiert von der Lust, die mich plötzlich durchrauschte, warf ich meinen Kopf zurück in die Kissen und stöhnte noch lauter. Er küsste alle weiteren Geräusche zielsicher und ziemlich gierig von meinen Lippen, während er sein verruchtes Spiel zwischen meinen Beinen fortführte. Dann ... murmelte er etwas auf Italienisch ... und zog seine Finger langsam zurück. Ich wimmerte fast, fühlte mich alleingelassen, als er auf mich herabsah ...

»Noch gibt es ein Zurück ...« Von wegen!

»Für mich nicht.«

»Für mich auch nicht«, knurrte er und setzte erneut an.

Dieses Mal ging es leichter, auch wenn es alles andere als angenehm war. Bis zur Hälfte ging es, danach verspannte ich mich ...

»Isabella!«, stöhnte er angestrengt und es hörte sich wieder so an, als wären seine Zähne aufeinander gepresst. Er richtete sich auf, ging ein Stück zurück und drang erneut ein – langsam – ohne mein Gesicht aus den Augen zu lassen. Er würde es jetzt durchziehen, meine Zeit nein zu sagen war lange vorbei ... ich hatte keine Chance. Das sagte mir sein Blick. Ich wimmerte verhalten und verkrallte meine Hände in seinen angespannten Armen.

»Das ist verdammt ... perfekt ... Du bist perfekt für mich!«

Dieses Mal ging er tiefer … geradewegs in mein Herz …

Etwas kraftvoller zog er sich nun zurück und schob sich noch bestimmter in mich – noch ein Stück weiter.

»Oh Gott!« Entkam uns zeitgleich gequält, als ich ihm diesmal etwas entgegenkam. Das war nicht nur gut! Ab diesem Moment war alles Unangenehme, wie weggeblasen, als würden wir so zusammengehören. Er hatte recht, es war perfekt!

Nun beugte er sich zu mir runter und begann sich richtig in mir zu bewegen, küsste mich … stöhnte in meinen Mund … wisperte süße Worte, die meinen Kopf scheinbar fliegen ließen … Und ich krallte mich an ihm fest, als würde ich ertrinken, während unsere Körper wohlwollend ihren Trieben und der Natur folgten und ich nur noch genoss!

Es war wie eine Offenbarung!

»Oh Gott ...«, wiederholte ich in Ermangelung der Alternativen und mir kamen die Tränen.

Mit einem Mal fluchte er und sein nächster Stoß ging fast bis zum Anschlag – also zu tief! Ich schrie auf … erregt, aber gleichzeitig ein wenig geschockt. Die Wucht dieses einzigen Stoßes zeigte deutlich, wie sehr er sich die ganze Zeit zurückgehalten hatte. Seine Hände rechts und links von mir verkrallten sich im Laken, bevor er sich zurückzog und erneut in mich eindrang – noch fester!

Mein Schrei war wieder zweigeteilter Meinung ...

Wieder ein Stoß, so tief, dass das Bett gegen die Wand knallte und dann gab es kein Halten mehr. Er vergrub sein Gesicht an meinem Hals, ich dachte noch einen Moment, wieso die Stelle so heiß wurde … Fest krallte er die Finger in meinen Hintern und hob mich sich entgegen, während er immer wieder erbarmungslos in mich eintauchte. Ich wollte flehen, dass er aufhören sollte, ich wollte betteln, dass er weitermachen sollte … Stattdessen stöhnte ich, denn zu mehr war ich nicht fähig.

Meine Kehle schnürte sich zu, während ich mich immer mehr so fühlte, als würde ich abheben und fliegen … doch nicht mehr mit ihm zusammen.

Obwohl wir diesen einen so intimen Akt miteinander teilten, hätten wir nicht weiter voneinander entfernt sein können.

Ich wollte ihn zu mir zurückholen, nach ihm greifen, doch als ich ihn küsste, biss er mir in die Lippe und zog sie lang. Der nächste Stoß geriet noch fester … Sein Griff war nicht mehr beruhigend und sanft, er war schier übermächtig und verdeutlichte ohne viel Aufwand, dass ich seiner Kraft nichts entgegenzusetzen hatte. Dass ich ihm hilflos ausgeliefert war … Selbst wenn ich wollte, hätte ich mich nicht wehren können … und so langsam wollte ich.

Das ist nicht der Mann, den ich kennengelernt habe! Der Gedanke schoss unerwartet in meinen Kopf, doch im selben Moment löste sich die Anspannung, die mit jedem Stoß zugenommen hatte in Luft auf. In heiße wunderbare Luft, die durch meine Gliedmaßen, ausgehend von diesem einen Punkt, strömte an dem wir körperlich vereint waren. Die meinen Kopf und jegliche negativen Gedanken wegfegte, wie ein reinigendes Gewitter die schwüle Sommerhitze.

Sein gesamter Muskelapparat verspannte sich, er gab keinen Ton von sich … während er sein Gesicht wieder an meinem Hals vergrub und auch erschauerte.

Ich umarmte ihn, drückte ihn eng an mich, sobald der Orgasmus über mich hinweggefegt war, denn ich schwöre, das war einer gewesen, und zwar der erste in meinem Leben … Unsere Herzen rasten im Gleichtakt um die Wette, genauso wie unserer Atmung.

Im nächsten Moment löste er sich von mir, ohne mir noch einmal in die Augen zu sehen. Bevor ich fragen konnte, was eigentlich los war, hatte er sich über mich aus dem Bett geschwungen und war zu seinem Schrank gegangen. Ich erkannte ihn mittlerweile viel besser, doch sein Gesichtsausdruck blieb im Schatten verborgen.

Der Kloß in meinem Hals war so dick, dass ich nicht daran vorbei sprechen konnte und stumm beiwohnte, wie er sich anzog. So, als wäre ich gar nicht da! Seine Bewegungen waren jedoch nicht ruhig und ausgeglichen … Er fluchte …

Ich richtete mich vorsichtig auf und drückte die Decke an meine Brust … Bevor ich mich dazu durchgerungen hatte, dem Chaos in mir eine Stimme zu verleihen, hatte er bereits wortlos das Zimmer verlassen.

Die Tür schloss sich mit einem leisen Klacken, doch es dröhnte in meinem Kopf. Als ich an meine pochende Lippe fasste, um ein Schluchzen zu ersticken, das sich meine Kehle hochschlich, bemerkte ich, dass sie blutete …

13. Kapitel 12

Natürlich fand ich mich eine Stunde später in meinem Hotelzimmer mit kaputter Klimaanlage, einem offensichtlichen Mückenproblem und dem wundervollen Betonausblick wieder. Und das, ohne zu weinen. Dafür gab es schließlich keinen Grund. Große Dummheiten bestraft der liebe Gott eben manchmal auch sofort.

Durch die Gefühlsduselei und mit ungefähr drei Liter Alkohol intus hatte ich angenommen, etwas für jemanden zu empfinden, den ich gar nicht kannte. Heute Abend hatte ich ihn allerdings bestens kennengelernt. Er hätte mir nicht deutlicher zeigen können, wie es um seine ach so hoch angepriesenen Werte und Gefühle stand!

War nicht weiter tragisch, da absehbar, wenn man, wie ich, Liebesromane las. Wollte ich nicht insgeheim genau so etwas auch erleben? Oder war das die Strafe, weil ich mich darüber lustig gemacht hatte – über diese Abenteuer? Über das Karma? Tja, das nannte sich wohl Ironie des Schicksals. Ich wollte kein Abenteuer – hier bekam ich es trotzdem vor die Nase geklatscht. Inklusive der perfekten Arschkarte. Wäre doch langweilig, wenn der Mann nur ein schnulziger Softie wäre, nicht wahr? Und außerdem viel zu einfach und unkompliziert! Wo bliebe sonst der Spaß und das Drama? Die Spannung? Ich hatte wohl den Haken gefunden.

Gut, ich war betrunken, deswegen das Schimpfwort und ich war zynisch und melodramatisch, aber ich war eine nach dem Sex sitzen gelassene Frau, da durfte Frau das. Schwarzer Humor oder eine Tränenflut. Da war mir die erste Variante auf jeden Fall lieber.

Ich konnte mir nicht in die Augen sehen, als ich die Zähne putzte. Dabei zuckte ich regelmäßig zusammen, wenn ich meine Unterlippe mit der Zahnbürste berührte. Er hatte mich tatsächlich verletzt – aber die körperlichen Weh-wehchen waren das kleinste Übel.

Ich wollte nicht denken, als ich danach verschwitzt in meinen klebrigen Laken lag und mich von einer Seite auf die andere wälzte. Gestern war jemand zum Reparieren der Klimaanlage da gewesen, aber sie war schon wieder kaputt und klapperte nun auch noch zu allem Übel.

Außerdem fühlte ich ihn bei jeder Bewegung zwischen meinen Beinen – weil ich wund war. Jede Regung erinnerte mich an ihn in mir, und das brachte mich mehr auf, als die Gesamtsituation!

Die grünlich leuchtenden Ziffern der Funkuhr zeigten 03:30, als ich sie das letzte Mal bewusst wahrnahm …

***

Ich schreckte aus dem Schlaf, nicht ahnend, wieso in mir so eine Unruhe herrschte, doch mein Unterbewusstsein witterte eindeutig Gefahr. Ich war nicht allein ...

Und so war es auch, denn als sich meine Augen an die Dunkelheit gewöhnt hatten, bemerkte ich, dass jemand vor dem Bett stand. Schwarz, riesig, reglos.

Mein erster Instinkt war der Schrei.

Mein nächster Angriff.

Mit allem, was ich hatte, sprang ich auf die Beine, mitten auf das Bett, packte mir mein Tablet und schlug damit nach dem Schatten. Das hatte mir gerade noch gefehlt! Er zischte und duckte sich weg, brachte sich vorerst in Sicherheit!

Tja! Mit dem Angriff hatte er wohl nicht gerechnet!

Ich hüpfte vom Bett und wollte zur Tür rennen. Doch er pflückte mich footballspielermäßig von den Beinen. Sein Arm um meinen Bauch fühlte sich wie ein Stahlträger an. Mit einem Keuchen landete ich auf dem Rücken auf der Matratze.

Irgendwie drückte er zwei Sekunden später bereits beide Handgelenke neben meinem Kopf in die Kissen und war über mich gebeugt, wie ... wie ... beim Sex ...

»Ich bin′s!«

»Deswegen greife ich an!« Ihn so nah zu spüren war die reinste Qual. Sein Griff an meinen Gelenken war genauso unnachgiebig, wie die Härte hinter seiner Hose. Das Ding, das er vorhin in mir gehabt hatte ... nicht nur einmal sondern ... immer und immer und immer ...

»Was?«

»Du hast mich schon richtig verstanden! Es hat sich ausge...« Da besaß er doch tatsächlich die bodenlose Frechheit, sich herabzubeugen und meine Beschwerden mit einem Kuss zu ersticken! Einfach so! Dieses Mal schnappte ich nach ihm, wie ein Krokodil. Er wich schockiert zurück, ich knurrte.

»Loslassen! Sofort!«

»Okay ...« Er tat es umgehend und schwang sich auf die Beine, verschränkte dann die Arme vor der Brust und sah reglos auf mich herab. Ich griff nach der Nachttischlampe und schaltete sie an. Das war mindestens eine 120-Volt-Leuchte und wir wurden beide geblendet. Als er die Hand hob, um seine Augen zu schützen, bemerkte ich den roten Schimmer an seinen Knöcheln.

»Ist das Blut an deiner Hand?!« Ich erschauerte beim Stellen dieser Frage. Er sah überrascht auf seinen Handrücken und gab ein abgelenktes, genervtes »Ja« von sich. »Hör mir zu ... es war nicht das, wonach es aussieht!« Er kam mit erhobenen Händen auf mich zu.

»Wonach denn? Einen Schritt weiter und du hast Mückenspray in den Augen!« Nun war es an mir die Arme zu verschränken. Ich hoffte, dass ich dabei genug Autorität ausstrahlte, trotz dessen, dass ich im Schlafhemdchen und total zerzaust in meinem Bett saß.

Leise murmelnd ließ er sich auf die Bettkante fallen, den Rücken mir zugedreht ... »Danach, dass ich ein feiges Arschloch bin?«

»Huh?«

»Na … es gibt zwei Möglichkeiten: Entweder denkst du dir, ich bin es nicht wert, oder er ist es nicht wert. Was ist es? Denn egal was es ist, so ist es nicht!«

»Wie viel hast du heute getrunken?« Ich war völlig konfus und angeschwippst – damit befand ich mich wohl in bester Gesellschaft.

Er atmete tief durch, wollte sich übers Gesicht streichen, blickte dann aber mit einer Grimasse auf seine Hand. Seine Stimme klang tonlos. »Das war der Spiegel … im Aufzug … Ich konnte mir nicht mehr in die Augen sehen, nachdem was ich dir angetan hatte, wie sollte ich es dann bei dir schaffen?«

»Du warst das?« Ich hatte den Spiegel bei meiner Flucht gesehen, er war zertrümmert, die Scherben lagen überall im Aufzug verteilt. »Aber … wieso …?«

»Ich weiß nicht, was in mich gefahren ist … aber irgendwie … haben mich die Gefühle übermannt, sobald ich in dir war … Ich konnte mich nicht mehr zurückhalten.«

»Dann hättest du dableiben und es mir erklären können!« Ich klang trocken.

»Ja … Ich glaube, dass ich in meinem Leben einmal zu oft weggelaufen bin, aber bei dir will ich das nicht mehr.« Er drehte sich und schob sich vorsichtig über das Bett. Sein Gesicht war ernst, seine Augen gehetzt, er sah müde aus, doch es kribbelte, als er meine Hand nahm und unsere Finger sich verschlangen.

Er hob mein Gelenk und strich mit seinen Lippen darüber. »Vergibst du mir, wenn ich´s wieder gutmache?«

»Wie zum Teufel bist du überhaupt in das Zimmer gekommen?«

»Ein Kinderspiel. Lenk bitte nicht ab, Isabella!« Als er mich wieder so nannte, zuckte ich zusammen und inspizierte genauer sein Gesicht. Irgendwas war doch anders an ihm … Außer dass er unrasiert war und ihm die Strähnen noch wirrer als sonst in die Stirn hingen. Da war etwas in seinen Augen, dieser dunkle Glanz – unnachgiebig, machtvoll, dominant …

Ich erschauerte.

»Nur meine Eltern haben mich Isabella genannt. Ich mag das nicht.«

»Okay, Bella … Du lenkst immer noch ab … Brauchst du vielleicht Bedenkzeit? Wenn du sie willst, geb´ ich sie dir … Nur gib uns nicht wegen meiner unglaublichen Dummheit auf. Das könnte ich nicht verkraften … Das ist alles, was ich im Moment dazu sagen kann.« Er ließ mich abrupt los, stand auf und strich sich mit seiner unverletzten Hand durch die Haare. »Und wenn du darüber nachgedacht hast, wäre es von Vorteil, wenn du dich meldest. Natürlich steht es dir offen, das nicht zu tun, dann werde ich zwar einen grausamen, qualvollen Tod sterben, aber ich werde dich nicht mehr belästigen … Vermutlich werde ich mich an meinem Bett festbinden, bis du wieder weg bist, mich aus dem Fenster stürzen oder eine andere Dummheit begehen, aber das muss dich ja dann nicht mehr interessieren ...« Ich konnte mir ein ausgiebiges Augenverdrehen kaum verkneifen. Das war an Melodramatik nur schwer zu überbieten.

»Also dann ...« Mit einem Mal wurde er ganz ruhig. »Schlaf gut ...« Somit drehte er sich um und ging in Richtung Tür.

Mein Herzschlag verdoppelte sich mit jedem seiner sich entfernenden Schritte.

Sollte ich ihm wirklich a´la Hollywoodfilm nachstürzen? Das wäre an Kitsch nicht zu überbieten, aber gehen lassen wollte ich ihn auch nicht.

»Warte!«, rief ich doch und bemerkte, wie die Schritte im Flur verhallten. Meine Beine versagten unglaublicherweise nicht den Dienst, als ich mich aufrappelte und barfuß über die kalten Fliesen tapste. Im Flur erreichte ich ihn und umfing mich mit einem Arm, weil ich augenblicklich zu frieren begann.

Es war unwahrscheinlich kühl hier, besonders als sein Blick meinen traf. Er trug einen schwarzen engen Rollkragenpullover und gleichfarbige Hosen, sah also wirklich aus wie ein diebischer Einbrecher. Trotzdem fühlte ich mich zu ihm hingezogen, sehr sogar, weil er tatsächlich etwas gestohlen hatte – mein Herz.

Zaghaft griff ich nach seinen zerkratzten Knöcheln, hob seine Hand schmiegte meine Wange hinein und sah ihn dabei von unten mit großen offenen Augen an. »Bleib.«

Das war alles, was er benötigte.

Fast schon resigniert machte er mit hängenden Schultern einen Schritt auf mich zu, fuhr mit einer Hand in meine Haare und strich sie zaghaft aus meinem Gesicht. Er sah aus, als wäre jemand gestorben …

»Come voi*.« Mit diesem gequälten Hauchen küsste er mich sanft.

*Come voi – Wie du willst.

14. Kapitel 13

Es war regelrecht erleichternd, meinen Trolley aus dem schäbigen Hotel geradewegs in den Kofferraum der schwarzen Limousine zu hieven. Er wollte das eigentlich für mich tun, aber ich wehrte diesen Anflug von altmodischer Männlichkeit ab und tat es selbst, so eigenständig wie ich war. Was mir ein wenig zu denken gab, war, dass ich mich schon so sehr an ihn gewöhnt hatte, dass es nun alles andere als fremd war, mit ihm in einem Auto zu sitzen und Ausflüge zu unternehmen.

Wir verließen über eine lange gerade Straße, die zwischen Feldern entlangführte »little Germany« und machten uns auf nach »richtig Italy«. Die Sonne schien, keine Wolke war am Himmel zu sehen und ich streckte völlig losgelöst beide Arme aus dem überdimensionalen Dachfenster. Im Augenwinkel beobachtete er mich und ich bemerkte, wie sich ein verhaltenes aber bezauberndes Lächeln auf seine Züge schlich, was ich erwiderte. Ich schloss ich die Augen, ließ den Kopf zurückfallen und genoss den frischen Lufthauch des rauschenden Windes. Wenigstens so lange, bis sich mein Hut durch das Dachfenster davonmachte!

»Oh Mist!«, rief ich aus, da hatte er schon auf dem Seitenstreifen gehalten. Geschmeidig stieg er aus, ich drehte mich um und beobachtete durch die Heckscheibe, wie er zu dem schwarz-weißen großen Ding joggte und es aufhob. Sein Anblick traf mich mit voller Wucht … Wie er da, nun nicht in weiß, sondern komplett Schwarz gekleidet auf dieser italienischen verlassenen Landstraße stand, um meinen Hut zu holen … wärmte meinen Bauch. Dieser wunderschöne, dunkle Mann gehörte mir …

Heftig zuckte ich zusammen, als sein schwarzes, edles

Mobiltelefon klingelte, welches sich in der Mittelkonsole befand. Spiel mir das Lied vom Tod, trällerte seine dunklen Töne durch den beengten Innenraum. Auf dem Display stand: *Cas.* Weil ich die Melodie bereits nach Kurzem nicht ertragen konnte, stieg ich aus, um ihm das Handy zu bringen. Er war bereits wieder am Auto angekommen und setzte mir den Hut auf, während er mir das Handy abnahm und knapp ranging.

Sein Gesichtsausdruck war wieder auf volle Konzentration eingestellt und er sprach italienisch mit der Person am anderen der Leitung. Ich verstand kein Wort und überlegte, ob ich mir in der nächsten Tankstelle ein Wörterbuch zulegen sollte, denn die APP auf meinem Handy funktionierte kein bisschen. Während er telefonierte, sah er stirnrunzelnd die lange Landstraße entlang und schlenderte schließlich ein paar Schritte von mir weg. Mit einer Hand in der Hosentasche trat er lustlos nach Steinen ... und wirkte dabei wie ein viel beschäftigter Geschäftsmann, während ich mich auch etwas entfernte, um ihm ein wenig Privatsphäre zu gönnen und mir die Beine zu vertreten.

Ein Rabe flatterte gleich gegenüber auf einen Begrenzungspfosten, sah mich mit seinen kleinen, stumpfen Knopfaugen an und krächzte so laut, dass ich zusammenzuckte. Mit einem nervösen Kichern machte ich einen Schritt zurück und knallte geradewegs in seine Brust. »Huch!«

Als ich mich umdrehte, schaute *er* fast schon grimmig auf mich herab. Ein steiles V hatte sich zwischen seinen Augenbrauen gebildet. »Wir müssen weiter.«

»W... wer war das?«

»Meine Schwester ...«, gab er unwillig zu und ließ das Handy in seine Hosentasche gleiten. »Sie macht Spaghetti!« Das letzte Wort hallte italienisch zischend nach als wäre es ein Fluch.

»Welche Spaghettiii denn?«, fragte ich lieblich und imitierte dabei laienhaft und ziemlich albern seinen Akzent. Daraufhin sah er mich nun endgültig abgelenkt an, bis ein kleines Lächeln seine Mundwinkel nach oben zog, weil er meinen schelmischen Gesichtsausdruck bemerkte.

»Napoli«, berichtete er knapp und machte dabei einen leicht angewiderten Eindruck. »Demnach kein Tomatenliebhaber«, stellte ich fest und warf ihm ein freches Grinsen entgegen. »Tomaten, wer braucht schon Tomaten, die sind absolut überbewertet!«, kam es todernst.

»Dem stimme ich völlig zu!«, erwiderte ich leise, als er sich zu mir herabbeugte, um mir einen Kuss zu geben. Eigentlich wollte er es nicht ausweiten, das merkte ich genau. Trotzdem schmiegte ich mich verlangend an ihn und glitt mit meiner Hand in seine Haare. Die andere legte sich auf seine Hüfte und zog ihn ruckartig an mich.

Mit einem ergebenen Stöhnen schob er mich gegen das Auto und packte mein Bein. Ein Knie hob er an, sodass er besseren Zugang zu dem dünnen Höschen unter dem weißen Kleid hatte, an dem er sich langsam rieb, während unsere Zungen miteinander fochten. Ich krallte mich fester in seine Haare, die andere Hand glitt an seinem Rücken entlang, mit einem Prachthintern als Ziel …

Ich ertastete etwas Hartes, streifte es nur kurz, doch sofort durchrauschte mich ein eiskaltes Zittern. Es war hinten in seinen Hosenbund gesteckt und mir auf der Stelle klar, um was es sich handelte!

»Was ist los?« Natürlich erfasste er sofort den schlagartigen Stimmungswechsel und löste sich von mir – mein Herz raste los. Ich legte meine Hand wieder an seine Hüfte und lächelte.

»Alles gut!« Dann ging ich auf die Zehenspitzen, um ihm noch einen Kuss zu geben, doch er zog mich unerwartet bestimmend an meinen Haaren zurück. »Ich mag es nicht, wenn man mich anlügt«, meinte er diesmal langsamer und leiser, hielt mich dabei ungewohnt fest.

Ich schüttelte den Kopf und versuchte den Schock zu überwinden. »Was soll denn los sein, außer dass du mir die Haare ausreißt?«

»Oh!« Ehrlich verwundert ließ er mich los. »Entschuldige …« Somit strich er mir die Strähnen hinters Ohr, küsste mich noch einmal knapp und hielt mir charmant wie immer die Wagentür auf. Meine Beine waren aus Gummi, als ich seinem stummen Befehl nachkam.

War das wirklich eine Waffe gewesen, oder hatte ich mir das nur eingebildet? Ich hatte keinen blassen Schimmer davon, was das alles zu bedeuten hatte, aber eins war klar: Flucht war zwecklos!

Also stieg ich ein, auch wenn der rosarote Nebel sich ein wenig zu lichten begann … um etwas Grauem, Düsterem Platz zu machen.

***

Passend zu meiner trüben, nachdenklichen Stimmung, zogen schon bald Wolken auf. Italien wurde dunkel und schummrig, bevor sich eines dieser sintflutartigen Sommergewitter über uns hermachte. Wir fuhren Tempo 40 auf der Autobahn, aber das nur, weil kein anderer es wagte, bei diesen Verhältnissen schneller zu fahren. Ihm schien das nichts auszumachen – ganz im Gegenteil. Völlig relaxed nippte er an seinem gekühlten Kaffee und aß ein Croissant.

»Was ist das eigentlich für ein Familienunternehmen, von dem du gesprochen hast?«, fragte ich etwas lauter, weil ich befürchtete, meine Stimme würde in dem dröhnenden Regen untergehen. Sein Gesicht wurde von den Armaturen bläulich beleuchtet, als er sich mir zuwandte.

»Hm?« Unverwandt kaute er an dem süßen Gebäck und sah mich neugierig an.

»Was das für ein Unternehmen ist, das du nicht übernehmen wolltest!«

»Import - Export ...«, antwortete er mit nur halber Aufmerksamkeit. »Trinkst du das noch?« Er deutete auf mein Wasser, ich reichte es ihm und schaffte es, nicht zurückzuzucken, als sich unsere Finger berührten. Trotz meines Versuches gelassen zu wirken, verengten sich seine Lider um einen Tick. Er ließ das Geschehene unkommentiert.

Wir quälten uns weiter vor, der Regen prasselte unnachgiebig, sogar ein paar Blitze waren zu beobachten, wie sie hier und da eindrucksvoll über den Himmel zuckten. Ich ließ ihn nicht aus den Augen, während ich mich meinem Grübeln hingab. Mir fiel auf, dass er gar nicht überrascht gewesen war, als ich ihm offenbart hatte, dass Isabella mein richtiger Name war – so, als hätte er ihn tatsächlich gewusst … Vielleicht war er gar nicht so einfühlsam und wachsam, vielleicht war er nur sehr gut informiert. Ich wollte gar nicht daran denken, was das bedeuten könnte!

Bei der nächsten Ausfahrt setzte er den Blinker, obwohl wir eigentlich noch etliche Kilometer Autobahn vor uns hatten und mein Herz rutschte in mein Höschen.

»Ähm ...«

»Wir machen einen kleinen Zwischenstopp!«

»Wo sind wir?«

»Mitten in der Toskana. Ein Onkel von mir hat hier sein Weingut. Er heißt Giuseppe ...«

»Wollten wir nicht so schnell, wie möglich zu deiner Familie?«

»Das wolltest du.«

»Ja, weil es nichts bringt, es vor dir herzuschieben!«

»Vielleicht schon ...« Das war so ein leises Murmeln, das ich es kaum verstand.

»Wollen wir nicht lieber beim Rückw...«

»No, Bella! Ich will noch Zeit mit dir allein verbringen!« Das kam jetzt ungewohnt laut und ich verstummte abrupt. »Okay ...« gab ich klein bei, hob mein Kinn und sah aus dem Fenster. Ganz ehrlich, langsam machte sich ein Gefühl der Angst in mir breit. Vor allem wenn ich bedachte, dass er mit ziemlicher Sicherheit eine Waffe mit sich führte.

***

Onkel Giuseppe war ein magerer, winziger Italiener mit wettergegerbten Zügen, einem knallroten Pullunder und einem freundlichen Gemüt. Er ging am Stock, dennoch machte er jeden Tag seine Runde über die ausschweifenden Ländereien. Sein Gutshaus wurde von seiner Frau, seinen zwei Töchtern und den passenden Schwiegersöhnen am Laufen gehalten, die uns typisch italienisch mit Umarmungen und lauten, herzlichen Stimmen willkommen hießen. Ich trug es mit Fassung, besonders, weil sich seine Tante so sehr darüber zu freuen schien, dass der Neffe endlich mal ein Mädchen mitbrachte. Das erzählte mir zumindest ihre Körpersprache. Seine roten Ohrläppchen und das Strahlen, als er mir stolz einen Arm um die Schulter legte, damit er mich an sich ziehen konnte, bestätigten das … Daraufhin gab er ihr einen Kuss auf die faltige Wange, was sie über das ganze Gesicht strahlen ließ. Wie konnte ein Mann, der so warm und respektvoll mit seiner Familie umging, etwas anderes, als ein guter Mensch sein?

Doch die Saat des Zweifels war bereits gesät, das wurde mir klar, als er vor mir herlief.

***

Nur von dem Spurt vom Auto zur Tür waren wir komplett durchnässt und so wurden wir relativ schnell nach oben in ein kleines gemütliches Gästezimmer mit loderndem Kamin bugsiert.

Ich zog mir das pitschnasse Kleid aus, schlang ein Handtuch um meinen eiskalten Körper und zog bebend trockene Sachen aus dem Koffer. Er kam auch mit einem Handtuch aus dem Bad und rubbelte sich damit das dunkle Haar.

Immer noch trug er den dünnen Pullover, doch nun zog er ihn aus, sodass er nur noch ein schwarzes Muskelshirt anhatte und tatsächlich; hinten im Bund der legeren Anzughose klemmte eine dunkle Pistole. Sie blitzte im Schein des Feuers gefährlich auf. Meine Finger, die im Koffer wühlten, erstarrten, als er sie beiläufig rauszog. In Händen, die mich gestern Nacht noch so liebevoll berührt hatten (bevor es aus dem Ruder lief), lag nun ein Objekt, mit dem er von einer Sekunde zur Nächsten meine Existenz beenden konnte.

Völlig gelähmt hob sich mein Blick und traf auf seine ausdruckslosen Augen. Nur das Bett befand sich zwischen uns – wenn, dann hätte ich keine Möglichkeit zu fliehen.

Er schlenderte auf mich zu – und ich konnte mich gerade so davon abhalten, vor ihm zurückzuweichen. Als er die Waffe auf das Nachtkästchen hinter mir legte, konnte ich mir ein erleichtertes Seufzen kaum verkneifen.

»Ja, bitte?«, erkundigte er sich höflich.

Ich sah ihn schief an ... weil ich nicht wusste, wie ich meine Gedanken in Worte fassen sollte. Die klangen ungefähr so: *Ähm, hast du vor mich umzubringen? Wenn ja, krieg ich Vorsprung?* Er sah mich schmunzelnd aus dem Augenwinkel an und goss mit einem Arm um mich herum, in aller Ruhe etwas von dem Wein ein, den uns Onkel Giuseppe wortwörtlich aufgedrängt hatte. Dann hielt er mir das Glas entgegen. Ganz sicher würde ich das nicht trinken, vielleicht war es vergiftet!

Er verdrehte die Augen und nahm demonstrativ einen Schluck. Sein Adamsapfel hüpfte dabei, dann hielt er ihn mir erneut entgegen.

»Sprich!«

»Wieso in Gottesnamen hast du eine Waffe dabei?« Ich ergriff den Wein und trank einen Schluck, er war für meinen Geschmack viel zu bitter und schwer, deshalb gab ich ihn zurück. Er leerte das Glas mit einem Zug und stellte es zur Seite, bevor er meine Wange umfasste. Mit schmerzverzerrtem Gesichtsausdruck strich er zaghaft mit dem Daumen über meine geschändete Unterlippe.

»Als Verteidigung gegen das organisierte Verbrechen.« Und somit drängte er mich ganz subtil Schritt für Schritt, rückwärts auf das Bett, bis ich in die Kissen fiel. Ich beobachtete sein Muskelspiel bei jeder kleinen Bewegung, als er sich über mich beugte. »Ich habe nicht vor, sie dich verletzen zu lassen.« Seine markanten, offenen Gesichtszüge wirkten im Kerzenschein und den Flammen des Kamins perfekt. Ehrfürchtig strich ich sie mit den Fingerspitzen nach, das gerade Nasenbein, die Augenbraue, die Schläfe, weiter herab und über den scharf geschnittenen Kiefer. Bis zum Kinn und schließlich … mit zitterndem Zeigefinger über diese vollen, schönen Lippen. Ich fühlte, wie mein Herz schneller schlug, besonders als er sich plötzlich herabbeugte und mich küsste. Allein seine Nähe hatte mich benebelt und sein Kuss, der so gar nicht nach einem skrupellosen Verbrecher schmeckte, tat den Rest. Ich wusste genau, wovon er sprach, zu genau, um ehrlich zu sein und das war eine plausible Erklärung. Mit den Sizilianern war nicht zu spaßen!

»Wieso kannst du damit umgehen? Mit so einem Ding?«, keuchte ich und bog meinen Kopf zurück, bot ihm meinen Hals dar, auf die Ellbogen gestützt.

»Ich bin teilweise auf Sizilien aufgewachsen – da lernst du den Umgang mit diesen ›Dingern‹ noch, bevor du in der ersten Klasse bist.«

»Wie beruhigend.«

»Du hast doch nicht etwa Angst vor mir?«, neckte er mich sanft, während seine Lippen an meinem Kiefer entlangstrichen.

Seit dem einen Mal hatten wir keinen Sex gehabt, jetzt merkte ich, dass mein Körper trotz allem, alles andere als abgeneigt war. Besonders weil ich ihn bereit und hart zwischen meinen Beinen fühlte. »Denkst du, ich werde jetzt zu einem anderen Menschen, wo ich dich vollkommen hilflos ausgeliefert in meiner Gewalt habe?«

Er wich ein Stück zurück und sah mich ernst an. Und ich konnte so viel … Gefühl in seinen hellen Augen erkennen, dass mir davon ganz warm wurde, trotz der nassen Kleidung. Ich hob die Hände und umfasste sein Gesicht.

»Ich hoffe nicht«, hauchte ich, zog ihn zu mir herab und küsste ihn.

***

Dieses Mal war nicht mit dem Ersten zu vergleichen. Er war ausnehmend sanft und auf mich bedacht. Mit Händen und Lippen bereitete er mich mit einer Engelsgeduld vor.

Diese Berührungen, diese Küsse, dieser hingebungsvolle Blick –
so was konnte niemand vorspielen. Also warf ich alle Bedenken
über Bord und schaltete meine Instinkte ab, nahm meinen ganzen
Mut zusammen und gab mich ihm vollkommen hin – ich wurde
nicht enttäuscht.

Nachdem wir einmal von einem Orgasmus überrollt in die
Laken gesunken waren, beugte ich mich über ihn und fing an
seinen Körper ausgiebiger zu erkunden. Die Tätowierungen
schimmerten verlockend im Kerzenschein, während er zufrieden
mit hinter den Kopf verschränkten Armen und schweren Lidern
dalag, um mich zu beobachten, wie ich die schwarzen Linien mit
den Fingerspitzen nachfuhr.

Mitten zwischen seinen Brustmuskeln lag so etwas wie ein
massives Kreuz. Ich zeichnete die geraden Ränder nach. »Bist du
gläubig?«

»Ja.«

»Hmm ...«

»Du bist es natürlich nicht. Zu irrational ...«, stellte er fest,
beugte sich zu dem kleinen Nachtkästchen und goss uns etwas
von dem preisgekrönten ›Eiswein‹ ein, den uns Onkel Giuseppe
hatte bringen lassen, zusammen mit einer kleinen Käseplatte.
»Der Eiswein, wie er in Deutschland heißt, ist die Königin unter
den Weinen. Die Trauben müssen gefroren sein, bevor sie
verarbeitet werden. Das Tal meines Onkels ist weltweit bekannt
für diesen auserlesenen Prädikatswein ... Aber Giuseppe macht
ihn nicht wegen des Profits. Es ist die größte Aufgabe seines
Lebens. Sofort, als er in Rente ging, kaufte er dieses Gut, das
mitten in den Bergen liegt und dessen Geschichte bis zu den
Römern zurückreicht. Anfangs waren die Auflagen bis auf wenige
hundert Flaschen limitiert ... Die aufwendige Verarbeitung, das
unbeständige Wetter und die hohe Lage des Tals, machten es ihm
nicht gerade einfach. Aber Onkel ist ein harter Knochen und
voller Leidenschaft, er hat sich von niemandem die Motivation
nehmen lassen. Einmal im Jahr lässt er eine Auflage hierher
bringen, lädt die ganze Familie zur Verkostung ein und

verschenkt alle Flaschen.« Er hielt mir das kurzstielige Glas entgegen und ich nippte.

»Oh mein Gott!« Meine Augen wurden groß und ich trank vorsichtig noch einen Schluck. »Der ist fantastisch, nicht so schwer, wie man es sonst von süßen Weinen kennt – er ist einfach köstlich!«

»Diese Flasche aus der neuen Lese kostet circa 10.000 Euro, also lass deine Zunge ausgiebig darin baden.«

Ich hielt mich gerade so davon ab, die teure Flüssigkeit vor lauter Schock über das Bett zu spucken. Er lachte, richtete sich auf und nahm mir das Glas ab.

»Genug getrunken, davon kannst du später noch reichlich haben ...« Sanft strich er über meine nackte Schulter, bedeckte sie mit zärtlichen Küssen. Ich schloss die Augen und zerwühlte sein dichtes, chaotisches Haar. Seine Hand glitt über meinen Oberschenkel und ich erkannte erst jetzt, was die Buchstaben auf seinen Knöcheln bedeuteten.

Sanft strich ich darüber.

Er rückte seufzend ab und hielt beide Fäuste aneinander, präsentierte mir das ganze Wort:

FAMI GLIA

»Das war eine Jugendsünde ...«, murmelte er und glitt nachdenklich mit den Fingerspitzen über die zarten Buchstaben. »Oder besser gesagt eine Mutprobe.« Das Grinsen, mit dem er mich bedachte war, schief, schelmisch und schlichtweg bezaubernd. »Das erste Tattoo, das ich mir stechen ließ und dann gleich an so einer Stelle ... ich muss um die vierzehn und total von Sinnen gewesen sein ...«, überlegte er und trank noch einen Schluck von diesem vorzüglichen Wein. Dann hob er ihn mir an die Lippen. Ich trank auch, er hielt mir ein Stück Käse und eine Traube entgegen ...

Gerade so konnte ich mir das Stöhnen verkneifen, als sich der vollmundige Geschmack mit dem der süßen Traube vermischte. »Den macht Onkel Giuseppe auch selbst ...«

»Ganz schön früh, für ein Tattoo, hm?«, merkte ich an, bevor ich noch einen Schluck trank. Mein Kopf schwirrte bereits ein wenig, aber es war noch im erträglichen Rahmen.

»Bei mir ging alles ein bisschen früher los ...«, gab er lapidar zu bedenken und biss selbst auf eine knackige Traube.

»Hmm ...« Natürlich traute ich mich nicht zu fragen, und natürlich wusste er, wieso ich jetzt rot wurde.

»Ja ... auch die Erlebnisse mit Frauen.« Er beugte sich erneut vor und knabberte ausgiebig an der empfindlichen Haut meines Halses. »Sex hat mich schon immer fasziniert ... Es ist sozusagen mein Lieblingshobby, wie du vielleicht schon bemerkt hast«, murmelte er mit einem zarten Hauchen und ich erschauerte. An der nackten, glatten Brust schob ich ihn zurück, auch wenn es schwerfiel. Das Thema war noch nicht durch ... Ich musste mehr über ihn erfahren. Besonders in dieser Hinsicht. »Frag nicht, wie viele es waren, denn ganz ehrlich. Ich habe keine Ahnung ... Ich war nie ein Beziehungstyp und wenn, dann dauerten diese nie sehr lange.« Bevor ich ansetzen konnte, sprach er schon weiter. »Keine von ihnen bedeutet mir heute noch etwas! Das ist alles, was du wissen musst!«

Etwas ungeduldig beugte er sich vor, mit der eindeutigen Absicht, mich das alles vergessen zu lassen. Als ich ihn diesmal von mir schob, funkelten seine Augen ungehalten. Doch er hielt sich immer noch zurück.

»Wieso dauerten sie nie lange?«, fragte ich sanft und strich über den Totenkopf auf seinem Oberarm.

»Weil ich jung und ungezügelt war und nicht wusste, was ich wollte! Jetzt weiß ich, was ich will: dich!« Dies kam alles andere als gezügelt, sondern genau genommen ziemlich aufgebracht. Sofort attackierte er meine Lippen, umfasste meine Brust und knetete sie leicht. Ich stöhnte verhalten, und holte Luft ... »Nein!«, hielt er mich auf, bevor ich ihn wieder von mir schieben konnte ... »Ruhe jetzt!« Seine Lippen glitten über mein Schlüsselbein und lösten seine Finger an meinem Nippel ab. »Ich will nicht an andere Frauen denken, und schon gar nicht an die, die dir sowieso nicht das Wasser reichen können! Reden wir später!«

»Aber ...«

»Nein!« Er biss mir sanft in die aufgestellte Brustwarze und ich schrie leise auf.

»Glaubst du, ich lasse mir von dir sagen, was ich zu tun oder zu lassen habe?«, empörte ich mich.

Er stoppte, funkelte mich von unten herauf mit seinen eindrucksvollen grün/grauen Augen an. Ein Muskel an seiner Wange zuckte. Die Stimme war ausnehmend sanft und leise.

»Genau genommen ... glaube ich das nicht nur, ich fordere es!«

Ich lachte, wenn auch etwas aufgeregt.

»Wie bitte?«

»Isabella ... du hast einen wunderbar störrischen Charakter, ich mag dein loses aber gewähltes Mundwerk und es macht mir nichts aus, wenn du den Ton angibst. Im Bett aber, bin ich altmodisch und sage, wo es lang geht.«

»Also ein Macho.«

»Keineswegs und je eher du das verstehst umso besser. Wenn ich sage: Halt den Mund und lass dich von mir lecken, bis du kommst, dann wirst du den Mund halten und dich von mir lecken lassen, bis du kommst und ich wette, du wirst dabei genauso viel Spaß haben wie ich!«

»Das ist obszön!«

»Grandioser Sex ist obszön. Wieso es nicht offen aussprechen?«

»Er muss es aber nicht sein!«

»Das stimmt ...« Zielsicher war er bereits weiter nach unten gerutscht und hielt mich an den Oberschenkeln gespreizt. Er gab mir einen kleinen Kuss zwischen die Beine.

»Er kann sanft und verspielt sein ...« Genauso pustete er gegen meine Feuchtigkeit. »Aber er kann auch ... hart und dreckig sein.« Und somit leckte er von unten nach oben, wobei er zum Abschluss gegen meine Klitoris schnalzte, was mich heftig zusammenzucken ließ. »Wir nehmen heute Variante zwei. Halt dich am Bettrahmen fest!«

»Ich denke gar nicht dar...« Er schnalzte wieder. Ich schrie auf und zuckte vor ihm weg.

»Halt dich am Bettrahmen fest!«, wiederholte er todernst und ich sah ihn atemlos, mit einigen Schweißperlen, die mir bereits über die Stirn liefen und verengten Augen, an. Er grinste – spöttisch.

»Es macht dich an, gegen mich zu kämpfen, hm?«

Jetzt durchschaute er mich schon wieder! Seine Annahme mussten wohl meine Gesichtsfarbe, das Verschränken meiner Arme, genauso wie der störrische Ausdruck verdeutlicht haben, denn er verdrehte die Augen. Dann sprang er auf ... und schlenderte zu seinem Koffer. Nackt ... mit erigiertem Penis, der dick und lang vor ihm aufragte.

Ich fragte nicht, woher er die Handschellen hatte, sobald er sie ans Tageslicht beförderte. Doch ich rappelte mich sofort auf und wich vor ihm zurück. Immer noch grinsend drehte er sie um seinen langen Zeigefinger, als er auf mich zu schlenderte. Über mir blieb er stehen und verschränkte seinerseits die Arme vor der breiten Brust. Überheblich, dominant, absolut Herr der Lage.

»So oder so?«, gab er mir scheinbar höflich die Wahl und ich biss die Zähne zusammen.

»Das ist Freiheitsberaubung!«

»Noch nicht ...« Langsam beugte er sich über mich und stützte sich mit beiden Händen auf meinen Knien ab. »Und allein der Gedanke, mir so hilflos ausgeliefert zu sein, gefällt dir.« Sein Finger strich zur Bestätigung zwischen meinen Beinen entlang und verteilte dann die eindeutige Nässe auf meiner Unterlippe.

»Also ... wie willst du es?«, fragte er, bevor er mich küsste und alles wieder beseitigte, wobei ich mich selber schmecken konnte. Trotz des heiseren Stöhnens zog ich den Kopf zurück.

»Ich dachte, ich soll nur das tun, was du sagst?«, neckte ich ihn, schlang aber meine Arme um seinen Hals und lehnte mich zurück, er jedoch ließ sich nicht mitziehen.

»Ich sage, du sollst dich entscheiden.« Streng sah er mich an, so hatte ich ihn noch nie erlebt. Auch wenn ich diese dominante Ader in ihm schon geahnt hatte. Er hatte recht, das erregte mich noch mehr.

»Ohne ...« Die Vorstellung ihm völlig hilflos ausgeliefert zu sein, hatte, wenn ich ehrlich war, etwas wahnsinnig Beängstigendes an sich.

»Schade«, grinste er und schob mich an der Brust zurück. Augen rollend umfasste ich das Gestell über mir mit beiden Händen und spreizte einladend, und soweit ich in dieser Position konnte, meine Beine.

Einige Zeit stand er einfach so neben dem Bett und sah auf mich herab, nachdenklich, mit schief gelegtem Kopf und einem fleischlichen Glühen in den Augen.

Ich wurde immer verlegener und ruckelte ungeduldig mit den Hüften. Zwar waren wir schon etwas vertraut miteinander, so auf dem Präsentierteller vor ihm zu liegen, war dennoch unangenehm. Ich wurde knallrot, gleichzeitig schoss die Erregung in ungeahnte Höhen, allein von dem verlangenden Blick, mit dem er mich scheinbar berührte. »Das ist ein wahrlich erhebender Ausblick ...«, raunte er sanft, umfasste sich selbst und verschaffte sich locker und langsam Genuss, wobei sich die Muskeln an seinem tätowierten Unterarm gleichermaßen anspannten, wie die an seinem Bauch.

Mein Atem kam immer schneller, der Schweiß lief aus jeder Pore. Ich war kurz davor nach ihm zu betteln, was ich jedoch niemals tun würde, während ich gierig seine Hand beobachtete und mir wünschte, es wäre meine.

Eine kleine Ewigkeit ließ er mich so warten, dann erbarmte er sich endlich meiner und krabbelte zu mir aufs Bett. Glitt mit seiner Zunge von meinem Knie, über meinen Innenschenkel, bis zu meiner Mitte und zeigte mir dann, wie grandios obszöner Sex genau sein konnte ... Während er mit seiner Zunge und den Lippen Dinge anstellte, die ich niemals für möglich gehalten hätte und sich dabei immer noch selbst Lust verschaffte, zeigte er mir, wie gut es war, sich fallen, sich einfach gehen zu lassen.

Kurz bevor ich explodierte, schob er sich grob in mich, raubte mir den Atem. Der Schweiß tropfte, wir gaben unmenschliche Laute von uns, Haut wurde zerkratzt, Lippen und Schultern zerbissen ... Es war der wortwörtliche Wahnsinn.

Es gab nur noch uns und unsere Instinkte, die uns immer höher trieben. Dies hier hatte nichts mit der vorigen Kuschelnummer zu tun, aber ... ich musste zugeben, dass ich auch die ›härtere Gangart‹ in vollen Zügen genoss – solange er mich danach nicht alleine im Bett zurückließ!

Nein, stattdessen zog er mich eng in seine Arme und wir teilten einen rasenden Herzschlag, der von Schlag zu Schlag langsamer wurde, bis wir einschliefen.

15. Kapitel 14

Am nächsten Morgen war er schon aufgestanden, als ich die Lider aufschlug. Das Unwetter hatte sich verzogen und strahlender Sonnenschein hatte sich seinen Weg durch die offene Balkontür gebahnt, während eine sanfte Brise die Spitzenvorhänge lautlos tanzen ließ. Auf der Fensterbank lagen abgeschnittene Lavendelzweige und erfüllten das schlicht und ländlich eingerichtete Zimmer mit ihrem lieblichen Duft.

Seufzend rollte ich mich auf den Rücken und verzog dann das Gesicht, denn ich war wund – schon wieder. Und doch zog ein verträumtes Lächeln meine Mundwinkel nach oben. Völlig nackt und losgelöst streckte ich mich in den dünnen weißen Laken und glitt mit den Fingerspitzen verträumt über meine Brust, fühlte wieder seine Finger, die meine Nippel zwickten, zwirbelten, streichelten, wie sie meinen Bauch herabtänzelten und schließlich die krausen Locken zwischen meinen Beinen berührten, neckend daran zogen …

»Mach so weiter und du verlässt dieses Bett nie.« Ich zuckte zusammen, als seine raue Stimme die morgendliche Idylle durchbrach. Errötend zog ich die Hand zwischen meinen Beinen weg und richtete mich zerzaust und verschlafen, aber mit einem Strahlen, auf die Ellbogen auf. Mein Lächeln fiel in sich zusammen, als ich bemerkte, dass er gerade aus der Dusche kam – nichts als ein schwarzes Handtuch um die schlanke Hüfte geschlungen, die Hüfte, die vor ein paar Stunden noch …

»Oh Gott …« Schnell drehte, ich mich weg und vergrub mein Gesicht in den duftenden Kissen. Bilder und Gefühle von gestern prasselten förmlich auf meinen zum Leben erweckten Körper ein.

»Ja, bitte?«, fragte er wieder höflich und ich fühlte, wie seine Finger die Haare von meinem Nacken strichen. Er beugte sich über mich und hauchte in mein Ohr.

»Was ist los, meine entfesselte Wildkatze? Schon wieder bereit die Krallen auszufahren?«

Mit einem Auge brachte ich die Frage zum Ausdruck, ob er jetzt seinen Verstand genauso wie ich eingebüßt hatte.

Er lachte heiser in mein Ohr, was mich erschauern ließ. »Die Kratzer auf meinem Rücken sprechen Bände und das, obwohl die Patschehändchen oben bleiben sollten ...«

Ich verdrehte die Augen. Auch wenn er recht hatte, nicht nur er war gestern etwas ungestüm gewesen. Dieses rasende Verlangen, dieses bestialische, animalische, ungezügelte hatte sich auf mich übertragen. Bis gestern war mir nicht bekannt gewesen, dass ich zu solchen Geräuschen und Aktionen überhaupt fähig war. Aber er hatte mich mit Absicht so lange provoziert und gereizt, bis ich mich wortwörtlich mit Haut und Haaren auf ihn gestürzt hatte – völlig entfesselt, einer sexsüchtigen Furie gleichend. Das Gute daran: Ich schämte mich nicht dafür, das ließ er nicht zu. Das Schlechte – ich wollte es noch mal. Sofort ...

Jetzt wusste ich, dass es den Buch-Traum-Sex wirklich gab, und dass die Fantasie mit der Realität nicht mithalten konnte. Jetzt verstand ich, wie die weibliche Protagonistin süchtig danach werden konnte. Besonders, wenn der Rest des Mannes genauso faszinierte wie seine Vielseitigkeit und sein Einfühlungsvermögen im Bett.

Es ist ein mächtiger Cocktail, den der Körper beim Geschlechtsakt zusammenbraut und dessen Ausschüttung uns Menschen für die Fortpflanzung belohnen soll. Die Natur ist nun mal wirklich einfallsreich und unser wahrer Gott. Mir wurde klar, dass es nichts Verwerfliches daran gab, ihr zu folgen. Und wenn es doch verwerflich war, so war es zu gut, um freiwillig darauf zu verzichten.

Ich war froh, dass er sich für diesen Abstecher entschieden

hatte, und hätte nichts dagegen gehabt, einen Tag im Bett zu verbringen. Vor diesem Urlaub – undenkbar!

Er hatte jedoch andere Pläne.

»Zieh dich an und mach dich fertig, ich habe heute noch einiges vor!« Somit klatschte er mir auf die nackte Backe, richtete sich wieder auf und schlenderte zu seinem Koffer.

Ich hatte bis jetzt auch keine Ahnung davon gehabt, wie sexy es sein konnte, wenn ein Mann sich ankleidete.

***

Das Landgut lag auf einem der unzähligen Hügel der Toskana. Penibel gezogene Reihen von Weinreben säumten den gesamten Berghang bis in das Tal. Der Hügel dahinter präsentierte sich in lilafarbener Lavendelpracht. Dazwischen schlängelte sich die Allee entlang, die zu dem Gutshaus führte. Über uns strahlte die Sonne, der Himmel schien wie gemalt und nur vereinzelt, schoben sich langsam bauschige, strahlend weiße Wolken darüber.

Ich war froh um den Hut und die frühe Stunde. Schon jetzt konnte man erahnen, wie heiß es werden würde, doch noch war die Luft vom Gewitter in der vergangenen Nacht gereinigt und klar. Das Gras war jedoch immer ausgetrocknet, ich fühlte das Knistern unter meinen Füßen durch die gemütlichen Ballerinas, für die ich mich entschieden hatte. Das weiße Kleid hätte gut dazu gepasst, aber mit dem Kaffeefleck, den ich der Autofahrt zu verdanken hatte, (ich war ein Schussel, wenn es um Kaffeetrinken beim Autofahren ging) machte es sich nicht sehr gut. Stattdessen trug ich wieder die Hotpants und eine einfache weiße Bluse.

Bevor wir das kühle Haus aus dickem Stein verlassen hatten, hatte er mir die Bluse allerdings hochgebunden, sodass mein Bauch freilag.

Der Sonnenbrand an meinen Armen ließ nicht zu, etwas Kurzärmliges zu tragen. Er tat es mir gleich. Überhaupt hatte sich nicht nur der Mann, sondern auch der Kleiderstil geändert.

Je näher wir Sizilien gekommen waren, umso länger und edler wurden die Hosen. Umso verschlossener und gebügelter die Hemden, umso geschäftsmäßiger und dunkler das gesamte Auftreten. Irgendwie konnte ich ihn dennoch nicht mit einem Arzt in Verbindung bringen. Spätestens seitdem ich wusste, dass er in seinem Hosenbund Waffen mitführte.

Und: Es war mir egal.

Ich hielt seine Hand und es fühlte sich richtig an.

Während wir zwischen den Reben entlangspazierten, erzählte er mir von seinen Kindheitserinnerungen bei Onkel Giuseppe. Aus dieser Zeit wusste er zum Beispiel, wie man eine Ziege molk, wie man Käse herstellte und natürlich, wie man Wein zubereitete. Er hatte gern die Sommer hier verbracht – *mit ordentlicher, ehrlicher Arbeit. Mit Arbeit, die du am Abend im Bett in jedem Knochen fühlst und die einen am meisten befriedigt und am besten schlafen lässt.*

Ich liebte es, wie offen er mit mir mittlerweile über seine Kindheit sprach, und lauschte interessiert. Natürlich konnte ich mit seinen Erinnerungen nicht mithalten und hatte nicht viel zu erzählen. Ich war als Kind nicht mal auf einem Bauernhof gewesen. Das hatte mir nie etwas ausgemacht – ganz im Gegenteil. Durch ihn bemerkte ich allerdings, um was mich meine Eltern betrogen hatten. Sicher nicht aus Bosheit, sie hatten mich so erzogen und mir das geboten, was sie für richtig hielten und wie sie es kannten.

Luisa, seine im sechsten Monat schwangere Cousine brachte uns ein Brunch-Picknick – inklusive Decke. Er lud sie ein, sich zu uns zu setzen, aber sie wünschte uns nur ziemlich anzüglich viel Spaß und verabschiedete sich wieder.

Wir aßen im Schatten der Reben und es hatte noch nie besser geschmeckt. Besonders der Früchteteller hatte so seine Vorteile. Mit funkelnden Augen fütterte er mich zuerst mit Trauben, dann mit Erdbeeren, mit Melonenstücken und als er mir die Banane in den Mund schob und wieder rauszog, nur um sie wieder zurückzuschieben, musste ich so lachen, dass ich mich fast verschluckte. Er auch …

Mit tränenden Augen, schmerzenden Bäuchen und verschlungenen Fingern lagen wir danach auf der Decke und beobachteten Wolkenformationen. Er erkannte immer etwas anderes als ich und es frustrierte mich, wenn er mir fantasievoll erzählte, was er sah – ich es mir beim besten Willen aber nicht vorstellen konnte.

Irgendwann umfasste er meinen Hinterkopf und zog mein Gesicht näher. Seine Finger gruben sich in meine Kopfhaut. Er sah mir tief in die Augen … ich starrte zurück. Da war nicht nur ein trübender grauer Film über dem kraftvollen grün, nein, so etwas wie silberne Sprenkel umzingelten die Pupillen … Er hatte so schöne ausdrucksstarke Augen. Augen, mit denen er mich fast schon verzweifelt ansah. Ich lächelte schüchtern, fühlte mich wie auf dem Prüfstein, was ihn zum Seufzen brachte. Dann lehnte er seine Stirn an meine und schloss die Lider.

»Wir fahren nicht nach Sizilien.«

»Wie bitte?« Ich wich zurück, er sah mich mit einem absolut unerbittlichen Gesichtsausdruck an.

»Unser Haus steht in einem gefährlichen Bezirk und es gibt Unruhen …«

»Wir müssen ja nicht bei Nacht die Straßen unsicher machen, außerdem wirst du schon auf mich aufpassen ...« Er zuckte zusammen, als hätte ich ihn geschlagen.

»Nein! Es ist zu gefährlich!«

»Aber deine Familie … Sie ...« Natürlich versuchte ich ruhig zu bleiben. Er hatte Angst, und das verstand ich. Aber er konnte sich nicht ewig verstecken. Außerdem würde er auf mich aufpassen – ich wusste es einfach.

»Sie sind mir scheißegal!«, brüllte er plötzlich und richtete sich auf. »Wir fahren nicht! Ich werde dich nicht in diese Situation bringen! Du bist mir wichtiger als sie! Basta!«

»Dann fahr ohne mich ...«, wisperte ich, meine Augen brannten.

Wahrscheinlich wegen des Schmerzes, den ich bei diesen Worten fühlte und der auch auf seinem Gesicht sichtbar wurde. Aber das konnte ich ihm nicht antun. Auf seinen Fingerknöcheln stand es, schwarz auf Haut:

FAMIGLIA. Er war in diesen Urlaub gefahren, um den letzten Wunsch seiner Mutter zu erfüllen. Da würde ich ihm nicht im Weg stehen!

Er lächelte – schwach … und wunderschön, bevor er die Hand nach mir ausstreckte und eine Strähne meiner Haare ergriff. An dieser zog er mich näher, bis sich unsere Nasen berührten und er mit seiner über meine streichen konnte.

»Ich werde mich meiner Familie stellen und für alles einstehen – sei es mit meinem Leben. Aber erst, wenn unsere Zeit abgelaufen ist.«

»Von was redest du da?«

»Davon, dass wir nicht fahren. Hab ich doch gesagt.« Und somit lehnte er sich zurück, auf seinen Rücken, schloss die Augen, verschränkte die Arme hinter dem Kopf und kaute auf einem Grashalm.

Basta!

Die Launen dieses Mannes würden mir wohl auf ewig ein Rätsel bleiben. Einige Zeit lehnte ich meine Wange auf mein angezogenes Knie und beobachtete ihn still.

Was auch immer geschah, ich wollte nicht mit ihm streiten. Gerade eben war noch alles so idyllisch gewesen, und wenn er meinte, dann konnten wir ein oder zwei Tage länger hier bleiben. Die würde ich gut nutzen, um ihm Mut zu machen, sich doch der Familie zu stellen.

In Vorbereitung auf das Kommende rutschte ich an ihn ran, was seiner Aufmerksamkeit nur scheinbar entging …

Einige Sekunden überlegte ich fieberhaft, was ich tun konnte … Mein Blick glitt über diesen Poseidon in Businessoutfit neben mir … über die breite Brust, den flachen Bauch, die Delle in seiner Hose … die muskulösen … Delle in der Hose?

Mein Blick schweifte zurück und schoss dann zu seinem

Gesicht. Er sah völlig entspannt aus, doch sein ›bester Freund‹ war es nicht. Diesen hatte unsere kleine Diskussion alles andere als kalt gelassen ... und der Anblick von genau dieser Tatsache heizte auch mir ziemlich ein. Meine Zähne gruben sich in meine Unterlippe, als ich die Hand instinktiv ausstreckte, um ihn zu berühren ... doch ich stoppte kurz davor. Was tat ich hier? Was hatte ich überhaupt vor?

»Du könntest mir einen blasen«, bot er freundlich an, und als ich ihn fragend ansah, bemerkte ich, dass er mich entspannt musterte. Träge streckte er eine Hand aus, öffnete langsam den Gürtel, zog den Knopf auf und den Reißverschluss herab. Im Augenwinkel bemerkte ich, wie er ihn an die frische Luft beförderte und selbst dort wirkte er riesig. So etwas hatte ich noch nie getan ...

»Mit dem Mund?«

»Wäre ratsam ...« Er schaffte es, nicht zu lachen. »Mach, was dir Spaß macht, aber benutze nur die Lippen und die Zunge, für den Anfang.« Mit heißen Wangen beugte ich mich vor und umfing ihn mit einer Hand. Sobald ich *ihn* berührte, hörte ich, wie er die Zähne zusammenbiss. Er pulsierte förmlich in meiner Handfläche und ich bewegte sie ein paar Mal langsam hoch und runter.

Ihm entkam ein Fluch und er warf den Kopf zurück. Es durchrauschte mich siedend heiß, als ich bemerkte, wie erregt er bereits klang. Das gab mir Mut und ich beugte mich weiter vor ... leckte über die pralle Spitze.

»Warte!«

»Was?« Sofort richtete ich mich auf!

»Hast du einen Haargummi dabei?«

»Nein!«

»Okay ...« Er griff in meine Haare, sammelte alle Strähnen gründlich zusammen und drückte dann meinen Kopf leicht herab. »Mach weiter ...« Jetzt hatte ich nicht mehr den Schleier Haare zum Verstecken und fühlte mich peinlich entblößt, während ich ihn weiter erkundete.

Es fühlte sich gut an, ihm mit ein paar Zungenstreichen diese erregenden, männlichen Töne zu entlocken. Wie er mich dabei festhielt, machte das Ganze nicht weniger prickelnd, auch nicht die Tatsache, dass ich den Dreh mit ein wenig Führung bald raus hatte und er seine Hüften leicht mitbewegte …

Was sein schwarzes Hemd dazu brachte, nach oben zu rutschen und seine Leistengegend freizugeben. Bis jetzt hatte ich noch nicht näher auf den verschnörkelten Schriftzug auf seinem Unterbauch geachtet, doch jetzt stachen mir die Buchstaben förmlich in die Augen.

prangte mir dort entgegen.

Der Name der Familie, auf die ich mich beruflich spezialisiert hatte. Der Name der Familie, deren Oberhaupt ich vor zwei Jahren ins Gefängnis gebracht hatte und das dort auf mysteriöse Weise ums Leben gekommen war … Der Name der Familie, die zu einer der Mächtigsten gehörte und mich zerquetschen würde, sobald sie mich in die Finger bekam.

Seconda Parte

LA FAMIGLIA

16. Kapitel 1

Ich rannte um mein Leben.

Geradewegs das Feld hinauf, zwischen den Wein-Reben entlang. Es gab nur einen Gedanken, der mich antrieb: Flucht. Egal wie sehr meine Waden brannten, egal wie sehr ich schwitzte, egal wie stark es in meiner Brust schmerzte, weil er mich so manipuliert und hintergangen hatte.

Er rief meinen Namen, doch ich rannte schneller, stolperte, rappelte mich auf ... und zwängte mich durch ein paar Reihen, damit er mich aus den Augen verlor. Ich blieb hängen und zerrte mit aller Kraft an dem Oberteil. Als die Rebe mich freigab, stolperte ich nach hinten, fing mich aber und lief weiter. Immer weiter ... ich durfte nicht stehen bleiben und mich ergeben!

Zweige klatschten mir ins Gesicht, zerkratzten mir die Wangen. Die Panik vertrieb den Schmerz seines Verrates. Immer weiter nach oben auf das Haus zu, rannte ich.

Ich dachte nicht wirklich darüber nach, sonst wäre ich in eine andere Richtung geflohen. Gerade als ich vom Feld auf den Hof des Anwesens stürmen wollte, merkte ich, dass es hinter mir raschelte und er doch aufholte. Mit italienischem Fluchen, das er mir quasi ins Genick schleuderte, riss er mich so fest am Arm zurück, dass meine Zähne schmerzhaft aufeinander schlugen.

Ehe ich schreien konnte, legte sich eine Hand steinhart über meinen Mund.

»Warte!«, zischte er atemlos in mein Ohr und da hörte ich es: Stimmen. Viele männliche Stimmen und das Knirschen von Schritten. Keuchen und ... weibliches Weinen?

Er zog mich ein paar Schritte zurück, meinen Arm und meinen Mund fest im Griff. Wir kamen zu einer Stelle, an der wir durch das dichte Geäst sehen konnten und ich erkannte voller Entsetzen das Szenario auf dem Hof.

Vier riesige, mimiklose Gorillas in schwarzen Anzügen waren um zwei gleichfarbige Limousinen verteilt. Ein weiterer etwas fülliger, untersetzter Kerl mit schwarzem Schnauzbart und knallroten Hosenträgern sprach scheinbar freundlich mit Giuseppe, während Louisa von einem anderen gehalten wurde, und das nicht gerade zimperlich.

Geschlagen schloss ich die Lider, denn ich wusste ganz genau, wo ich hier reingeraten war – und zwar mittenrein. Ich hatte keine Chance aus dieser Sache lebend rauszukommen. Nicht, wenn es sich um die Männer handelte, gegen die ich jahrelang ermittelt hatte, um ihre Machenschaften in Deutschland zu unterbinden.

Seine Hand an meinem Arm begann zu beben, besonders als der Schnauzbart genug hatte. Er winkte knapp und plötzlich hatte Louisa eine Waffe an der Stirn. Ich konnte es nicht unterdrücken und schrie auf. Die Hand lag zwar noch auf meinen Lippen, aber nun schauten alle in unsere Richtung.

»Verdammt!«, spie er aus … dann fühlte ich, wie er sich herabbeugte und mit den Lippen an meinem Nacken wisperte. »Vertrau mir«, bevor er mir einen sanften Kuss darauf hauchte. Er schob mich die restlichen fünf Schritte, die uns vor den Augen der anderen verbargen vor und somit den Verbrechern direkt vor die Nase.

»Vertrau mir« hallte es in meinen Ohren nach.

***

Nun lernte ich tatsächlich einen vollkommen anderen Mann kennen, denn der Griff, mit dem er mir den Arm auf dem Rücken verdrehte, hatte nichts mit der Feinfühligkeit des sanften Liebhabers von heute Nacht gemein. Auch seine Stimme war härter. Spöttisch und eiskalt, als er den Männern etwas auf Italienisch zurief.

Ich umklammerte mit beiden Händen seine Handgelenke, hoffte, dass sich meine Fingernägel so tief wie möglich in seine Haut bohrten, während meine Beine sich anfühlten wie zwei Pflöcke, absolut unwillig sich zu beugen und zu strecken und weiter in die Richtung geschoben zu werden, in die er mich erbarmungslos bugsierte.

»Wo ist Cassandra, kommt sie nicht persönlich um ihren Bruder zu begrüßen?«, fragte er auf Deutsch den kleinen Schnauzer, der ziemlich dämlich aus der Wäsche guckte, sich aber schnell wieder fing. Erfreut ließ er mit beiden Händen seine Hosenträger gegen den dicken strammen Bauch schnalzen.

»Sie lässt ausrichten, die Spaghetti werden kalt!«, gab der kleine Italiener grinsend und in bestem Deutsch zurück.

»Das wäre natürlich eine Schan...!« Ich biss ihm in die Hand, weil ich kaum Luft bekam, und trat ihm mit aller Wucht ans Schienbein. Es brachte nicht wirklich viel, denn meine Schuhsohlen waren zu weich, und er ließ sich keineswegs aus der Ruhe bringen. Kurzerhand packte er mich an den Haaren und zog mich so weiter. Vor Schmerz schrie ich auf und versuchte jetzt mit allem, was ich hatte, nach ihm zu treten und zu schlagen, denn wir waren fast bei den Autos angekommen.

»Brauchst du Hilfe?« Die Gorillas machten sich bereit und ich schrie und trat noch mehr.

»Nein!« Als ich ihm fast eine zwischen die Beine verpasste, hatte er wohl genug. Mit voller Wucht stieß er mich gegen das Auto – mit der Wange voran. Ich sah Sterne, denn ich hatte es nicht geschafft rechtzeitig die Arme auszustrecken, um den Aufprall abzufangen.

Etwas Kaltes bohrte sich fest in meinen schutzlosen Nacken und ich wusste sofort, um was es sich handelte, denn alles um mich herum und in mir erstarrte.

»Hör auf!«, zischte er aggressiv und drückte mit der Waffe noch fester zu. »Wenn dir dein Rückgrat lieb ist.«

Ich kniff die Augen zusammen, konnte sein Verhalten nicht mit dem Mann in Verbindung bringen, der gerade eben noch auf dem Weinberg meine Hand gehalten hatte … genauso wenig, wie mit dem, der mir in den Nacken raunte, wie wunderschön ich sei, während er sich von hinten in mir bewegte … Tränen brannten in meinen Augen, aber ich würde sie nicht rauslassen!

»Du wirst jetzt brav in mein Auto steigen und keinen Mucks von dir geben!«

»Das ist keine gute Idee! Dein Auto hat leider einen Platten ...«, verkündete Schnauzbart bedauernd und hob dann freudig die Hände. »Du kannst natürlich gerne bei uns mitfahren.«

Ich hörte, wie er die Zähne zusammenbiss. Dann drückte er fester mit dem Lauf zu, was wohl eine Aufforderung war, mich in Bewegung zu setzen. Leicht geduckt und mit instinktiv angezogenen Schultern stolperte ich um das Auto herum. Als er mir die Tür aufmachte, erhaschte ich einen kurzen Blick auf sein Gesicht – es war absolut ausdruckslos. Der Mann, den ich kennengelernt hatte, war gegangen.

Er wechselte mit Schnauzbart noch ein paar Worte, währenddessen ließ ich meinen glasigen Blick über das teure Leder gleiten – auf der Suche nach einer möglichen Waffe, einem Handy, Sonstigem. Ich fand nichts. Schon wurde die Beifahrertür aufgezogen. Er ließ sich auf den Sitz fallen, neben mir stieg einer der Gorillas ein. Er stank widerlich nach Schweiß, den selbst das Aftershave nicht überdecken konnte, und nahm fast über die Hälfte der Sitzbank ein. Der Fahrer war ein weiterer ausdrucksloser Gorilla mit Glatze.

Während sich der Wagen in Bewegung setzte, drehte er sich zu mir nach hinten – grinsend.

Als ich sah, was an seinem Zeigefinger baumelte, stockte mir der Atem.

»So oder so?«, fragte er lapidar und ich presste die Lippen aufeinander. »Lieber so ...«, beantwortete er sich selbst die Frage und legte mir Handschellen an.

***

Mit drei schweigenden Mafiosis in einem Auto zu sitzen, ist nicht nur komisch, sondern regelrecht schweißtreibend. Besonders wenn einem einer davon immer gehäufter anzügliche Blicke aus winzigen Schweinsäuglein zuwirft, du aber damit beschäftigt bist, die Tränenflut und Angst zurückzuhalten und nicht im Selbstmitleid zu versinken.

Selber Schuld, Frau!, rief eine zynische Stimme in meinem Kopf.

Eigentlich hatte es genügend Hinweise gegeben ... Omen, könnte man sie nennen, dass etwas mit diesem Mann nicht stimmen konnte: Kein Mann ist perfekt. Und dieser hier war es gewesen. Das war Hinweis Nummer eins.

Die brutale und vor allem trainierte Art, wie er die Kerle am Strand zusammengeschlagen hatte, war der nächste Hinweis. Alles hatte er über mich gewusst und war überall da aufgetaucht, wo ich mich aufgehalten hatte – verfolgte mich regelrecht. Er war wie von mir besessen, weil er seinen Auftrag erfüllen wollte, nicht weil er etwas für mich empfand!

Wahrscheinlich war jedes einzelne Wort erstunken und erlogen. Import – Export, bei der Erinnerung musste ich spöttisch schnauben und ich fühlte seinen Blick im Rückspiegel auf mir, den ich ignorierte. Dann unser erstes Mal ... Ich hatte bereits da etwas Dunkles, Mörderisches in ihm gefunden, aber dass er ein wahrer Killer sein könnte, wie jeder dieser Männer, hätte ich niemals angenommen. Selbst dann nicht, als ich gemerkt hatte, dass er bewaffnet war. Ein paar Küsse, ein paar gesäuselte, schmalzige Worte, und ich war auf ihn reingefallen.

ICH! Die sonst hartgesottene, eiskalte Schwerverbrecher wie ihn im Zeugenstand auspresst, wie eine Zitrone, sie dazu bringt den Namen ihrer eigenen Mutter zu verraten, hatte mich so manipulieren lassen. Und dann schließlich seine Worte, dass er womöglich sterben würde, wenn er ohne mich in Sizilien ankäme ... Ja sicher, sie würden kurzen Prozess machen, wenn er seinen Auftrag nicht ausführte.

Diese Sorte von Verbrechern fackelte nie lang, und dass ich

nicht sofort hingerichtet worden war, gab mir ein wenig Hoffnung, vielleicht doch irgendwie lebend aus dieser Sache raus zu kommen.

Ein winziger Teil von mir konnte zudem immer noch nicht glauben, dass alles nur Show gewesen war. Da war echte Zärtlichkeit in seinen Blicken und Berührungen gewesen … Und er hatte mir den schönsten Tag meines Lebens beschert. Gehörte das auch zu dem Plan, was auch immer der sein sollte?

Wie hatte aus so einem zuckerflockigen Traum eine derartige Horrorvision werden können, und das innerhalb von ein paar Minuten!?

Im Laufe der Fahrt wurde ich schläfrig, vor allem, weil ich die Nacht kaum ein Auge zugemacht hatte. Bei jedem Huckel, jeder Kurve brannte es zwischen meinen Beinen und das brachte mich fast um! Verdeutlichte es doch meine Dummheit so perfekt.

Deswegen versuchte ich mich schließlich, einfach von hier wegzudenken und mich von dem Schaukeln des Wagens berieseln zu lassen.

Es klappte, aber ich träumte verrückte Dinge … So ziemlich jeder Mafiafilm, den ich jemals gesehen hatte, spielte sich in meinem wirren Kopf ab und irgendwann schreckte ich hoch. Zuerst blinzelte ich verwirrt und wusste nicht wieso, aber dann fühlte ich die Hitze auf meinem nackten Oberschenkel und fokussierte den Blick. Eine fleischige, haarige Pranke lag darauf, die Pranke des Gorillas.

»Hände weg!« Mein Blick schoss nach vorne, zu dem Mann, den das nicht im Geringsten interessierte. Es war Instinkt, blöder weibischer Instinkt … Natürlich würde er mich nicht beschützen!

»Halt die Klappe, Schlampe!« Der Gorilla sprach extra für mich deutsch und griff mir mit dicken Wurstfingern zwischen die Beine. Richtig fest, genau dorthin, wo es bereits schmerzte.

»Romano, lass die Finger von ihr … Das ist widerlich!« Er klang gelangweilt und sah nicht mal nach hinten, aber er sprach!

›Romano‹ verdrehte die Augen, aber er zog sich zurück.

»Dann soll die Schlampe was Längeres anziehen!« Um ihm nicht an die Gurgel zu springen, atmete ich tief durch. Noch einmal so eine Betitlung von wem auch immer und ich würde explodieren!

»Kurze Hosen geben dir nicht das Recht deine Wurstfinger überall reinzustecken! Was denkst du, wie Don reagiert, wenn du sie anfasst! Gewalt gegen Frauen wird nicht toleriert!« Immer noch klang er spöttisch, was mir komischerweise erneut die Tränen in die Augen trieb. »Konzentrier dich auf den verdammten Auftrag!«, murmelte er noch hinterher und sah düster aus dem Fenster.

* * *

Ich bekam ein Fertigsandwich und eine Flasche Wasser, als wir zum Tanken hielten. Der glatzköpfige Fahrer blieb schweigsam mit mir im Auto sitzen, während die beiden anderen noch sonst wo hingingen ... Ahhh, zu den Toiletten. Mürrisch blickte ich ihm hinterher, sah noch, wie er diesem Romano freundschaftlich lachend auf die Schulter klopfte, bevor die Tür hinter ihnen zufiel. Ja, klar, Romano wäre der Erste, der mich sofort vergewaltigen würde und ihm war es natürlich egal. Nur dieser verdammte Auftrag zählte. Wenn ich doch nur wüsste, was sie vorhatten. Seufzend lehnte ich die Stirn an die Scheibe und schloss die Augen.

Als die vordere Autotür aufgezogen wurde, zuckte ich zusammen.

Er glitt auf den Beifahrersitz und knallte das Ding mit kaum unterdrückter Wucht zu. »Wir können fahren!«

Der Fahrer warf ihm einen fragenden Blick zu, ich linste mit mulmigem Gefühl auf den leeren Sitz neben mir.

»Ich sagte ...« Das betonte er jetzt auf äußerst drohende und leise Art ... »Wir können fahren ...«

Und wir fuhren ... mit einem Mann weniger.

* * *

»Ich muss austreten!« Ich wurde ignoriert.

»Ich mach hier gleich die Sitze voll!«

»Hallooohooo!«

»Okay! Ich mach das jetzt wirklich! Ihr glaubt mir nicht?! Okaaaay!«

»Wir waren erst vor dreißig Minuten!«, zischte er, ohne mich anzusehen, und rieb sich mit der Hand angestrengt über die Augen. Dann warf er einen Blick auf seine Rolex. »Dank deines Pinkelterrors sind wir schon eine Stunde zu spät!« Doch gleichzeitig gab er ein genervtes Zeichen und der Konvoi hielt an einer verlassenen Landstraße, mit passendem Wäldchen daneben.

»Pisspause!«, rief er dem anderen Auto zu, öffnete meine Tür und zog mich am Oberarm raus, so wie die zwei Male davor. Aber ich musste irgendwas tun, es wenigstens hinauszögern und auf eine Fluchtmöglichkeit hoffen. Er zog mich zu dem Wäldchen und direkt ins Gestrüpp. Sobald wir außer Reichweite auf einer kleinen Lichtung waren, blieb er stehen und verschränkte die Arme vor der Brust.

Mit gefesselten Händen konnte ich die Hose gerade so öffnen, dann hörte es auch schon auf. Schon die Male davor hatte er sie mir ausziehen müssen, jetzt wand ich mich wild umher, um es selber zu schaffen. Ich schaffte es nicht, und er schnaubte, bevor er an mich herantrat, den Bund packte und sie an meinen Beinen nach unten zog.

Und dann machte er einen Fehler – während er vor mir kniete, sah er hoch in meine Augen. Bis jetzt hatte er den Blick dorthin vehement gemieden! Und auch jetzt schoss sein Blick sofort wieder nach unten, doch es war bereits zu spät. Den Atem anhaltend bemerkte ich, wie er tief durchatmete, dann lehnte er seine Stirn an meinen Bauch, der immer noch freilag, weil er die Bluse heute Morgen zärtlich lächelnd hochgebunden hatte. Meine Finger verwoben sich automatisch mit seinen wilden Locken …

»Du …« Er schnellte sofort auf die Beine und presste einen Finger an meine Lippen.

»Kein Wort!«

»Ich weiß, dass du etwas für mich empfindest!«, presste ich dennoch zwischen seinen Fingern heraus. »Das waren keine leeren Worte und das war auch sicher nicht ...«

»Natürlich war es das ...« Er klang mit einem Mal wieder spöttisch. »Es war alles eine Lüge. Peter Keller sollte dich hierherschicken, sogar die zwei Kerle am Strand waren von mir.«

»Wieso hast du sie dann zusammengeschlagen?«

Er wirkte verkniffen. »Weil sie es verdient hatten.«

»Und? Hab ich das verdient?«, zischte ich und streckte ihm meine gefesselten Hände entgegen, woraufhin mich sein lodernder Blick traf. Er packte meine Haare und zog mich ruckartig an sich, damit er direkt in mein Gesicht sprechen konnte. Er war so nah und doch so fern. »Der Padre, den du in den Knast gebracht hast, war mein Vater.«

Oh Himmel, nein! Er war Luca Cavalli! Der verschollene Sohn! In der Organisation auch, ›Der Rabe‹ genannt.

»Nun liegt es an mir, die Nachfolge anzutreten ... Und rate mal, was der letzte Wunsch meiner Mutter war!« Somit schubste er mich von sich. »Du bist nie mehr für mich gewesen als ein arrogantes, überhebliches Miststück. Eine dämliche, unwissende Geisel des Systems. Es war so leicht, dich rumzubekommen ... so leicht, dich gefügig zu machen! Dieser aufgesetzte Intellekt, aber eigentlich von nichts eine Ahnung haben! Studiert, aber trotzdem dämlich ... du bist ... ein Witz! So etwas Langweiliges, so etwas Sprödes, so etwas Leidenschaftsloses wie dich, habe ich noch nie gesehen!«

Mit brennenden Augen und geballten Fäusten starrte ich ihn an – genauso stand er mir übrigens gegenüber, nur baumelte seine Hose nicht an den Kniekehlen. Jedes Wort hatte sich tiefer in mein Fleisch gebohrt, hatte mich ein wenig mehr verletzt und trotzdem ...

»Wieso tust du das?«, wisperte ich erneut, um nicht zu schreien, ich war fest davon überzeugt, dass dies nicht die ganze Wahrheit war.

»Du hättest aufwachsen sollen wie ich, dann wüsstest du´s! Wenn dein Weg vorbestimmt ist, du kein Mitspracherecht hast, du dich den Regeln fügen oder Scheiße fressen musst! Glaubst du, ich hab das gewollt? Du allein bist schuld daran, dass ich heute hier sein muss! Hättest du ihn nicht hinter Gitter gebracht, wäre er dort nicht elendig krepiert, hätte ich noch mein Leben! Ich hab keine verdammte Wahl, genauso wie du, also vergiss es … Vergiss die letzten Tage! Sie zählen nicht mehr und sie werden auch ganz sicher nichts ändern! Unser beider Schicksal ist besiegelt.«

»Nein, das glaub ich nicht!« Tränen liefen mittlerweile über mein Gesicht, ich wusste nicht, wann die Schleusen sich geöffnet hatten, aber nun konnte ich nichts mehr dagegen tun. Zittrig wischte ich mir mit den Handrücken über die Wangen. »Sie haben verdammt noch mal alles geändert! Du hast mich geändert ...«

»Mach jetzt endlich!« Er drehte sich von mir weg und verschränkte die Arme. Ich konnte nicht mit ihm in der Nähe, und nicht während ich schluchzte und schon gar nicht nach so einem Gespräch!

»Ich kann nicht ...«, murmelte ich nach ein paar Sekunden und er trat wieder an mich heran. Mit einem Ruck hatte er mir die Hose hochgezogen, ohne mich diesmal anzusehen.

Er wollte mich wieder packen, aber ich machte mich los und stolperte zurück. »Was hast du noch für Befehle? Mich zu erschießen, wenn ich abhaue?«

Er verzog das Gesicht. »Isabella!«, murmelte er verhalten und presste den Kiefer aufeinander.

»Ja bitte, *Luca*?« Ich sprach seinen Namen mit Absicht zynisch aus, bemerkte mit Genugtuung, wie er zusammenzuckte, und machte rückwärts noch ein paar Schritte von ihm weg. Obwohl meine Hände nutzlos waren, wirbelte ich herum und rannte – rannte um mein Leben, zum zweiten Mal an diesem Tag.

Leider rannte ich geradewegs in eine harte Brust. Die Brust unseres Fahrers. Er sagte kein Wort, der Glatzkopf sah nur ungerührt auf mich herab – ein fieses Funkeln in den dunklen Augen.

Uh!

So schnell mich meine Beine trugen, machte ich kehrt ... Er wartete süffisant grinsend mit verschränkten Armen und ließ mir, sich verbeugend, den Vortritt. Ich sah ihm tief in die Augen, hob das Kinn, straffte die Schultern und marschierte freiwillig zu den Autos zurück.

17. Kapitel 2

Die weitere Fahrt verlief relativ ereignislos. Ich versuchte ihn weiter mit Pinkelterror zu zermürben, doch er drohte nur damit mir einen Katheter zu legen, sollte ich damit nicht aufhören. Auf meine Frage, ob er denn einen dabei hätte, antwortete er ein Strohhalm würde es auch tun. Dabei konnte er sich kaum ein Schmunzeln verkneifen, was schmerzhaft in meiner Brust stach. Als Nächstes überlegte ich, mir einen Finger in den Hals zu stecken, um mit Brechterror die Weiterfahrt zu sabotieren, aber am Schluss hätte ich eine Tüte in die Hände gedrückt bekommen und das wär's gewesen.

Nach unzähligen Stunden gelangten wir an einen kleinen Ort nah am Meer. Wir alle krabbelten eher aus dem Auto, als das wir normal ausstiegen. Meine Beine waren bleischwer, meine Knie konnte ich kaum ausstrecken und ich stöhnte herzzerreißend, als ich ein paar Lockerungsübungen machte. Fast schon wütend wurde ich von ihm gepackt und herumgewirbelt. Von hinten legte sich etwas Weiches um meine Augen und raubte mir abrupt die Sicht.

An meinem Hintern bemerkte ich, wie es ihm gefiel und erstarrte geschockt. Mit einem Zischen trat er von mir weg. »Benimm dich, sonst benutze ich eine Plastiktüte!«, raunte er mir ins Ohr und schob mich wieder vor sich her.

Das Wellenrauschen kam immer näher, ich stolperte nicht nur einmal, denn durch die verbundenen Hände und die eingeschränkte Sicht, war ich völlig orientierungslos und das Kopfsteinpflaster alles andere als eben. Schließlich ließ er mich los, packte mich um die Taille und ich hob vom Boden ab. Hart landete ich auf seiner Schulter, was mir kurzzeitig den Atem raubte.

Dann sprang er auch noch – scheinbar leichtfüßig – und die ganze Welt schwankte ab dem Moment langsam aber stetig hin und her. Befanden wir uns auf einem Boot? Hörte sich fast so an. Er ließ mich herab, auf etwas Hartes, Glattes – eine Sitzbank, hoffentlich nicht so ein winziges Ding, mit dem wir Fischen gewesen waren – vor einer halben Ewigkeit …

Vor meinem geistigen Auge sah ich ihn vor der untergehenden Sonne stehen … sah ihn mich anlächeln, fühlte sein Kinn von hinten auf meiner Schulter und seine großen Hände über meinen … Ich hatte mich so sicher gefühlt und jetzt?

Er wechselte ein paar Worte – irgendjemand lachte tief, dann ließ er sich neben mir nieder.

»Durst?« Oh ja! Ich trank fast die ganze Flasche Wasser komplett aus und er verdrehte die Augen. Sehen konnte ich es nicht, aber ich fühlte es einfach. Dann erwachte ein Motor röhrend zum Leben.

Erschrocken zuckte ich zusammen und wollte mir die Ohren zuhalten, was leider mit den Handschellen unmöglich war. Also blieb mir nichts anderes, als schmerzhaft das Gesicht zu verziehen und es zu ertragen.

***

Als wir nach gefühlten Jahrzehnten ankamen, war ich todmüde. Außerdem plagten mich Hunger und Durst, doch die Reise ging noch weiter. Als er mich wieder auf die Beine zog, schwankte ich, was von dem stärkeren Wellengang unterstützt wurde. Er fluchte verhalten, weil ich fast umkippte und griff nach meiner Taille. Irgendjemand fragte etwas, er wurde von ihm angezischt, während mein Entführer mich auf die Arme hob und mit mir an Land sprang. Gottseidank nicht wieder die ungemütliche Schulter.

Mit einem Seufzen wollte meine zentnerschwere Stirn an seine vertraute Brust sinken, denn er roch angenehm, beruhigend, wie der Mann den ich liebte – auch wenn er das nicht war. Ich

144

kämpfte dagegen an, aber irgendwann landete sie doch an seiner Brust und ich hatte einfach nicht die Kraft sie noch einmal zu heben.

***

Nach einer erneuten Rundreise auf dem Rücksitz eines Autos kamen wir an – wahrscheinlich. Ich war mir da nicht so sicher. Auf jeden Fall war der Wind warm und einschläfernd, als er mich aus dem Auto zog. Wieder stolperte ich, doch diesmal hob er mich nicht hoch, sondern schob mich vor sich her. Die Stimmen um mich herum verzerrten sich komisch über alle Oktaven hinweg und ich war mir sicher, dass sich alles ein wenig gedreht hätte, wenn ich hätte sehen können. Die Müdigkeit machte mir wirklich zu schaffen.

Wir kamen in einem Haus an, auf jeden Fall hörte der warme Wind irgendwann auf zu wehen, und wir folgten Treppen nach unten. Ich wollte mich sträuben, denn Stufen herab war nie gut, aber er zog mich unerbittlich weiter.

Unsere Schritte hallten unheilvoll in meinen Ohren wider, und wir gingen gefühlte Stunden, bevor eine beißend quietschende Tür aufgezogen wurde und ich auf etwas Hartem landete. Er machte die Handschellen ab, einige Sekunden dachte ich zu fühlen, wie seine Daumen über die Aufschürfungen meiner Gelenke strichen, dann zog er meine Arme nach hinten und befestigte sie hinter meinem Rücken.

»Als ob du das nötig hättest ...«, gab ich zu bedenken, kicherte leise und schob noch hinterher: »Was wird das jetzt? Eine nächste Runde, ich mach nicht das, was du willst?« Und weil ich es mir nicht verkneifen konnte, kamen auch meine nächsten Gedanken aus meinem Mund geschossen. »Sag mal, sind das dieselben Handschellen, die ...«

»Still!« Er zog die Augenbinde herab und entblößte einen zu allen Seiten verschwimmenden, kleinen, kahlen Raum. So als wäre ich unter Wasser, war alles gedämpft und langsam, träge ... Zwanghaft blinzelte ich und gluckste, als er sich in mein

Gesichtsfeld schob und mir ein paar Mal auf die Wange klatschte.

»Alles klar?«

»Bin ja nur gekidnappt und werde bald sterben! Klar, ist alles klar!« Schulterzuckend lachte ich über die Aussichtslosigkeit der Situation.

»Wir können anfangen!«, verkündete eine neue Stimme von irgendwoher. Ich ließ den Blick umherschweifen, aber davon wurde mir nur übel, also ließ ich es bleiben und versuchte wenigstens, die Tischplatte vor mir scharf zu bekommen. Aber das Licht der einzeln herabbaumelnden Glühbirne blendete zu sehr. Kurzerhand kniff ich die Augen zu.

»Wie ist dein Name?«, fragte er mit einem Mal. Als ich die Augen wieder öffnete, saß er seitlich vor mir auf dem Tisch.

»Das weißt du doch ganz genau …«, zischte ich leicht lang gezogen.

»Ich will es von dir wissen.«

»Isabella Parker«, leierte ich Augen rollend runter …

»Wann wurdest du geboren?«

»Am 7. April 1980«

»Wo wurdest du geboren?«

»Sag mal, wird das ein Verhör?«

»Ja.«

»Da mach ich nicht mit!«

»Gib ihr noch ein bisschen!«, forderte die unbekannte Stimme. Ich glaubte, sie war weiblich, war aber schwer zu sagen.

»Nein. Wo wurdest du geboren, Isabella?«

»In Berlin. Da warste sicher noch nie, hm? Jibt da echt tolle Sachen in Berlin … die Spree, den Alex und … ähm … nen Fernsehturm …«

»Mit wie vielen Männern hast du schon geschlafen?«

OH Mist! Das würde ich ihm nicht beantworten! Nein würde ich nicht, niemals, nein!

»Vier!«, platzte es förmlich aus mir heraus.

»Wie hießen sie?«

Die Stimme aus dem Hintergrund meldete sich scheinbar

fassungslos.

»Was hat das damit zu tun?« Er ignorierte sie.

»Wie lange arbeitest du bereits als Staatsanwältin?«

»Vier Jahre ...«

»Und auf was hast du dich spezialisiert?«

»Auf Schutzgelderpressung, Raub und Mord im Mafiastil.«

»Wie viele Köpfe des organisierten Verbrechens hast du bereits hinter Gitter gebracht?«

»Einen.«

»Wie hießen die verdeckten Ermittler bei diesem Fall?«

»Es gab keine ...«

»Ich hab gesagt, du sollst ihr noch mehr geben! Sie erzählt Scheiße!«

»Nein! Wie seid ihr dann an ihn gekommen?«

»Einer von euch hat gesungen, wie ein Kanarienvogel ...« Mit gespitzten Lippen ahmte ich die Laute nach ...

»Wie hieß er?«

»Wer sagt, dass es ein er war?«

»Wie hieß der Vogel?«

»Das weiß ich nicht ...«

»Luc, mir reicht´s! Lass mich das machen, dann wird sie gleich singen!«

Ein kleines Gerangel entstand, doch ich erkannte nicht wirklich etwas, weil sich sein breiter Rücken vor mich geschoben hatte. »Heeey, was is´n los? Stress im Mafiaparadies, oder was?«

»Wenn sie es nicht weiß, dann erledigen wir sie!«, zischte die weibliche Stimme verbissen. Doch er klang mindestens genauso sauer. »Sie könnte uns trotzdem wichtige Hinweise liefern!«

»Und wenn nicht?«

»Dann erledigen wir sie später! Gib mir ein paar Tage!«

»Ein paar Tage?« Nun klang sie ehrlich empört.

»Ja!«

»Ich denke, das ist keine gute Idee.«

»Ich habe nicht nach deiner Meinung gefragt!«

Mit einem Mal klang er ausnehmend kühl. »Jetzt bin ich hier und ich entscheide, was eine gute Idee ist und was nicht. Ist das klar?«

»Oh oh! Jetzt issa sauer! Pass lieber auf, sonst bindet er dich noch ans Bett und ...«

»Ruhe!«, blaffte er mich an und ich verstummte schmollend.

»Wie du willst!« Dämliche Ziege! Mit diesem Zischen quietschte die Tür erneut und wurde dann mit Wucht zugezogen.

»Deine Schwester?«, fragte ich erheitert in die angespannte Stille. Er antwortete nicht, sondern seufzte, dann fühlte ich, wie er mir die Handschellen abnahm. »Die is ne ganz schöne Zicke, hm? Ich kann mir vorstellen, dass sie dir das Leben zur Hölle gemacht hat ...« Währenddessen schwankte ich wie ein Grashalm im Wind, es knarzte, hatte er gerade die Tür abgesperrt? Dann war er wieder bei mir und zog mich auf die Beine, ich schwankte noch mehr und sank ergeben gegen ihn.

»Du bist völlig hinüber«, murmelte er in meine Haare und ich schloss erleichtert die Lider, als sein Arm mich schützend umfing.

»Neeee ... mir geht's super ... richtig toll ... jetzt.« Seufzend schmiegte ich mich noch enger an seine große, starke Gestalt. Was für ein stürmischer Keller das doch war ... Es war wirklich windig hier unten. Seufzend setzte er mich auf die Tischplatte und stellte sich zwischen meine Beine. Fast schon sanft klatschte er mir auf die Wange. »Blieb bei mir. Nur noch kurz!«

»Auch länger, wenn du magst ...«, schmatzte ich mit flatternden Lidern. Er lachte leise. Strichen da seine Lippen über meine Stirn? Umfingen mich da seine Arme fest, seufzte er tief?

»Ich muss dir eine Frage stellen ...«, murmelte er an meiner Schläfe und ich schnurrte fast. Er roch so unverschämt gut, außerdem stand er zwischen meinen Beinen. Träge rieb ich mich an ihm. Der Keller war nicht nur stürmisch, sondern auch äußerst heiß.

»Was wird das?«

»Ich versuche dich sexuell so zu erregen, wie du es mit mir tust.«

»Tu ich das?«, murmelte er mit diesem tiefen Raunen, das mir geradewegs in den Intimbereich schoss und dort alles in Brand setzte.

»Hm, hm ...« Er hielt mich abrupt an den Hüften fest und unterband mein Winden.

»Das solltest du besser lassen!«

»Hey!«

Er schüttelte mich leicht, ich öffnete wieder die Lider und grinste ihn an. War wohl nicht mein hübschester Gesichtsausdruck, denn er verzog seines, als hätte ich ihn geschlagen. »Eine Frage musst du mir noch beantworten, dann bringe ich dich ins Bett, okay?«

Ich zuckte mit den Schultern. Bett hörte sich gut an. Doch ich hob einen Zeigefinger »Aber nur, wenn du mitkommst ...«

Er seufzte und mit einem Mal war seine Stirn an meiner. »Was ist das zwischen uns?« Seine Stimme klang wie kurz vor dem Orgasmus – heiser und rau.

Darauf gab es nur eine Antwort, während sich meine Lider nun endlich komplett schlossen und ich ganz gegen ihn sank. »Das Luca, ist Liebe, und wir sind ihre Spielfiguren«, nuschelte ich an seiner Brust.

»Ich weiß.« Das letzte, was ich fühlte, war, dass seine Lippen sich auf meine Stirn pressten, aber wahrscheinlich träumte ich längst ...

18. Kapitel 3

Diesmal waren es keine Nadelspitzen. Diesmal war mein Kopf eine Glocke und die läutete jemand, sehr laut. Ich zuckte hoch und bemerkte, dass ich mich auf einem einfachen Bett befand, und dass vor mir gerade ein Tablett mit klirrenden Gläsern und Tellern zu Boden gegangen war.

Vor mir kniete ein junger Mann. Dunkelhaarig, Anfang zwanzig, im einfachen roten Shirt und tief sitzenden Jeans. Leise fluchend häufte er Tomatenscheiben, Salat, Toastbrot und Mozzarella wieder auf einen Haufen. Der Berg sah alles andere als appetitlich aus und er seufzte, bevor er zu mir hochsah und ich in … Lucas … Augen gefangen wurde.

»Ich bin Vincent … ein Cousin oder so was, und ich weiß, dass man nach der Scheiße, die du durchgemacht hast, dringend, was zu futtern braucht!« Er reichte mir den Teller, verzog dann aber das Gesicht und überlegte es sich anders. »Nein! Ich mach dir doch was Neues!«

Ich war völlig konfus, dazu verschlafen und ein Glockenkopf! Tief durchatmend rieb ich mir über die Stirn, versuchte zu ergründen, wo ich überhaupt war und wie ich …

Oh Gott!

Er war ein Verbrecher! Er war der Feind! Ich hatte mit dem Feind geschlafen – fünf Mal! Und dann hatte er mich mitgenommen – nach Sizilien! Und dann … waren wir auf ein Boot gestiegen und dann … dann … dann war alles weg.

»Hast du Schmerzen?«, fragte er mich besorgt und ich konnte nicht anders, als aufzulachen. Genauso, mit fast derselben Stimme, hatte er mich das auch gefragt – vor einer halben Ewigkeit …

»Nein ...«, murmelte ich und ließ den Kopf geschlagen in meine Hände sinken. Was sollte ich jetzt tun? Wie hier rauskommen? Was hatten sie mit mir vor?

»Hey … nicht … ähm … weinen ...« Ich fühlte, wie sich das Bett senkte und er sich vorsichtig darauf niederließ. Dann legte sich ein schlaksiger, linkischer Arm um meine Schultern. Unbeholfen wurde ich getätschelt. Normalerweise wäre es mir mehr als unangenehm gewesen, aber in diesem Moment empfand ich tatsächlich ganz kurz so etwas wie Trost. Natürlich vergaß ich trotzdem nicht, zu wem der Kleine gehörte und rutschte von ihm weg.

»Ich weine nie. Es ist alles in bester Ordnung!«

Für einige Sekunden musterte er mich verdattert, ich fühlte es im Augenwinkel. Sein Gesicht war jung und unverbraucht. Vielleicht war er sogar jünger als ich ihn geschätzt hatte und er wirkte mit der Situation komplett überfordert.

»Hat man dich geschickt?«, fragte ich plötzlich wütend auf Luca, weil er so ein Feigling war und sich nicht selber blicken ließ, sondern stattdessen diesem unbedarften Teenager die Drecksarbeit überließ.

»Nein!« Er beugte sich vor und flüsterte verschwörerisch. »Ich habe mich runtergeschlichen! Und ich schleich mich jetzt wieder hoch und hole was Neues!« Ich musste tatsächlich grinsen, während er leise aus dem Zimmer schlüpfte.

Doch dann wurde mir eines klar. Luca! Hätte mir nicht mal etwas zu Essen bringen lassen! Wahrscheinlich war er genau genommen froh, dass er mich los war und noch glücklicher wäre er, wenn ich endlich unter die Erde kommen würde. Bei unserer kleinen Unterhaltung in dem Wäldchen hatte er dies so ziemlich klar gemacht.

Es brachte nichts, sich etwas anderes, über große Gefühle und den holden Retter einzureden, denn es würde nichts an der Situation ändern. Ihm hatte ich diesen Schlamassel zu verdanken! Ich bedeutete ihm rein gar nichts. Seinetwegen würde ich vielleicht bald sterben!

Meine Beine gaben trotz allem nicht nach, als ich aufstand. Immer noch trug ich die Hotpants und die inzwischen ziemlich faltige Bluse, meine Locken waren ein einziges Nest. Vor dem Bett standen meine einmal weiß gewesenen, aber nun dreckigen Ballerinas, in die ich schlüpfte. Das Zimmer war zwar spärlich eingerichtet, aber nicht dreckig. Es gab ein Bett, ein Waschbecken mit winzigem Spiegel und einen Tisch mit zwei Stühlen davor. Hinter dem vergitterten Fenster erkannte ich nichts als Grün.

Der Junge kam gerade mit einem neuen Sandwich, als ich mir das Gesicht wusch, um ein wenig klarer zu werden. Ich erstarrte mitten in der Bewegung, die Hände an meinem Hals …

Er runzelte die Stirn, womit er mich sofort wieder an ihn erinnerte, und trat dann etwas zögernd ein. »Nur damit du es weißt …«, meinte er und stellte den Teller auf den Tisch neben mir und führte sich dabei auf, als wäre ich ein verwundetes Reh. »Ich werde dir nichts tun …« Das hatte ich so schon einmal zu oft gehört und doch war es geschehen.

Meine Wange war leicht geprellt, von der Kollision mit dem Auto, als er mich dagegen geschubst hatte. Und meine Fingernägel waren abgebrochen – vom Kratzen. Ganz zu schweigen von den blauen Flecken, die meinen Körper zierten wie Leuchtreklame in einer Einkaufsmeile. Also wenn das seine Auffassung von ›Ich tu dir nicht weh‹ war, dann wollte ich nicht wissen, zu was er bei ›Ich tu dir weh!‹ imstande wäre.

Weil ich Hunger hatte wie ein Krabbenfischer nach einer Nachtschicht auf hoher See, ließ ich mich auf den Stuhl sinken und stopfte den neuen belegten Toast nur so in mich rein. »Cola?« Er hielt mir eine Dose entgegen, die er wohl ebenso runtergeschmuggelt hatte. Die Teekanne lag immer noch als Scherbenhaufen vor dem Bett, die er vorhin auf dem Tablett mitgebracht hatte.

Ich linste zaghaft in seine Richtung, als ich das Getränk entgegennahm und ein »Danke« hauchte. Das meinte ich ernst.

Er ließ sich auf den Stuhl mir gegenüber fallen und deutete auf meine Wange. »War das Onkel Luca?«

»Onkel Luca!« Fast hätte ich mich verschluckt.

»Yeah … Ich nenne ihn so, weil unser Verwandtschaftsverhältnis so verwinkelt ist, dass es für das, was er für mich ist, wahrscheinlich gar keinen Begriff gibt … aber wir sind trotzdem eine Famiglia.« Mittlerweile lief mir eine Gänsehaut über den Rücken, wenn ich dieses Wort hörte. Eine seiner Hände lag locker auf dem Tisch, auch seine Knöchel waren tätowiert. Aber dort stand etwas anderes. Ich machte mir nicht die Mühe es zu entziffern.

»Ich hab ihn noch nie eine Frau schlagen sehen …«, murmelte er und ich strich mir die Haare über die Stelle.

»Er … er hat mich nicht geschlagen!« Oh Gott! Verteidigte ich ihn etwa?

»Guuut!« Erleichtert sackte er in seinem Stuhl zusammen und ich sah ihn verwirrt an. Er grinste breit. »Na ja … Er ist ein anständiger Kerl, weißt du … Ich bin froh, dass er jetzt der Boss ist. Mit ihm wird sich einiges ändern …«, sinnierte er weiter, absolut offen und ehrlich. Seine Zähne strahlten weiß in dem gebräunten Gesicht, genauso wie die grün-grauen Augen, die eindeutig ein Familienkennzeichen waren. Der Junge sah zu Onkel Luca auf. Er konnte einem leidtun. So ein sensibler Kerl wie er, würde in dieser Welt nicht sehr alt werden.

»Ein Mensch allein kann nie etwas bewirken und erst recht nicht so einer, wie er! Mach dir keine großen Hoffnungen.« Ich wusste zu genau wie verzweigt, korrupt und brutal das organisierte Verbrechen war und wie viele Köpfe es brauchte, um es am Laufen zu halten. Mit spitzen Fingern entfernte ich die Tomaten von meinem Sandwich und aß weiter.

»Du magst keine Tomaten?« Er war regelrecht fassungslos.

»Ja!«

»Aber wieso?« Er führte sich auf, als hätte ich ein tödliches Vergehen begangen.

»Weil sie mir nicht schmecken!«, gab ich grinsend zu und biss noch einmal von dem Toast ab.

»Aber wie können dir Tomaten nicht schmecken?

Es gibt nichts Besseres, als eine sonnengereifte Tomate, frisch gepflückt, nur mit etwas Salz ... Vielleicht auch Pfeffer ...« Über sein verträumtes Gesicht und die ganze Situation musste ich so laut lachen, dass es mich selbst erschreckte.

»Il nostro piccolo* Vincent bringt wirklich jeden zum Lachen.« Als seine harte Stimme unser Gelächter durchbrach, verschluckte ich mich fast noch einmal.

Mein Blick schoss hoch. Luca lehnte locker im Türrahmen, die Hände in der Anzughose, die strahlenden Röntgenaugen auf mich gerichtet.

Vincent sprang wie von der Biene gestochen auf. »Ich ... sie hat nichts damit zu tun! Es war ganz allein meine Idee!« Ich verzog das Gesicht, doch Luca stieß sich vom Türrahmen ab und schlenderte locker auf den Teenie zu. Dabei verschränkte er die Hände hinter dem Rücken.

»War etwas an kein Essen und Trinken nicht verständlich, Vinc?«

Unbehaglich trat der Angesprochene von einem Bein auf das andere, die Hände knetend, mir wäre es unter dem unnachgiebigen Blick wohl genauso ergangen. »Aber ... sie hatte Hunger!« Ich zuckte zusammen, mit einem Mal wurde mir richtig übel und ich legte den letzten Happen zur Seite.

»Ja, hatte sie. Das ist aber nicht deine Angelegenheit. Ich weiß, dass einige von euch sich schwer tun, meine Befehle als das anzuerkennen, was sie sind. Aber sie sind hinzunehmen und auszuführen, ohne zu zögern, ohne zu denken ...« Er tippte der jüngeren Ausgabe von sich an die Stirn. Dann ergriff er seufzend seine Schulter, als müsse er ihm etwas Schweres mitteilen. »Um achtzehn Uhr in meinem Büro.«

Vincents Augen wurden riesengroß, sein Mund klappte auf. Er wollte gerade anfangen zu stammeln, da bemerkte er die hochgezogene Augenbraue seines Onkels.

»Okay!« Beide Hände schossen ergeben in die Höhe ... Vincent befand sich bereits rückwärts stolpernd auf dem Weg zur Tür. »Okay! Okay! Ich bin da! Natürlich bin ich das! Ciao

Bella!« Er winkte mir noch einmal zu, ich hob mitfühlend die Hand, dann war er verschwunden und hatte die Tür leise hinter sich zugezogen.

Luca … der Einschüchterer … stand einfach mitten im Raum, die Hände in den Hosentaschen und sah auf mich herab. Ich sagte nichts und trank in aller Seelenruhe meine Cola. Schließlich seufzte er und zog sich laut quietschend den Stuhl an meinen heran. Diesmal setzte er sich nicht andersherum darauf, weil ja der ganze Mann sich grundlegend geändert hatte. Und weil ein Familienoberhaupt das nun mal nicht tut. Es fühlte sich an, als wären die Geschehnisse von diesem ersten Montag in seinem Hotelzimmer eine Konstruktion meiner Selbst, ein Hirngespinst, das ich all den Liebesromanen zu verdanken hatte, die ich fast täglich zum Relaxen nach stressigen Arbeitstagen las. Es wäre mir sogar lieber gewesen. Dass es alles andere als zusammengesponnen war, weil mein Körper sich noch genau an alle Einzelheiten erinnerte, merkte ich in dem Moment, als er sanft meine Wange streifte. Ich zuckte zurück, aber nicht vor Schmerzen, sondern weil mich seine Berührung elektrisierte. Bevor er etwas sagen konnte, knurrte ich.

»Wage es jetzt ja nicht zu fragen, wie´s mir geht!«, und warf ihm einen Todesblick zu. Mit diesem taxierte ich ihn auch, während ich einen Schluck trank. Er lächelte schwach, an den Ringen unter den Augen konnte ich erkennen, wie müde er war, tja … selber schuld! Sollte er eben nicht durch die Lande fahren und unschuldige Frauen kidnappen!

»Was willst du hier überhaupt?«, zischte ich weiter.

»Das ist mein Haus.«

»Schön für dich. Da existieren doch sicherlich andere Räume, in denen du dich aufhalten kannst … Übrigens danke, dass ich nicht einmal etwas zum Essen bekomme …« Der hatte doch tatsächlich eine winzige Taschenlampe dabei und brachte es fertig, mir nebenbei in die Augen leuchten zu wollen, als würde ich nicht mit ihm sprechen! Ich schlug seine Hände weg!

»Willst du wieder Handschellen?« Ich setzte mich lammfromm auf und faltete die Hände im Schoß. Er öffnete fast schon schmunzelnd mein Lid und leuchtete darin herum, während er ruhig sprach.

»Da du jetzt gegessen hast, wirst du die nächsten Stunden kotzen, wie nach einem Eimer Sangria.«

»Wie bitte?«

»Vielleicht hast du auch Glück und es hat sich schon größtenteils abgebaut ...«, murmelte er für sich und hörte mit der Leuchterei auf. Die Taschenlampe landete wieder in seiner Hosentasche. Ich hätte ja mal gerne gewusst, was er da noch so mit sich rumschleppte.

»Was hat sich vielleicht abgebaut?«

»Ein neuartiges Wahrheitsserum.«

Ich wusste, dass es gestern nicht mit legalen Dingen zugegangen war. Mein Gesicht musste wohl ziemlich empört wirken, was er wiederum äußerst komisch zu finden schien.

»Wann hast du es mir gegeben?«

»Auf dem Motorboot.« Ich wusste sofort, was er meinte. So eine Kleinigkeit, nur eine Flasche Wasser, etwas zum Trinken, eine lebenserhaltende Maßnahme und er hatte mein Vertrauen sogar in dieser Hinsicht missbraucht. Aber ich war auch dämlich genug gewesen, es vorbehaltlos anzunehmen. Daran konnte man erkennen, worauf er mich die letzten Tage konditioniert hatte.

»Nimm von keinem mehr etwas zu essen oder zu trinken an, außer es kommt von mir!« Mit einem Mal war seine Stimme hart. Als ich zu ihm blinzelte, starrte er den Teller mit den Tomatenscheiben düster an. Ich musste lachen.

»Was ist daran komisch?«

»Damit nur du mich in Zukunft unter Drogen setzen kannst?«

»Nein. Damit genau das in Zukunft nicht passiert. Außerdem wären Drogen das geringste Übel.«

»Gift?«

»Schlaues Mädchen ...«

Ich kaute auf meiner Unterlippe und versuchte seinen penetranten Blick auszublenden.

»Wieso sollte mich jemand umbringen wollen und vor allem: Hast du das nicht sowieso vor?«

»Weil du Informationen hast, die einigen Leuten wortwörtlich das Genick brechen werden.«

»Und der zweite Teil der Frage?«

Er grinste mysteriös. Ich fand das nicht witzig!

»Sag mir, was du weißt«, forderte er schließlich völlig ruhig und sah mich ungerührt an. Dieser eiskalte aber drängende Blick ließ die Härchen auf meinen Armen strammstehen, wie kleine hörige Soldaten. Diese Situation schüchterte mich mehr ein, als wenn er mir seine Waffe an die Stirn gehalten hätte. Er musste gar nicht aussprechen, dass er zu härteren Mitteln greifen würde, wenn ich nicht kooperierte. Das hier war für mich wahrscheinlich die einzige Chance, die er mir gab, es auf normalem und unblutigem Wege zu erzählen.

Da ich mich an einige Aussagen und die gängigen Foltermethoden, die darin vorgekommen waren, noch zu gut erinnern konnte, weil sie sich regelrecht in mein Gehirn gebrannt hatten, kooperierte ich.

Ja, es tat mir leid, ja mein Gewissen schrie mich an. Ja, ich verriet Prinzipien. Aber ich wollte unbeschadet aus dieser Sache rauskommen, wenn es denn irgendwie möglich war. Und Luca räumte mir diese Möglichkeit ein. Deswegen würde ich so nah an der Wahrheit bleiben, wie möglich, ihnen aber noch nicht alle Informationen liefern. Sie mussten annehmen, dass sie mich noch gebrauchen könnten. Sonst wäre ich wertlos und somit tot. Egal was zwischen ihm und mir war oder nicht war, das spielte hierbei keine Rolle.

»Der Vogel … hat sich einmal im Monat, mit einem Mann aus einer Spezialeinheit der Polizei getroffen. Sie hat ihm die Infos gegeben, aber er hat niemals ihren Namen genannt.« Meine Stimme klang erfolgreich zittrig.

Ich sah auf meinen Schoß und tat so, als wären das wirklich schwerwiegende Angaben, die ich unter Todesängsten preisgab. Die Information, dass der Verräter eine Frau war, erzählte ich mit Absicht.

»Muss ich dich wirklich nach dem Namen des Bullen fragen?«

»Nun. Der wird dir nicht viel bringen. Er ist nun in einem Zeugenschutzprogramm und das war schon damals nicht sein richtiger Name ...«

Er lachte hart auf. »Zeugenschutzprogramm ist kein Problem. Sag ihn mir!« Seine Stimme war sanft, aber lauernd und sein Blick brannte förmlich auf meinem Gesicht. Jetzt stellte sich heraus, ob er mich wirklich so gut kannte wie angenommen, und ob er wirklich jede Regung korrekt ablesen konnte. Ich riskierte es und sagte einen falschen Namen. Den Namen eines Polizisten, der ermordet worden war. Wenn ich Glück hätte, würde er sich damit zufriedengeben.

»Daniel Himmler.«

Er legte einfach nur seine Hand auf den Tisch. Genau an dieselbe Stelle, wo Vincents vorhin auch gelegen hatte. Seine Tätowierung stach mir förmlich ins Auge und vor allem die Waffe unter seiner Handfläche. »Wir probieren es noch mal mit der Wahrheit.«

Mein Blick glitt zurück auf meine Hände, sie schwitzten. Ich schluckte. Zögerte eine Sekunde zu lang.

Plötzlich beugte er sich vor, so nah, dass seine Wange meine berührte, dass sein Aftershave in meine Nase stieg, und so nah, dass er mir direkt ins Ohr hauchen konnte. »Sag es mir und du bleibst am Leben. Du bist nicht nur wegen dieser Informationen wertvoll für mich.« Er hatte die Worte gut gewählt. Sie im richtigen Moment, in einem absolut perfekten Tonfall eingesetzt. Ich hätte ihm unter normalen Umständen nicht getraut, aber da war seine Hand. Er legte sie auf mein Knie und drückte es ... strich mit seinem Daumen zärtlich und vertrauensvoll über eine Stelle, an der ich besonders empfindlich war. Dann wich er ein wenig zurück und sah mir direkt in die Augen. »Sag es mir, Bella.«

Na ja … einen Versuch war es wert gewesen!

Und ich sagte alles. Ich änderte die Story nur leicht ab … weil ich nicht wollte, dass Luca etwas Persönliches daraus machte.

***

Einige Minuten saßen wir danach noch beisammen und das Schweigen war alles andere als einträchtig. Er dachte wohl darüber nach, wie er die neuen Informationen am besten nutzen konnte und ich hielt mich konsequent davon ab, entweder mich selbst oder ihn zu schlagen. Außerdem schweiften meine Gedanken wieder zu Vincent. Es war wirklich nett von ihm gewesen, sich herab zu schleichen und mir etwas zu Essen zu bringen. Und Tee! Ich glaubte nicht, dass dieser wortwörtliche Sonnenschein jemanden vergiften konnte – oder wollte.

»Was wirst du mit Vincent um 18:00 Uhr in deinem Büro tun?«, murmelte ich und starrte auf die Maserung der einfachen Tischplatte. Kurz darauf fühlte ich, wie sich sein Blick förmlich in mich bohrte.

»Wieso interessiert dich das?« Seine Stimme war hart wie Stahl. Ich riskierte ein Linsen und bemerkte, dass der berüchtigte Wangenmuskel zuckte.

»Ich finde, er ist ziemlich okay.«

»Aha.«

»Er wurde in diesen ganzen Wahnsinn hineingeboren. Man merkt, dass er nicht hierher gehört.«

»Aha?«

»Und er wollte nur … nett sein, wenn nicht sogar menschlich. Willst du ihn etwa dafür bestrafen?« Jetzt sah ich hoch und begegnete offen seinem Blick. Einige Zeit lang starrte er mich wieder auf diese Art an, bei der ich wusste, dass er versuchte meine Gedanken zu entziffern, sich förmlich dafür in meinen Kopf zu bohren.

Unverhofft seufzte er und sank in seinem Stuhl zurück. Müde rieb er sich die Lider und kniff sich dann in die Nasenwurzel.

»Von wollen kann absolut nicht die Rede sein ...«

»Dann tu es nicht! Lass Gnade walten!« Das war nicht mehr als ein Wispern.

Er lachte auf. »Und eine Woche später herrscht das totale Chaos, während ich Betonschuhe trage.«

Ich zuckte bei der Vorstellung zusammen, während er die Augen schloss und erschöpft den Kopf nach hinten fallen ließ. »Du weißt nicht, was ich lieber täte ... Vinc ist ein wirklich guter Junge, ein begnadeter Geigenspieler ... nur so nebenbei ...« Ich liebte es, dass solche Informationen für ihn von Bedeutung waren, und dass er sie so vertrauensvoll mit mir teilte. Als ich mich bei diesem Gedanken und einem seligen Lächeln ertappte, hätte ich mich am liebsten wieder selbst geohrfeigt. »Aber als Chef musst du dafür sorgen, dass die Mitarbeiter tun, was du sagst. Egal ob auf einer Baustelle oder in dieser Familie. Ein Bauarbeiter-Chef rennt mit Latzhose über die Baustelle und bekommt Staub ab, ich trage einen Anzug und es ist Blut.« Wieder zuckte ich zusammen, am liebsten hätte ich mir die Ohren zugehalten. »Genau wie bei diesen Männern. Viele von ihnen sind nur auf eines aus: Macht, Macht und noch mehr Macht, mit jedem Mittel zu erlangen. Was, wenn sie merken, dass selbst meine eigenen Männer mir auf der Nase herumtanzen, weil ihr Ungehorsam keine Konsequenzen hat und damit meine ich keine zwei schriftlichen Abmahnungen ... Damit meine ich etwas, was diese Männer ganz sicher nicht missverstehen.«

Das konnte ich nachvollziehen. »Kannst du dieses Exempel nicht an jemand anderem statuieren, an jemandem, der es verdient hat?«

»Genau das ist der Unterschied zwischen dir und ihnen.« Er sagte nicht uns! »Für dich hat es jemand verdient, der schon mal einen Mord begangen hat, aber in ihren Augen hat es jemand verdient, der die Autorität des Padre untergräbt! Vinc hat das getan. Es gab einen klaren Befehl, er hat ihn missachtet – ergo wird er bestraft. Er hat keine andere Wahl, außer dafür geradezustehen!«

»Pasta!«, gab ich nickend dazu.

»Das spricht man Basta aus!«

»Ja, genau … jetzt bist du schon mal hier, rausgerissen aus deinem verbrecherlosen Dasein, jetzt kannst du gleich mal so weitermachen wie dein Vater ...«, murmelte ich und erkannte im selben Moment, dass das eine schlechte Idee gewesen war. Er wusste sofort, dass Vinc mit mir darüber gesprochen hatte. Ich bereitete mich auf was auch immer vor und beobachtete ihn verstohlen.

Doch er öffnete nur die Augen und beugte sich vor, sodass seine Handgelenke auf seinen Knien lagen und er mir erneut ziemlich nah kam. Nun aber nicht um Vertrautheit herzustellen, diesmal um mich einzuschüchtern. Eindeutig. Ich wich so weit zurück, bis die Stuhllehne knarzte.

»Du kämpfst mit ganz schön harten Bandagen für deinen Vincent«, meinte er besorgniserregend sanft. Ich warf ihm einen schiefen Blick zu.

»Es ist nicht mein Vincent! Ich finde nur, manchmal hinterlässt man durch Gnade einen bleibenderen Eindruck als durch Skrupellosigkeit und Mord und Totschlag!« Ich schob ihn an der Brust zurück.

»Du lebst in einer Traumwelt!«

»Nein! Ich habe Ideale!«

Er grinste spöttisch. »Zum Beispiel nicht belanglosen Sex mit Wildfremden zu haben und ihnen bei der Gelegenheit den Rücken zu zerkratzen?«

Und da war es, er hatte es angesprochen und sofort gab es ein freudiges Revival des erregenden Kopfkinos. Ich fühlte seine Hände auf mir, seine Lippen, hörte sein Stöhnen direkt an meinem Ohr … Doch ich wischte die Erinnerung beiseite, sodass sie wie Rauch auseinanderstob.

»Manchmal muss man seine Ideale über Bord werfen«, murmelte er weiter, nun auch befangen und ohne mich anzusehen. Ha! Hatte sich da jemand zu weit aus dem Fenster gelehnt und sein eigenes Kopfkino angekurbelt? Ich verbot mir den prüfenden Blick zu seinem Schritt und versuchte mir nicht anmerken zu lassen, wie sehr das ›belanglos‹ schmerzte.

Er erhob sich und packte seine Pistole weg, die ich ehrlich gesagt kurzzeitig vergessen hatte. Stattdessen legte er etwas anderes auf den Tisch – ein Handy. Ähm ... »Du kannst damit ausschließlich meine Nummer wählen, versuch erst gar nicht etwas anderes. Ruf umgehend an, wenn jemand diesen Raum betritt.« Ich nahm es und wog das Ding in meinen Händen. Das sollte ab jetzt meine einzige Verbindung zur Außenwelt darstellen? Und was dann?

»Was hast du mit mir vor?« Immer noch das Telefon musternd musste ich diese Frage loswerden.

»Ich weiß es nicht genau«, antwortete er nachdenklich, wandte sich ab und ging zur Tür.

»Was hast du mit Vincent vor?«

Er biss die Zähne aufeinander und verdrehte die Augen, die Hand bereits auf der Klinke. »Du bist das hartnäckigste Weibsbild, das ich jemals getroffen habe ...«, murmelte er immer noch auf diese komische Art ein Gespräch zu führen. Ich zog es mit Absicht in die Länge, die Wahrheit war, dass ich nicht hier unten allein sein wollte.

»Und?«, bohrte ich.

»Das geht dich nichts an!«

Er ging – ließ mich allein mit dem Mobiltelefon und meinen Ängsten zurück.

***

Einige Zeit später war es nicht er, der sich in mein Zimmer schob, sondern seine Schwester, das nahm ich zumindest an, denn die Ähnlichkeit war frappierend. Aus einem unruhigen Dauerdösen schreckte ich hoch, als die Tür quietschte.

Ich konnte gerade aufblicken und mich fragen, was sie hier machte, da war sie schon bei mir, hatte meine Haare gepackt und meinen Kopf nach hinten gezerrt. »Bist du jetzt zufrieden, Puttana?«

»Ganz sicher … nicht!«, zischte ich und wollte sie von mir stoßen, doch sie hielt mir kurzerhand eine Klinge an die Kehle. Ich sah hoch in ihre hellen, grünen Augen – in Lucas Augen – und fand darin etwas, was ich schon bei vielen im Zeugenstand gesehen hatte – Wahnsinn. Und sie war verheult, ihre Schminke rann in Schlieren über die zarte, gebräunte Haut.

»Vincent hat wegen dir seinen Finger verloren!«

Ich wurde kreidebleich, Übelkeit übermannte mich heftig. Gleichzeitig überlegte ich, wo das Handy war und erinnerte mich, dass ich es unter ein Kissen geschoben hatte. Langsam und vorsichtig streckte ich die Hand danach aus. »Er hat ihm einfach den kleinen Finger abgehackt und ihm dann Nadel und Faden hingehalten. Dann gab Luca ihm eine genaue Anleitung, wie Vincent sich den Finger selbst wieder annähen sollte! Alle mussten zusehen, aber natürlich ging das nicht! Mein Bruder dreht durch – wegen dir! Ich sollte dir gleich die Kehle durchschneiden! Hier und jetzt und auf der Stelle! Du machst nichts als Ärger!« Meine Finger befanden sich unter dem Kissen, ich orientierte mich blind und hoffte, dass der Knopf, den ich gedrückt hatte, die Wähltaste war.

»Was machst du da?« Sie riss das Kissen weg und erblickte das Handy. Im nächsten Moment schlug sie mir mit dem massiven Griff des Dolches an die Schläfe. Heftiger Schmerz durchschoss erneut meinen ramponierten Kopf und das Dröhnen ließ nicht lang auf sich warten … während ich zurück auf das Bett geschleudert wurde.

Sie schob sich über mich und setzte sich einfach auf meinen Bauch, drückte die Spitze genau an meine Kehle. Ihre Haare fielen lang, dunkel und gelockt über eine Hälfte ihres Gesichtes, das freie grau/grüne Auge funkelte noch ein wenig irrer und die tiefroten, vollen Lippen pressten sich zu einem dünnen Strich zusammen. Was hatte sie die letzten Stunden durchgemacht, um derart durchzudrehen?

Die Umgebung drehte sich wild im Kreis und ich fasste an meine Stirn, schloss stöhnend die Lider und versuchte meine Gedanken zu klären.

»Ich mache es kurz und schmerzlos, aber nur weil ich keine Zeit habe! Obwohl du es nicht verdient hast!«, wisperte sie und durchtrennte die zarte Haut an meinem Hals ein wenig … Ich spannte mich am ganzen Körper an, doch dann vernahm man ein einziges Klacken und das war so aussagekräftig, dass sie sofort erstarrte und ich die Lider aufriss.

»Das wirst du nicht tun!«, meinte er ruhig und hielt seiner eigenen Schwester eine Waffe an die Schläfe. »Runter von ihr!« Sie gehorchte augenblicklich, aber nicht, ohne die Augen zu verdrehen.

»Das findest du witzig?«, zischte er sofort leise und sie zuckte zusammen. »Beweg deinen Arsch nach oben ins Büro!«

»Luc!«

»Ab!« Er drückte sie aggressiv mit der Waffe an der Schläfe in die gewünschte Richtung und sie gab ein kleines Quieken von sich. »Knie dich vor meinen Schreibtisch, warte dort auf mich und mach die verdammte Tür zu!«

Sobald das geschehen war, steckte er das Ding geschäftsmäßig wieder weg und hockte sich vors Bett. Aus seiner scheinbar ›unendlichen Hosentasche‹ beförderte er ein Taschentuch und tupfte damit meinen Hals ab. Ich stöhnte, immer noch war alles verwischt. Ein Fluch entkam ihm, als er mein Gesicht so drehte, dass er den Schaden in Augenschein nehmen konnte.

»Ich hab die Schnauze voll!« Immer noch war ich etwas

benebelt von dem Schlag und stolperte unbeholfen gegen ihn, als er mich am Arm hochzog. »Wie oft soll ich dich eigentlich noch zusammenflicken?«

»Mir ist schlecht ...«

»Gehirnerschütterung.«

»Ich muss nur kurz alles noch mal überdenken!« Da begann ich schon zu würgen, gerade so konnte ich mich von ihm wegdrehen und ein Schwall landete auf dem Boden. Schnell taumelte ich die nächsten Schritte zum kleinen Waschbecken. »Geh weg!«, rief ich ihm zwischen den Würgern zu. Meine Wangen brannten vor Scham.

»Nein«, meinte er ruhig und ich fühlte, wie er meine Haare zusammenraffte und hochhielt – schon wieder! Es war nicht viel, was kam … aber meine Kehle brannte danach und ich fühlte mich noch miserabler, weil mein Kopf so durchgeschüttelt worden war. Mit bebenden Fingern wusch ich mir den Mund aus.

Er hob mich ausdruckslos auf seine Arme und trug mich aus dem Raum. Diesmal kämpfte ich nicht gegen meine schwere Stirn an. Da war wohl vorne ein Gewicht drin.

Wortlos gingen wir einen langen Flur entlang, über eine mit Samt bedeckte Treppe und kamen vor einer in einem Bücherregal versteckten Tür an. Als wir diese passiert hatten, befanden wir uns umgehend in dem beeindruckendsten Wohnbereich, den ich je gesehen hatte, inklusive riesiger Kochecke mit Tresen davor und Traum-Meer-Blick. Es saßen auch ein paar Gorillas rum, unter anderem der Schnauzer. Ihm klappte der Mund auf, als er bemerkte, dass Luca mich auf den Armen trug.

»Der Nächste, der gegen einen Befehl verstößt, wird sofort hingerichtet. Kommt in zehn Minuten ins Büro. Es gibt eine Bekanntmachung in Bezug auf meine Schwester zu machen.« Vincent, den ich erst jetzt entdeckte und der resigniert am Tresen saß, der den Wohnbereich von der Küche trennte, hob sofort den Kopf, während er sich seine verbundene Hand hielt. »Was ist mit ihr?«

Luca antwortete nicht, doch der Muskel an der Wange zuckte leicht. Für diese Frage würde Vincent auch noch sein Fett abbekommen. Bald würde er nicht mehr zu seinem Onkel aufsehen.

Aufgeregtes Raunen folgte uns, während wir weitere breite Treppen nach oben nahmen. Ich sah gerade noch, wie Vincent kreidebleich wurde, sobald ihm der Schnauzer etwas zuflüsterte, und dann die Hand zur Faust ballte. Er visierte tödlich Lucas Rücken an.

Den hellen, luftigen Marmor-Gang nach hinten entlang und eine Flügeltür zu unserer Rechten war das Ziel. Das Zimmer war edel, weiß und maskulin eingerichtet, auch von hier aus konnte man auf eine riesige Terrasse inklusive Meerblick gelangen, die wohl in jeder Etage das Anwesen umgab ... doch das bekam ich wieder nur am Rande mit. Er legte mich auf eine mit blauem Samt bezogene Chaiselounge und verschwand.

***

Ich schloss erschöpft die Lider und genoss die frische, warme Brise, die durch die geöffneten Balkontüren drang. Im Keller war es viel stickiger als hier gewesen. Doch er ließ mich nicht lange durchatmen, denn er kam mit allem medizinischen Kram an und ließ sich neben mir nieder. Sanft tupfte er an den Wunden rum, hoch konzentriert wie immer und raunte dabei seine medizinischen Erkenntnisse vor sich her, als hätte ich bei der Behandlung Mitspracherecht.

Einige Minuten ging er seiner Lieblingstätigkeit nach. Es herrschte Stille, komischerweise schien die ziemlich entspannt. Aber nicht lang ...

»Nun einige Regeln ...«

»Hmpf ...«

»Wenn mich jemand besucht, wirst du ihn nicht einmal ansehen. Deine Augen blicken zu Boden, du wirst nicht mit mir sprechen oder mit sonst irgendwem auch nur ein Wort wechseln, du wirst auch dieses Zimmer nicht verlassen, du ...!« Fast hätte ich aufgelacht.

»Sind wir im Mittelalter, oder was?«

»Wir sind auf jeden Fall nicht mehr in einer rosa Glitzerpony-Regenbogenwelt. Hier herrschen andere Gesetze und mit diesen ist nicht zu spaßen!«

»Sehe ich aus, als würde ich lachen?« Plötzlich packte er mein Kinn und zwang mich ihn anzusehen.

»Willst du leben?« Mit der Frage hätte ich nicht gerechnet, was sollte das auch? Während er mich am Kiefer festhielt, strich sein Daumen über meine Unterlippe und ich musste daran denken, wie oft er das sonst getan hatte. Als intime Geste ... als Liebesbekundung, als sinnliches Reizen ... Nun war es eine Machtdemonstration. »Ein falsches Wort zu der falschen Person, und ich muss vielleicht jemanden erschießen, bei dem es mir leidtut und das wäre nicht gut für dich ... vertrau mir. Du wirst tun, was ich sage. Comprende?« Ich antwortete nicht, tat schon jetzt nicht, was Mr. Padre sagte und in seinen Augen loderte es unheilvoll auf. »Nicke wenigstens!«

Ich tat es ... Augen rollend!

Trotzdem war er zufrieden und beugte sich weiter vor. Er ließ meinen Blick nicht los, als seine Lippen über meine strichen. Die Sprenkel in seinen Augen waren so intensiv, der Ausdruck darin so machtvoll und einnehmend. Und dann ... sein Mund an meinem ... Es prickelte köstlich, doch ich reagierte nicht mal mit einem Wimpernschlag, nicht mal mit einem Atemzug.

»Ich lasse dir die Respektlosigkeit noch einmal durchgehen, aber nur weil wir alleine sind ...«, murmelte er und ich erschauerte – unbemerkt von ihm. Doch immer noch hielt ich jeden einzelnen Muskel in meinem Körper verkrampft.

»Hasse mich nicht, Isabella ... Es gibt so viel bessere Gefühle, die wir teilen können«, raunte er in meinen Mund und küsste mich.

Die Zeit der Zuneigung war vorbei. Er hatte eine neue Ära in diesem Spiel eingeleitet und ich würde mich ihm nicht unterwerfen, wenn es nicht absolut lebensnotwendig war und erst recht nicht, weil ich meinen dämlichen, romantischen Gefühlen für ihn nachgab. Er konnte meinen Körper an diesem Ort festhalten und ihn foltern, ja, er konnte ihn sogar verführen, aber über meine Seele hatte er keine Macht – mehr!

Genau das zeigten ihm mein eiskalter Blick und meine unbewegten, absolut versteinerten Lippen.

Er verstand meine Botschaft natürlich und zog sich zurück. »Wie du willst.«

Kurzerhand stand er auf, deckte mich tatsächlich zu, ging zu dem massiven Schreibtisch, setzte sich dahinter und machte die Fernsprechanlage an. Ab diesem Zeitpunkt wusste ich, würde er mich ignorieren. Er war kein Mann, den man ungeschoren abblitzen ließ und es war nicht leicht für ihn, mit meiner offensichtlichen Abneigung umzugehen.

Seine sanfte, melodische Aussprache, wenn er italienisch redete, beruhigte mich ungemein, ob ich wollte oder nicht. Und ich musste ehrlich zugeben, ich entspannte mich das erste Mal, seitdem ich erfahren hatte, wer er war, vollkommen. Denn eines hatte er mir klar gemacht: Er würde mich beschützen, koste es ihn, was es wolle.

Sein Gespräch verklang zu einem sanften Raunen, wiegte mich, wie die Arme einer Mutter. Ich beobachtete, wie der weiße Vorhang in der frischen Meeresbrise hin und her schaukelte ...

Meine Lider wurden wie auf Befehl schwer. Ich hatte die Nacht nur sehr schlecht geschlafen und die Nacht davor auch ... Mein letzter Gedanke war, ob seine Schwester wohl die ganze Zeit vor dem Schreibtisch ›im Büro‹ kniete und ob er das hier mit Absicht hinauszögerte, dann driftete ich ab.

Il nostro Piccolo Vincent – unser kleiner Vincent

19. Kapitel 4

Ich wurde nicht mehr in dem windigen Keller gehalten, dafür durfte ich jetzt den Luxus seiner Räumlichkeiten genießen. Meistens saß er an seinem Schreibtisch und telefonierte, lachte, scherzte ging dabei durch den Raum, auf die Terrasse, stützte sich ans Geländer, blickte nachdenklich mit gerunzelter Stirn übers Meer – einmal eine ganze Stunde lang! Oft saß er auch vor seinem Rechner, tippte konzentriert. Doch niemals sprach er mit mir, wenn es nicht nötig war, oder sah mich gar grundlos an.

Ich war wie eine der vielen Zimmerpflanzen, die in all dem Weiß, das er auch hier bevorzugte, leuchtende grüne Oasen darstellten. Zum Glück befand sich zwei Türen weiter eine Bibliothek und alle waren durch Verbindungstüren zu erreichen, ohne den Flur zu betreten. Oder sollte ich sagen, ein ganzer Buchladen? Langweilig wurde mir jedenfalls nicht, angegriffen wurde ich auch nicht mehr, keine schreienden Kinder, keine fliegenden Bälle … ich hatte meine Ruhe!

Ab und zu kamen seine Männer vorbei und irgendwann konnte ich sie trotz Mimiklosigkeit (lag wohl in der Familie, genau, wie die Augen – vielleicht ein Gendefekt) auseinanderhalten. Da gab es den Schnauzer. Er hieß Bruno, wie Bruno der Braunbär – und erinnerte mich ungewollt an Danny DeVito. Üblicherweise trug er schwarze Kleidung mit weißen oder roten Hosenträgern, sogar Hüte und die glatten schwarzen Haare im Pferdeschwanz. Meist wirkte er etwas verkniffen, doch wenn er sprach, dann immer ausufernd und ziemlich laut. Er lachte und scherzte viel und brachte Luca jedes Mal zum Lachen.

Dann gab es da noch den glatzköpfigen Schrank – der sprach gar nicht, doch er hörte auf den Namen Nino (vielleicht eine Abkürzung?). Es gab Vincent, der ziemlich viel Zeit hier verbrachte und dabei genauso penibel wie Mister Padre seit dem missglückten Verführungs/Kuss-Versuch darauf achtete, mich nicht mal mit einem Blick zu streifen. Dann kamen hier und da ein paar Gorillas vorbei. Die hörten meist nur zu und sprachen wenig bis gar nicht.

Ab und zu auch ranghohe Tiere, aber mit denen schlenderte er immer auf die Terrasse. Für sie war ich wohl nichts weiter als eine komisch gebaute Palme. Er stellte mich nicht vor – es störte mich nicht im Geringsten. Besonders, weil einige Gesichter mir aus gewissen Ermittlungsakten bekannt vorkamen.

Und dann kam noch die Oma. Es war seine richtige Oma, wie aus einem Märchen. Sie trug meist einfache Röcke mit Schürze, Strickpullover, dicke Socken (trotz der tropischen Temperaturen) und ein Kopftuch. Ihr Gesicht war faltig und gebräunt, die Haare schneeweiß, die Statur klein und leicht gebeugt, weswegen sie einen Stock zur Unterstützung gebrauchte. Der Griff war aus Elfenbein und hatte die Form eines Rabenkopfes. Ihre Augen waren zwar bereits etwas trüb, aber scharfsinnig.

Als sie das erste Mal das Zimmer betrat war Luca gerade wieder beim Meer-blicken und sie blieb wie angewurzelt stehen, sobald sie mich auf dem gemütlichen Sofa wahrnahm. Mein förmlich eingetrichterter Anstand gebot mir, aufzustehen und sie lächelnd zu begrüßen. Doch als ich sie gerade erreichte, stand Luca bereits hinter mir.

»Oh … äh … ich setz mich mal wieder hin.« Die gerade erhobenen Hände, um der winzigen Frau den Weg zu weisen, ließ ich nach einigem Zögern sinken … und gewährte ihm den Vortritt.

Als ich ihn streifte, fühlte ich scheinbar seine Nervosität auf mich übergehen, gemischt mit dem bekannten Kribbeln und ich zuckte zurück. Luca ließ sich nichts anmerken und lächelte …

nicht warm … sondern höflich. Also nicht so, wie bei Vincent – das war die einzige Person, die von Luca immer ein richtiges Lächeln erhielt, gemischt mit ein wenig Wehmut.

Ihre Stimme war leise und ruhig, während sie ihn begrüßte, und zwar mit den Namen »Corvo ...« Ja, ich hatte schon öfter mitbekommen, wie er so von den anderen betitelt wurde. Ihre Hände packten ordentlich zu, als sie sein Gesicht umfingen und es zu sich herabzogen. Er gab ihr einen Kuss links und rechts auf die Wange, während ich mich verhalten wieder in meine Ecke davonmachte. Lautlos sollte mein Rückzug sein, leider stolperte ich über den Teppich und tarnte den Sturz mit einem gewagten Hecht-Sprung auf die Couch. Beide starrten mich ungläubig an, Luca konnte sich kaum das Lachen verkneifen und ich winkte ihnen errötend. Das hier, war an Peinlichkeit definitiv nicht mehr zu toppen

Ich dachte ein Kichern zu hören, sobald sie mir den Rücken zudrehten und sich auf den Balkon aufmachten, woraufhin ich mir wünschte, ein Loch möge sich im Erdboden auftun und ich darin versinken. Sie unterhielten sich dort, unter dem riesigen Sonnenschirm verborgen – vier Stunden, bis in den Abend hinein – teilweise sehr hitzig. Luca bekam sogar einmal eine mit der Krücke auf den Kopf, woraufhin ich auch lachen musste. Als sie wieder ging, lächelte die Oma zufrieden, während er nicht verbissener hätte wirken können. Kurz darauf ließ er mich drei Stunden allein, wobei er das Zimmer wie immer, wenn er ging, zusperrte – mein Glück, dass eine Luxusbadelandschaft angrenzte. Als er wiederkam, war er verschwitzt und ging sofort unter die Dusche. Jedes Mal, wenn er das tat, packte ich mein Zeug und machte mich schnellstens auf in die kleine Nebenkammer, in das man ein Bett und einen Schrank (inklusive wirklich geschmackvollem Inhalt) gestellt hatte.

Ich war vielleicht seine Geisel, aber noch lange keine Masochistin, weshalb ich mir seinen halb nackten, imposanten Anblick garantiert nicht auch noch freiwillig antun würde.

Besonders mit dem Wissen, dass meine Fingerspitzen diese perfekten Muskeln bereits ehrfürchtig nachgefahren waren.

Die Oma kam einmal pro Woche vorbei, jedes Mal verschwand er danach spurlos und kam verschwitzt und in Sportsachen zurück. Das war immer mein Fluchtmoment.

Seine zwei ungefähr gleichalten Cousins waren auch oft da. Doch meistens, wenn sie kommen sollten, schickte er mich davor auf mein Zimmer – wieder wie ein kleines Mädchen und ich ahnte zu wissen, wieso.

Lui, der Jüngere der beiden, warf beim ersten Treffen nicht nur ein Auge auf mich, sondern gleich ein paar. Ich hasste es sofort. An der Art, wie er sprach und mich dabei anstarrte, wusste ich, dass er bei unserem Kennenlernen einen anzüglichen Witz gemacht hatte. Luis Nase machte daraufhin unliebsame Bekanntschaft mit der Tischplatte. Sobald die Blutung durch den Verursacher gestillt war, enthielt sich Lui jeglicher Kommentare.

Das war das einzige Mal, dass Luca Gewalt vor mir anwendete … Trotzdem ahnte ich, wozu er fähig war. Seit dem einen Tag, als mich seine Schwester im Keller angegriffen hatte, hatte ich sie nämlich nicht mehr gesehen.

Dennoch. Ich war beeindruckt, wie er mit seiner neuen Rolle umging. Alle zollten ihm Respekt. Seine Ausstrahlung war machtvoll, gleichzeitig charismatisch und einnehmend. Er wusste, wann er einen Witz machen sollte, um die Stimmung zu lockern oder wann er seine Autorität zum Ausdruck bringen musste. Immer behielt er die Ruhe, nichts brachte ihn dazu, Emotionen zu zeigen und das, obwohl ich ihn einmal, vor gefühlten Jahren, als so fröhlichen, offenen und auch verspielten jungen Mann kennengelernt hatte. Dieses Bild von ihm verblasste zusehends, genauso wie ich selbst.

Die Zeit flog nur so an mir vorbei, ich fühlte mich wirklich, als würde ich mit der Umgebung verschmelzen, in der ich gefangen gehalten wurde. Als ich gefragt hatte, ob ich mal spazieren gehen durfte, hatte er mich herzlich ausgelacht und gemeint. »Ich sollte froh sein, dass er mir gestattete zu atmen!«

Ja. Seit Neuestem war da dieser Zug um seinen Mund – etwas Erbarmungsloses, Unerbittliches. Ich konnte mir nicht mehr vorstellen, dass diese Lippen mich einmal geküsst hatten. Genauso wenig, dass diese distanzierte Stimme mir einmal Liebesbekundungen ins Ohr gehaucht, oder dass diese schönen Hände mich jemals zärtlich gestreichelt hatten.

Zweimal verreiste er für eine Woche. Ich blieb eingesperrt mit dem Handy zurück. Drei Mal am Tag brachte mir der stumme, kahle Riese etwas zu essen. Ansonsten behelligte mich niemand. Diese Zeit nutzte ich, um zu schnüffeln, aber man merkte, dass er erst vor Kurzem hierher übergesiedelt war. Ich fand nichts Geschäftliches und erst recht nichts Privates. Nicht einmal ein Foto seiner Mutter.

***

Es mussten ungefähr zwei Monate vergangen sein. Ich war in so etwas wie Routine verfallen. Er hatte wieder mal angekündigt, für eine Woche weg zu sein und mir genaueste Instruktionen hinterlassen, genauso, wie jedem anderen in diesem Haus. Mittlerweile wusste ich, dass hier ziemlich viele Leute wohnten und noch mehr täglich ein und aus gingen. Die Dauerbewohner konnte ich anhand ihrer Stimmen, die ständig aus dem parkähnlichen Anwesen oder aus dem Wohnzimmer zu mir hochdrangen, auseinanderhalten …

Ich entschied mich, ein Bad zu nehmen.

Die Eckbadewanne befand sich auf einem erhöhten Podest. Von dort aus konnte man direkten Meeresblick genießen. Mit offenem Schiebefenster. Das Haus war tatsächlich auf Stelzen teilweise direkt in das türkise, glasklare Wasser gebaut worden war. Ich hatte die Cousins und auch Vincent ab und zu dabei beobachtet, wie sie sich von ihren Balkonen aus kopfüber direkt ins Meer stürzten. Beim ersten Mal hatte ich noch geschrien, doch Vinc hatte mir von unten zugewunken, sobald sein nasser Kopf die Wasseroberfläche durchbrochen hatte und mir mit erhobenem Daumen gezeigt, dass alles in Ordnung war.

Eine Minute nach dem Schrei waren Luca, der Glatzkopf, der Schnauzer und zwei Gorillas mit gezogenen Waffen und irren Gesichtsausdrücken ins Zimmer gestürmt. Es war schwer, nicht zu lachen, aber ich hatte es geschafft und es auf eine Spinne geschoben. Denn ich hatte keine Ahnung, was Luca gemacht hätte, wenn ich ihm erklärt hätte, heimlich seinen halb nackten Neffen zu beobachten.

Wenn er auch noch gewusst hätte, dass dieser kleine Neffe seit drei Wochen seine komplette Zeit bei mir und mit Schach spielen verbrachte, sobald Luca und die anderen aus dem Haus waren, wäre ich wahrscheinlich wieder im Keller gelandet und Vince unter der Erde. Dabei mochte ich ihn wirklich, wirklich gerne. Er wurde der kleine Bruder, den ich niemals gehabt hatte, außerdem erinnerte er mich an Marc und Luca in einem. Natürlich brachte ich ihm keine romantischen Gefühle entgegen, denn mein Herz gehörte nach wie vor nur einem. Wenn es sich einmal entschieden hatte, blieb es stur – traurig aber wahr. Wenigstens ein Teil von mir, der nicht gegen seine eigenen Prinzipien verstieß, nur leider brachte mir das die größten Probleme.

***

Lächelnd ließ ich mich in das heiße Wasser und den duftenden, knisternden Schaum gleiten und schloss die Augen. Meinen Kopf lehnte ich an den Rand, die Beine streckte ich weit von mir und überkreuzte sie an den Knöcheln. Obwohl ich die Gefangene von Verbrechern war, konnte ich mich nach leichten Startschwierigkeiten nicht beklagen. Ganz im Gegenteil ...

Eigentlich verrückt. Das alles hatte wie das perfekte Märchen begonnen, war dann kurzzeitig in einen Thriller übergeschwappt und jetzt ... ja jetzt ... worum ging es jetzt in meinem Leben?

Mein Vertrauen zu diesem Mann hatte er mit Erfolg zerstört. Ich vertraute ihm vielleicht so weit, dass er mich nicht hinterhältig umbringen würde, aber davon ging ich auch bei den restlichen 99 Prozent der Menschheit aus, also konnte man hier nicht von Pluspunkten sprechen. Allein schon die Tatsache, dass ich mir Sorgen darüber machen musste, zu was er fähig wäre, erstickte jegliche zärtlichen Gefühle im Keim. Und da war so einiges, zu dem er fähig war. Wenn mir Vincent manche Geschichten ziemlich bedrückt erzählte, konnte ich sie kaum glauben. Zum Beispiel die von einem Kerl, der die Frau eines anderen angeblich vergewaltigt hatte (man munkelte, sie hätte es gewollt und ihn aus Rachsucht angeschwärzt, weil er keine Beziehung mit ihr anstrebte). Luca ließ ihn während er sein Lieblingsspiel ›Frage und Antwort‹ betrieb, in der glühenden Hitze, mitten am Strand auspeitschen und schickte ihn dann mit aufgerissenem Rücken zum Baden ins Meer. Nach zwanzig Minuten meinte Luca, es wäre genug Geschrei. Als der Mann wieder zurückschwamm, erschoss er ihn – ohne mit der Wimper zu zucken. Genauso emotionslos hatte er es hingenommen, dass Vincent einen Finger verlor ... Vinc hatte seinen Onkel noch nie so erlebt. Er machte sich Sorgen um Luca und ... ich auch ... Denn er veränderte sich von Tag zu Tag mehr.

Und obwohl mich diese Berichte abstießen, geschah eines immer wieder und vor allem immer öfter. Wenn er am Abend mit mir in seinem Zimmer saß, an seinem Schreibtisch, höchst konzentriert, wie der perfekte Gentleman wirkend. Meine Konzentration ließ spürbar nach, und anstatt des Buches starrte ich ihn immer an, während es stetig intensiver prickelte.

Weil die Anziehung in keinster Weise abgenommen hatte, ganz im Gegenteil. Sie war gerade durch das viele Beisammen-Aber-Dennoch-Getrennt-Sein stärker geworden.

Und genau deshalb musste ich hier endlich einen Weg hinausfinden! Jedes Mal sah er auf, sobald mein Blick sich zu lange an ihm festsaugte. Jedes Mal fragte er mich mit leiser berauschender Stimme und glühenden Augen, was in meinem hübschen Kopf vorging, ob ich ihn mental bereits auszog, wo wir es gerade trieben, und ob er mir helfen solle, meine Fantasien in die Tat umzusetzen, bevor ich vor Verlangen wahnsinnig wurde

… Er war ein gewissenloser Bastard!

Einmal hatte ich ihn voller Wut gefragt, wie lange er noch beabsichtigte, mich inmitten all dieser Verbrecher zu halten und seine Psychospielchen mit mir zu spielen. Daraufhin hatte er todernst von seinen Papieren aufgesehen und sich erkundigt, ob ich wirklich annähme, dass der Staat, für den ich immer so eifrig einstand, kein Verbrecher war? Diese Antwort blieb ich ihm schuldig. Als Staatsanwältin wusste ich, wie korrupt es zuging, selbst in einem nach außen hin so gesitteten Land wie Deutschland. Sein Lächeln war daraufhin mehr als wissend ausgefallen …

Und daran wollte ich jetzt nicht denken … Genau genommen an gar nichts.

Also schloss ich nach der Bein- und Achselrasur die Lider und tauchte so unters Wasser, dass nur noch meine Nase rausschaute und ich Luft holen konnte. Hier hörte ich nichts, außer meinem dumpfen Herzschlag und einer hitzigen Diskussion aus der Küche, die sich ungefähr unter mir befinden musste. Lächelnd lauschte ich dem aufgebrachten, aber melodischen Sing-Sang von dem Schnauzer und dem jungenhaften Schnattern des gerade gerügten aber belustigten Vincents … Vielleicht hatte der Schnauzer ja seine geliebten Tomaten beleidigt, die Vince mir bis jetzt in jeder Form angeboten hatte, um mich von ihnen zu überzeugen. Als Salat, roh, gekocht, eingelegt … Und so weiter und sofort …

Irgendwann wurde es still, und einträchtige Kochgeräusche waren zu vernehmen. Irgendjemand in dieser Familie ließ so seine Wut raus, ich war mir sicher, es war Schnauzbart. Und schon bald flutete himmlischer Duft das gesamte Haus. Ich konnte das Abendessen kaum erwarten.

Nach einer Stunde waren meine Fingerspitzen runzlig, also entschied ich mich, aus der Wanne zu steigen. Nackt, natürlich … richtete ich mich auf und fühlte, wie das Wasser und der knisternde Schaum an meinem Körper herabliefen. Ich würde mich noch abduschen, um …

»O Mio Dio!« Japsend wirbelte ich herum und bemerkte, dass Luca im Türrahmen stand. Breitbeinig, mit geballten Fäusten, so als würde er sich zwanghaft von etwas abhalten – mit dunklen, gierigen Augen.

»Oh mein Gott, ich äh ...« Mein Kopf flog von links nach rechts und zurück und blieb an der Orchidee am Fensterbrett hängen. Ich packte mir den schwarzen Blumentopf und hielt ihn vor meine Scham. Etwas Besseres fand ich auf den ersten Blick nicht, doch die dünnen Stiele machten sich nicht wirklich gut als Sichtschutz. Das sagte mir zumindest sein Blick, der mit jeder Sekunde dunkler wurde, während er über meinen Körper glitt. Schamlos und besitzergreifend – so, wie ich es bereits gewöhnt war, in einer vergangen Zeit, an einem vergangenen Ort.

Hektisch holte ich Luft und fühlte das Prickeln, welches sich immer zwischen meinen Beinen ausbreitete, wenn er mich so ansah. Viel zu lange hatte ich darauf verzichtet.

Und das würde ich auch in Zukunft. Keinesfalls würde ich ihn noch mal an mich ranlassen! Mein Kinn flog in die Höhe.

In der nächsten Sekunde machten die Schotten dicht, ich sah förmlich, wie sie hinter seinen Iriden runterfuhren, da war nichts mehr mit eindringlichem Blick. Er war wieder sein gefasstes, elegantes, dunkles Ich und schlenderte auf mich zu.

»Du siehst mich an, als würde ich mich jeden Moment kopflos auf dich stürzen und dich gegen deinen Willen auf dem Wannenrand ficken.« Mit jedem Schritt und vor allem Wort schlug mein Herz schneller. Ein Instinkt war es einfach wieder im Wasser abzutauchen, aber ich hielt ihm stand und reckte das Kinn weiter.

»Versuch es doch! Dann sehen wir, wohin es dich bringt!«

»Oh, oh, oh … so kämpferisch?« Direkt vor mir blieb er stehen und streckte die Hand aus. Ich keuchte, ob vor Enttäuschung oder Erleichterung, als er mir lediglich die Orchidee abnahm. »Wir wollen ja nicht, dass du sie fallen lässt, so feucht, wie du bist.«

»Ha. Ha.« Ich schaffte es trocken zu klingen, aber holte erst wieder richtig Luft, als er sich kopfschüttelnd abgewandt und das Zimmer verlassen hatte.

***

Als ich kurz darauf aus dem Bad kam, in dünnem blauem Pyjama und mir noch das Haar trocken rubbelte, wartete er bereits auf mich und lehnte mit den Händen in den Hosentaschen an seinem Schreibtisch. Sein nun wieder beruhigter und heller Röntgen-Blick spießte mich förmlich auf.

»Heute Abend werde ich eine kleine Party veranstalten und weiblichen Besuch haben. Es wäre angebracht, dass du dich in deinem Zimmer aufhältst.«

Der Hieb kam an!

Auf dem Fuße drehte ich mich um und marschierte in besagtes Zimmer. Er kam mir hinterher, weiter zischend. »Außer natürlich, du willst mitmachen, ich hätte nichts dagegen und du auch nicht, so wie du mich jeden Tag mit deinen verdammten Augen fickst und wahnsinnig machst. Isabella dreh dich um, wenn ich mit dir ...« Ich knallte ihm die Tür vor der Nase zu. Nur um mich dann schwer dagegen zu lehnen und die Übelkeit zu vertreiben, die diese Vorstellung in mir auslöste.

Ja, gegessen wird woanders, scharfgemacht wird an mir ... dachte ich verzweifelt.

Ich wurde nach vorne gehievt, als die Tür in meinem Rücken aufgestoßen wurde.

»Wir waren noch nicht fertig!« Entschlossen trat er ins helle Badezimmer.

Natürlich ging ich auf Zehenspitzen und erreichte trotzdem nicht die gewünschte Höhe, als ich mich sofort verbal auf ihn stürzte. »Wo waren wir dann? Dabei, dass ich da drüben liegen und zuhören soll, wie du es mit anderen Frauen treibst?«

»Du willst es ja nicht mit mir treiben! Aber dafür mit Vincent! So wie du den kleinen Bastard jeden Tag anschmachtest, fickt er dich sicher schon seit ...« Er verstummte, weil ich ihm eine schallende Ohrfeige verpasste.

Er presste den Kiefer aufeinander, dieser arrogante Kerl, ich konnte es nicht mehr ertragen … auch ich wollte ihn verletzen und wusste nun endlich wie. »Vincent ist wenigstens noch ein richtiger Mann!«

Das war der Moment, in dem er sich auf mich stürzte. Ich bemerkte, dass ich nur einen dünnen Pyjama trug und dass ich seit Monaten nicht mehr von ihm geküsst worden war … dass er sich immer noch zu gut unter meinen Fingern anfühlte, dass er himmlisch schmeckte, und dass er heute Abend mit einer anderen Frau Sex haben würde!

Diesmal biss ich ihm in die Lippe und stieß ihn gegen die Brust. Er schubste mich brutal gegen die Tür, packte meinen Kiefer und hielt mich an Ort und Stelle. Noch wilder küsste er mich und ich küsste ihn genauso zurück. Ein harter Schenkel wurde zwischen meine wabbligen Beine geschoben und er rieb damit über meine Hitze, was mir ein hilfloses Stöhnen entlockte. Seine Fingerspitzen bohrten sich in meinen Oberschenkel. Ich bekam keine Luft! Er war wie von Sinnen, und … er würde so bei einer anderen Frau sein!

»Luca! Nein!« Ich schob ihn noch einmal fester von mir und hörte, wie etwas Ängstliches meine Stimme färbte.

Er wich sofort zurück. Atemlos … mit irrem Blick, presste dann die Lippen zusammen und verschwand aus dem Zimmer.

Ich war den Tränen nah …

20. Kapitel 5

Der dröhnende Bass wummerte in meinem Kopf. Ich lag auf dem Bett und versuchte ›Stolz und Vorurteil‹ zu lesen, aber dies war mir leider nicht vergönnt. Oder sollte ich sagen zum Glück, ich hatte noch nie verstanden, was all diese Frauen an Mr. Darcy fanden, natürlich war er ein vollendeter Gentleman aber dennoch fand ich andere Buchcharaktere ehrenvoller, humorvoller und bei Weitem anziehender. Aber jedem das Seine … Mir mein kleines Zimmer und ihm das Haus, die Insel, die Welt …

Das Kissen über das Ohr legen half genauso wenig, wie die Decke über den Kopf zu ziehen, oder sich ganz unter dem Bettzeug zu verbuddeln.

Schließlich schwang ich mich in meinem weißen Kleidchen, das ich statt des entweihten und an einigen Stellen förmlich durchnässten Pyjamas angezogen hatte, auf die Beine und marschierte barfuß in sein Zimmer. Geradewegs hinaus auf den Balkon.

Das Meer rauschte in einiger Entfernung schwarz vor sich hin, aber ich vernahm nur die wummernde Musik, Grillgeruch nach gebratenem Fisch und Gemüse wehte hinauf … Ich schloss die Augen ... Das hätte ich nicht tun sollen, denn sofort fiel mir sein Lachen unter all den anderen Eindrücken auf. Leise und berauschend – so wie ich es kannte. Mein Blick folgte automatisch dem vertrauten Ton.

Und dort war er, mitten im Meer, bis zu den Hüften eingetaucht, wie Poseidon persönlich – selbstsicher grinsend, eindrucksvoll und imposant, mit seinen Muskeln und den Tattoos. Eine schwarzhaarige Schönheit in Bikini kam auf ihn zugeschlendert und wiegte demonstrativ ihre Hüften. Sie fuhr mit ihrem Zeigefinger über seine Brust – über das Kreuz – zwischen den Bauchmuskeln entlang und … er packte sie und hob sie hoch. Ihre langen Beine schlangen sich um ihn. Sie lachte. Er raunte ihr ins Ohr und ging rückwärts tiefer in das Wasser …

Sie wirkten so vertraut miteinander, als hätten sie sich bereits hundert Mal berührt. Ihre Arme legten sich fest um seinen Hals, bevor er ihren Kopf zurückzog und mit seinen Lippen über ihre strich. Unverhofft sah er zu mir hoch, direkt in mein Gesicht. Ich erstarrte auf der Stelle.

Innerlich tobte ein schmerzhafter Sturm, aber ich rührte mich nicht und konnte auch nicht wegsehen. Ungeplant löste sich eine Träne und lief über meine Wange. Eine Einzige.

So zufrieden, als hätte er es aus dieser Entfernung bemerkt, nahm er den Blick von mir und konzentrierte sich wieder auf seinen Auftrag – mir das Herz herauszureißen.

Kurherzhand lehnte er sie gegen einen der Pfeiler … und nahm nun mit allem, was er hatte, von ihr Besitz, raubte ihr mit seinem tiefen Kuss den Verstand, so, wie etliche Male bei mir, ergriff ihre Handgelenke und streckte sie weit über ihren Kopf, so, wie bei mir … Es war, als würde man einen Unfall beobachten, nur um einiges erotischer, genauso wie schmerzhafter.

Mit einem Ruck riss ich meinen Blick von ihm los und stapfte rein. Ich konnte hier nicht bleiben! Ich musste fliehen! Wenn nicht jetzt, wenn alle besoffen und mit so etwas beschäftigt wären, wann dann? Wie kam ich eigentlich auf die Idee, das, was mit mir geschehen war, einfach so hinzunehmen, nicht zu kämpfen, nicht für mich einzustehen? Hatte er mich tatsächlich gebrochen, ohne dass ich es überhaupt gemerkt hatte?! Blinde heiße Wut loderte durch meine Adern, während ich einen Entschluss fasste.

***

Die Bibliothek grenzte direkt an das kleine Zimmer, das ich behauste, und war natürlich, so wie immer, menschenleer. Nur die Bücher würden Zeuge meines waghalsigen Unterfangens werden. Hier gab es nur einen kleinen Balkon, aber er war für mein Vorhaben genau richtig, denn er war abgewandt von der Hauptseite.

Mit beiden Händen stützte ich mich auf das massive hüfthohe Geländer und starrte hinunter in die schwarzen glitzernden Wellen. Das Rauschen war hier um einiges lauter, da es sich an der Steinwand unter mir brach, von Weitem vernahm ich aber dennoch den heftigen Beat und das ausgelassene partytypische Johlen. Der Wind ließ mein Haar dramatisch wehen. Ich bekam bereits Schweißausbrüche, wenn ich daran dachte zu flüchten, doch gleichzeitig wusste ich, dass sich so eine Gelegenheit vielleicht erst wieder in drei Monaten bieten dürfte. So oft wurden hier nun auch keine Partys gefeiert und literweise Alkohol getrunken.

Ich musste es tun – jetzt oder nie. Oder in fünf Minuten.

Wo war nur der Mut, wenn man ihn brauchte? Ein paar Mal atmete ich tief ein und aus und schloss die Lider. Dann schwang ich ein Bein über das Geländer ... meine Knie schlotterten, doch auch das andere fand seinen Weg auf den rauen Stein. Nun baumelten meine Füße über der wässrigen Schwärze – mir wurde schwindlig. Ich konnte nur hoffen, dass es hier genauso tief war, wie auf der anderen Seite. Ansonsten würde ich wieder mal im Krankenhaus oder gleich im Grab landen.

Ich ließ den Kopf nach hinten fallen, genoss den salzigen Wind auf meiner verschwitzten Stirn, schloss die Augen, hielt mir mit einer Hand die Nase zu und sprang ...

Die Wasseroberfläche zeigte sich als ziemlich ungnädig und ich prellte mir jeden einzelnen Knochen, so fühlte es sich zumindest an, aber es war wenigstens tief genug, sodass ich sofort kräftig mit den Beinen strampeln musste, um wieder hochzukommen. *Gottseidank habe ich das Schwimmen bereits geübt,* dachte ich, während ich um das Haus herum und noch weiter weg von der Hauptseite schwamm … am Strand entlang …

Der Mond schien hell auf die Wellen, dennoch war mir bei Nacht schwimmen oder überhaupt schwimmen immer noch nicht geheuer.

An einer durch Felsen geschützten Stelle wagte ich es und schleppte mich an Land. Keuchend ließ ich mich in den Sand plumpsen, versteckte mich hinter den rauen Steinen und versuchte zu Atem zu kommen. Erster Teil der Flucht geglückt.

Vorsichtig spähte ich nach einigen Minuten in Richtung des hell erleuchteten architektonischen Kunstwerks. So ein Haus hatte ich noch nie gesehen. Es war völlig viereckig und in die Wände waren Lichter eingelassen, die sich im Wasser spiegelten. Vielleicht zur Überwachung. Um die gesamten drei Etagen führte ein riesiger Balkon. Es war das erste Mal, dass ich es von außen betrachtete, das erste Mal seit meiner Entführung, dass ich wieder Sand unter mir fühlte und frischer Wind ungezügelt über meinen nassen Körper strich. Ich fröstelte und es war mir egal.

Nachdem ich mich etwas erholt hatte, rappelte ich mich auf die Beine und verließ mein ›Versteck‹.

»Halt!«, rief eine mir vertraute Stimme sofort und ich zuckte zusammen. Mist!

Ertappt und mit erhobenen Händen drehte ich mich langsam um, nur um ausgerechnet auf Vincents Blick zu treffen, wie erwartet. Unerwartet war die Waffe in seinen Händen, mit der er auf mich zielte.

»Hey … Vinc …« Ich lächelte schwach und winkte ihm.

»Verdammt noch mal, was tust du hier draußen?«, rief er aus, immer noch auf mich zielend. Ich musste zugeben, dass die Waffe zu ihm passte … auch zu der lockeren Leinenhose und dem wehenden weißen Hemd auf seiner gebräunten Haut und auch zu den Goldkettchen an seinem Hals …

»Wonach sieht es denn aus?« Vorsichtig, eher testweise, machte ich rückwärts ein paar Schritte von ihm weg.

»Bleib stehen, Bella!«

»Du wirst mich nicht erschießen!« Ich war mir sicher und ging vorsichtig weiter, denn diese Chance musste ich nutzen. Komme, was wolle. Gottseidank war es nur Vinc.

»Bella!«

»Vinc … ich kann nicht mehr … Was soll ich denn hier bei euch? Jeden Tag auf meinen Tod warten?« Einen kurzen Moment zuckte er zusammen und so etwas, wie Verletzung huschte über seine Züge, doch dann riss er sich zusammen.

»Nein! Luca würde dir nie etwas antun!« Vincent wirkte immer nervöser, Schweißperlen traten auf seine Stirn. »Er … er liebt dich. Keiner weiß es, wahrscheinlich nicht einmal er selbst, aber ich habe euer erstes Gespräch im Keller unfreiwillig belauscht und habe gehört, wie ihr festgestellt habt, dass es Liebe zwischen euch ist. Wie ihr beiden auch. Hör jetzt auf, vor mir davon zu laufen!«

»Was?«

»Du kannst dich nicht mehr daran erinnern! Nach dem Zeug kann man sich an nichts mehr erinnern. Er hat mir gesagt, was er dir ins Trinken getan hat … und er hat mir auch gesagt, dass er jeden Mann umbringt, der dich auch nur mit seinem Atem streift! Er liebt dich wirklich! Sonst würde er nicht so viel für dich riskieren. Keiner weiß, wer du bist. Nicht einmal die Oberen, denen er Rechenschaft schuldig ist, die er unter keinen Umständen anlügen darf! Er riskiert mit jedem Tag seinen Kopf.« Oh mein Gott! Was … das durfte doch nicht wahr sein … hatte er das wirklich zu mir gesagt, wieso wusste ich nichts mehr davon! Und tat er das wirklich? Soviel für mich riskieren? Wieso ließ er mich nicht einfach gehen! Wenn ich abhaute, würde ich ihm einen Gefallen tun!

»Ich kann nicht mehr warten … Er … entfernt sich immer weiter von mir, anstatt einen Schritt auf mich zuzumachen … Ich bin ihm egal, Vinc. Alles, was zählt, ist seine *Famiglia*. Er hat nur noch etwas mit mir vor, deswegen behält er mich.«

Vincent schüttelte den Kopf. »Nein! Alles was für ihn zählt, ist dich inmitten dieses Wahnsinns zu beschützen! Er wird mich umbringen, wenn du nicht endlich stehen bleibst und ich dir ins Bein schießen muss!« So leicht würde ich mich nicht manipulieren lassen.

»Oh nein, Vincent … wenn dann schieß mir in den Kopf. Mach es richtig!« Ich ging wieder auf ihn zu, stellte mich direkt vor ihn, sodass der Lauf meine Stirn berührte und ich fühlte, wie er anfing zu zittern. »Du musst ihm nicht sagen, dass du es warst. Aber ich sterbe lieber, als so weiter zu machen! Das ist doch kein Leben! Er sperrt mich ein wie ein Tier und vergnügt sich währenddessen mit anderen Frauen!«

»Er …«

»Ich will nichts davon hören, Vinc! Es hat mich nicht zu interessieren. Also tust du´s, oder tust du´s nicht?«

Er ließ die Waffe sinken und änderte die Taktik. Das erste Mal kam mir der Gedanke, dass er vielleicht doch überleben konnte. »Er wird dich jagen … und du kannst dir sicher sein, das wird das Letzte sein, was er tut.«

Ich biss die Zähne aufeinander. Das sollte mir egal sein! War es aber nicht. Ich bluffte trotzdem.

»Dann wird er eben sterben! Es sind schon Millionen Menschen vor ihm gestorben! Ich geh jetzt.« Und somit drehte ich mich um und stapfte über den Strand.

»*Guuuuuuuut!*«, brüllte er jetzt plötzlich so laut, wie ich ihn noch nie gehört hatte. »Noch einen Schritt und ich schieße *mir selbst* ins Bein!«

»Dazu ist der menschliche Körper nicht fähig!« Ich winkte über meine Schulter ab. Ein dröhnender Schuss hallte durch die Nacht und ich wirbelte herum.

»SCHEISSE!«, brüllte er noch lauter und fiel auf die Knie.

»Du Idiot!« Sofort rannte ich zu ihm, um zu sehen, ob der Idiot das jetzt wirklich gemacht hatte, da hörte ich schon Stimmen aus der Ferne näherkommen. Entweder ich blieb bei dem Idioten oder ich rannte weg … Mein Blick huschte über den Strand. Nur ein paar Schritte weiter fing dicht bewachsenes Gestrüpp an. Wenn ich rannte, hatte ich eine Chance …

»Der sollte eigentlich danebengehen!«, stöhnte Vincent und fiel komplett auf die Seite, mit dem Gesicht direkt in den Sand. Panisch und trotz der Dunkelheit versuchte ich zu erkennen, wo er sich erwischt hatte und tatsächlich. Unter seinem Fuß bildete sich eine Blutlache in rapider Geschwindigkeit.

»HILFE!«, schrie ich. »HILFE! Wir brauchen Hilfe!« Fahrig strich ich ihm über die Stirn, während er den Kopf an meinen Oberschenkel presste. »Du verdammter Idiot! Es kommt gleich jemand ...«

»Sag ihm nicht ...«, keuchte er angestrengt, »dass du ... weglaufen ... wolltest!«

»Cosa?« Da war Luca auch schon an unserer Seite.

»Ich hab auf sie geschossen!«, rief der absolut lebensmüde Idiot jetzt auch noch aus und wurde im nächsten Moment schon am Kragen auf die Beine gezogen.

»COSA AI FATTO*?«, gesellte sich nun auch Luca zu den Brüllaffen, während er seinen käsebleichen Neffen schüttelte. Mit so gar nicht beherrschter lodernder Wut stieß Luca ihn von sich, nur um genug Platz für einen dumpfen Kinnhaken zu haben. Der Junge sollte sich schleunigst von uns entfernen. Erst verlor er Gliedmaßen, dann wurde er auch noch windelweich geprügelt.

Vincent kassierte noch einen üblen Nierenschlag völlig kommentarlos, bis auf ein »Uff!«

Natürlich würde gleich jemand eingreifen ... Keiner schlug ungeschoren den kleinen Vincent – jeder liebte ihn ... Hilfe suchend ließ ich meinen Blick schweifen. Ähm ... Na ja ... Sie standen zwar alle im Halbkreis um uns herum, doch das mit einem Gesichtsausdruck, der besagte, dass der kleine Vincent bereits ein toter Mann war.

»Ich hab gesagt ...!« Er bekam noch einen Kinnhaken, taumelte nach hinten, wurde aber wieder am Kragen auf den Beinen gehalten. »Nicht mal ... ein Lufthauch! Auch nicht VON EINER KUGEL!« Vincent bekam einen Kopfstoß, bei dem es regelrecht knirschte.

»LUCA!«, schrie ich grell, als Vincent leblos zu Boden fiel

und Luca Anstalten machte auf ihn einzutreten. Kopflos warf ich mich über den schlaffen Körper. Gerade so konnte er sich stoppen und seine Schuhspitze schrammte an meinem Gesicht vorbei.

»Er hat auf sich selbst geschossen, weil er mich von meiner Flucht abhalten wollte!«, schrie nun auch ich und sah ihm dabei in die rasenden Augen. Sofort erfror seine bebende Gestalt.

Tränen liefen über meine Wangen und ich schluchzte auf, während ich schützend über dem, stöhnenden Jungen hing und Luca ansah, wie eine Löwenmama einen fremden Löwen. Man konnte regelrecht erkennen, wie sich sein Kopf klärte, wie der Wahnsinn wich, wie es wieder anfing zu arbeiten und wie seine Schultern für eine Sekunde zusammensackten.

Dann war er bereits neben mir auf den Knien.

Ich wich zurück, weil ich sofort anhand seiner konzentrierten Miene erkannte, in was für einem Modus er sich befand, und ließ mich schwer auf meinen Hintern in den Sand sinken. Eine kurze Bestandsaufnahme, dann trugen die Männer Vincent ins Haus und Luca folgte auf dem Fuß, aber nicht ohne dem Glatzkopf zuzunicken. Dieser blieb stoisch neben mir stehen und starrte aufs Meer, während ich dabei zusah, wie Luca in leichtes Joggen verfiel, um noch vor den anderen im Haus zu sein.

Ich blieb praktisch allein am Strand zurück und fühlte, wie das Adrenalin langsam wieder meine Blutbahn verließ. Sofort begann ich wie verrückt zu frösteln und schlang meine Arme um meine angezogenen Knie. Mein gesamter Körper bebte, doch ich konnte und wollte mich nicht bewegen, denn ich würde gleich weinen und dabei brauchte ich keine Zeugen … na gut, keine Zeugen außer dem stummen Riesen, der hinter mir aufragte.

COSA AI FATTO – was hast du getan?

187

21. Kapitel 6

Die meisten Partygäste hatten sich bereits verabschiedet, als ich die ausladende Eingangshalle betrat. Obwohl ich mich schon seit Monaten hier aufhielt, war es das erste Mal, dass ich alles betrachten konnte und doch hatte ich keinen Blick dafür übrig. Ich folgte den Geräuschen und fand mich in dem riesigen Wohnbereich wieder. Auf dem Küchentresen unter einer Lichterarmada lag Vincent, wieder bei Bewusstsein, aber mit schnell zuschwellendem Gesicht, vor sich hinlallend, während der Schnauzer OP-Schwester spielte und Luca etwas an seinem Fuß machte, das danach aussah, als würde er die Blutung stillen.

»Gibt's hier kein Krankenhaus?« Meine Stimme klang komisch hohl, aber nicht fehl am Platz. Keinen störte es, dass die Geisel sich frei bewegte, ja, die meisten, besonders Luca, achteten nicht einmal auf mich.

»Brauchen wir nicht!«, informierte mich der Schnauzer absolut überfordert, von dem Arsenal an Dingen, die er Luca reichen sollte. Ich stellte mich unauffällig hinter die beiden, damit ich sehen konnte, wie es um Vincent stand, und half dem kleinen, runden Mann etwas. Mit Entsetzen stellte ich fest, dass die Kugel stecken geblieben war und Luca sie entfernen musste.

Ich atmete aus und ließ mich erschöpft gegen die Anrichte in meinem Rücken sinken.

Vincent kam unliebsam zu Bewusstsein, durch die Desinfektionsmittel und das Hantieren an dem Einschussloch, nachdem er es kurzzeitig wieder verloren hatte und ich bot ihm müde lächelnd meine Hand an. Gerade so konnte ich mich von einem Kommentar darüber abhalten, was für ein Idiot er doch war, und wie er damit mein Herz im Sturm erobert hatte.

Natürlich nicht im romantischen Sinne. So meinte ich es auch nicht, als ich Vincent durch die seidigen dunkelbraunen Haare strich.

Luca sah nichts und hörte nichts, was mit mir zu tun hatte – zumindest machte es den Anschein. Er verband den Zeh und kümmerte sich dann um Vincents Gesicht. Doch ich bemerkte, wie sein Blick immer wieder durch meine streichenden Finger abgelenkt wurde. Ich ließ es deswegen nicht sein, denn Vincent tat es gut. Und er konnte mir kaum verbieten, dem Kleinen beizustehen.

Die anderen beobachteten das einige Zeit von den Hockern vor dem Tresen aus, mit ausdruckslosen Mienen und besoffen sich systematisch. Der Riese, der Schnauzer und die zwei Cousins. Sogar ich wurde immer wieder in die Flaschenrunde mit einbezogen, was mich überraschte, aber ich lehnte dankend ab. Mein Kopf war mir klar lieber. Irgendwann wurde die Realityshow wohl zu langweilig, denn sie verabschiedeten sich nach und nach und verließen das eingeräucherte ziemlich zugemüllte Wohnzimmer über die Treppe nach oben.

Weil ich es nicht mehr ertragen konnte, öffnete ich den erstbesten Schrank unter der Spüle und wurde gleich fündig. Riesige schwarze Müllbeutel, Extra-Reißfest. Ich verkniff mir jeden Kommentar. Nun bekam ich einen schiefen Blick zugeworfen, als ich mir einen davon abriss … Ich ging ins Wohnzimmer, weil ich Luca nicht im Weg sein wollte, und fing an die weißen Pappbecher und Teller einzusammeln. Ablenkung war alles!

Wir arbeiteten einträchtig an unserer jeweiligen Aufgabe und je länger es sich hinzog, umso länger hoffte ich, würde es dauern.

Denn an der Wange zuckte der Muskel – jedes Mal wenn sein Blick mich streifte. Was jedes Mal ein heftiges Frösteln meinerseits nach sich zog. Wenn ich um eines Bescheid wusste, dann um sein verborgenes, aber wenn es um mich ging, sehr stark vorhandenes Temperament.

Wie er mit der Info umgehen würde, dass ich vom Balkon gesprungen war, um ihn zu verlassen, wollte ich mir gar nicht ausmalen. Es war ein mieser Gedanke, aber ich hoffte, er würde noch ein paar Stunden brauchen, um Vincent zu flicken. Miese Gedanken kommen immer auf einen zurück – irgendwie, irgendwo, irgendwann ... Bei mir geschah das nach genau zwei Minuten.

Denn dann war er fertig und sah mich an. So richtig, dabei klebte Blut an seiner Wange und an seinem Hemd und seine Augen wirkten trotz der hellen Lampe düster und mörderisch. »Warte hier!« Zwei einfache Worte und ich wollte schon wieder laufen.

Ich tat es nicht, nein, so dumm war ich nun wirklich nicht, ihn jetzt noch weiter zu reizen. Er schleppte Vincent nach oben, der mir noch stöhnend Gute Nacht wünschte. Er war total stoned von irgendwas, was die hier anscheinend massenweise vorrätig hatten.

Was sollte ich jetzt tun? Mich mit der Umgebung befassen, mich verstecken?

Ich setzte mich auf die Couch, überschlug die Beine und sah meiner Fußspitze beim Wippen zu. Brachte nichts, weshalb ich wieder aufsprang und zum Kamin marschierte. Da waren Fotos drauf, ich erkannte kein einziges Gesicht, weil sich mein Gehirn auf andere Sachen konzentrierte.

Zum Beispiel Schritte, oben an der Treppe ... und die kamen runter ... immer näher.

Was sollte ich tun? Angreifen? Erstarren? Oder doch aufräumen?

Ich tat nichts von alldem. Stattdessen stand ich die Arme um mich selbst geschlungen vor dem Kamin, als er in mein Blickfeld trat.

Der Mann, von dem Vincent behauptet hatte, er würde mich lieben.

***

Völlig emotionslos betrat er das Wohnzimmer und schlenderte zu der Bar neben dem Kamin. Goss sich Whiskey ein und trank einen Schluck. Er schloss die Augen und ließ den Kopf in den Nacken fallen, kreiste damit, wie um Verspannungen zu lösen.

»Er schläft.«

Mit diesen Worten ließ er sich auf seinem Sessel nieder, einen Fußknöchel auf sein Knie gelehnt, einen Arm über die Lehne ausgebreitet – scheinbar weltmännisch, doch ich bemerkte, wie seine Knöchel weiß an der Hand hervortraten, welche die goldene Flüssigkeit bedächtig im Glas hin und her schwenkte.

Unverhofft schoss sein dunkler Blick nach oben und nahm mich gefangen.

»Du wolltest mich verlassen.« *Lass dich nicht von ihm einschüchtern. Wenn er vor hat dir etwas anzutun, tut er das so oder so. Lass dich nicht auf seine Psychospielchen ein!*

»Natürlich wollte ich das!«

»Wie?« Seine Stimme war still und ruhig, völlig emotionslos, doch ich sah in seinen Augen, wie es innerlich in ihm aussah.

»Ich bin vom Balkon gesprungen!«

»Was?« Entsetzt riss er flüchtig die Augen auf, beugte sich etwas vor und lehnte sich dann wieder zurück. »Aus welchem Zimmer?«

»Der Bibliothek!«

»Die Bibliothek ist ab jetzt tabu.«

»Willst du mir Stubenarrest geben oder was? Sperr mich doch gleich in einen Käfig!«

»Das ist eine vorzügliche Idee … also … Du bist vom Balkon gesprungen, im Wasser gelandet, hast dort ne Runde geplanscht und dann?«

»Dann bin ich an den Strand geschwommen und habe Vincent getroffen. Kannst du es nicht einfach hinter dich bringen, was auch immer du vorhast?«

Seine Ruhe nagte an meinem schwachen Nervenkostüm, weil ich wusste, dass nach dieser erst der wahre Sturm kommen würde. Ich wollte ihn endlich hinter mir haben, denn für heute hatte ich genug erlebt und konnte Luca im Moment nichts entgegenhalten. Er war mental viel stärker als ich, das musste er als Oberhaupt dieser Familie wohl auch sein.

»Vincent hat natürlich versucht dich aufzuhalten und dann ...« Er tat so, als hätte es meinen kleinen Ausbruch gar nicht gegeben.

»Dann haben wir uns darüber ausgelassen, was für ein selbstherrlicher, kaputter Arsch du doch bist, mich oben im Zimmer einzuschließen und dann direkt vor meinem Balkon eine andere abzuschlabbern!« Dies spie ich ihm voller Elan entgegen. »Und mich festzuhalten ... nicht über Tage, nicht über Wochen, nein, über Monate! Und mir mit Mord zu drohen? Und mir Drogen zu geben! Wieso bin ich die Einzige, die sich hier rechtfertigen muss? Reden wir doch mal über dich!«

Mit einem Mal knallte er das Glas auf den Boden, sodass es in tausend Einzelteile zersprang, übrigens genauso wie mein Herz vor Schreck. »NEIN! Wir reden über dich! Über dich und darüber, dass du abgehauen bist! Dass du dich meinen Befehlen widersetzt hast, obwohl ich verdammt noch mal ...« Und damit stand er auf und ragte wortwörtlich über mir auf. Es zuckte nicht nur ein Muskel, es pochte nun auch eine Ader an der Stirn. »das alles nur tue ... um ... sie von dir fernzuhalten!«

»OHNE DICH WÄRE ICH GAR NICHT HIER!«, schrie ich in sein verdammtes Gesicht.

»ICH OHNE DICH AUCH NICHT!«, brüllte er zurück. Wir standen mittlerweile fast Nase an Nase, sodass wir das Beben des anderen fühlen konnten. Beide die Hände zu Fäusten geballt, beide am Rand unserer Beherrschung.

»Geht das auch ein bisschen leiser?« Der Schnauzer stand offensichtlich betrunken, mit seinem runden haarigen Bauch, in einer blauen Satin-Short und zum Pferdeschwanz gebundenen Haaren verschlafen am Fuße der Treppe.

»NEIN!«, brüllten wir unisono. Er rollte die Augen und stapfte leise vor sich hinmurmelnd wieder nach oben.

»Lass mich einfach gehen, Luca. Ich verspreche dir, dass ich das Gesehene für mich behalten werde, denn egal was du tust, egal wer du bist, ich … ich … werde dich nicht verraten.« Mit hängenden Schultern wandte ich mich ab.

»Du kannst nicht mehr gehen. Einmal hier gibt es kein zurück, außer man ist tot.« Am Oberarm wurde ich herumgewirbelt und an ihn gezogen. Hart prallte ich gegen seinen Körper. »Ist dir der Tod lieber als meine Nähe?«

»Ich *bin* nicht in deiner Nähe, Luca. Du warst nie weiter entfernt.«

Lange antwortete er mir darauf nicht. Wir starrten uns wieder nur an, aneinandergepresst, durch seine langen Finger, die mich am Oberarm gefangen hielten.

»Dann geh! Verlass mich!« Er umfing mich fester, ich rührte mich nicht von der Stelle. Seine Augen funkelten wild, drohend. »VAI, sparisci dalla mia Vita*!«, forderte er noch einmal mit zusammengepressten Zähnen und viel leiser als alles zuvor gesagte.

Ich weiß nicht genau, wer von uns die erste Bewegung machte, aber unsere Lippen krachten förmlich aufeinander.

Es war ein erleichternder Schlag. All die angestaute Spannung, all die Unsicherheit, all die Angst verpuffte, sobald ich seinen Mund berührte. Es gab keine bessere Zuflucht vor der harten Realität.

»Bella ...«, stöhnte er tief, umfing mein Gesicht, schob mich nach hinten, bis ich über etwas stolperte und er mich auffangen musste, damit ich nicht auf dem Hintern landete. Stattdessen wirbelte er mich herum und in Richtung der Sessellehne. Während wir vor uns hin stolperten, nestelte ich bereits an seinem Hemd, er berührte meine Brüste, meinen Hals, meine Schultern, meine Hüften … und packte schließlich mit beiden Händen meine hinteren Backen, drückte mich an sich. Rieb sich dabei an mir und küsste mir alle Zweifel aus dem Kopf.

Meine Arme waren so fest um seinen Hals geschlungen, dass er mich kaum von sich abbekam, doch schließlich schaffte er es. Nur um sich im nächsten Moment zu bücken und mich über seine Schulter zu schmeißen – schon wieder.

»Luca!«

»Nicht hier! Nicht so ... und so weiter!«, rief er mir zu und sprintete die Stufen nach oben. Immer zwei auf einmal nehmend wohlgemerkt. Ich lachte und keuchte in einem, dann biss ich mir fast auf die Zunge, weil ich so durchgeschüttelt wurde.

Wir stürmten den Flur, doch als wir an Schnauzbarts Tür vorbeiliefen, wurde die aufgezogen. Luca spannte sich schon an, in Anbetracht des folgenden italienischen Donnerwetters. Doch dazu kam es nicht, denn eine ängstliche männliche Stimme hallte durch den Flur.

»Der Junge! Irgendwas stimmt nicht mit ihm!«

* *VAI, sparisci dalla mia Vita! – Geh! Verschwinde aus meinem Leben!*

22. Kapitel 7

»Es hat seine Niere erwischt. Wir konnten ihn stabilisieren, aber die Niere ist irreparabel verletzt, sodass wir gezwungen sein werden, sie zu entfernen, und das bald. Das Problem ist, dass er nur noch eine hat. Er ist jetzt mit höchster Dringlichkeitsstufe auf der Empfängerliste, denn wie wir alle wissen, ist keiner von uns als Spender geeignet.

Cassandra ist bereits informiert und auf dem Weg hier her. Sie wird Morgen eintreffen. Fazit ist auf jeden Fall: Finden wir keinen Spender, wird Vincent sterben.«

Wir alle standen genauso bleich wie die Wände in dem langen Krankenhausflur waren im Halbkreis, und konnten nicht glauben, was Luca da emotionslos hinunterrasselte. Ich war wie unter diesen Drogen, alles war weit weg und schien mich nicht berühren zu können, aber das musste so sein. Es war ein Selbstschutz, um reagieren zu können. Die letzten Stunden waren als ein irrer Haufen an mir vorbeigezogen. Die Fahrt zum Steg, das Motorboot, die Fahrt ins Krankenhaus, mit Vincents Kopf auf meinem Schoß. Er hatte bei jedem Schlagloch vor Schmerzen geschrien und sich die Seite gehalten – die Seite, in die Luca geboxt hatte.

Außerdem hatte ich erfahren, dass der Riese doch eine Stimme besaß. Er benutzte sie nur nie, die Fahrt über schon … er sprach die ganze Zeit ruhig auf Luca ein, während er auch noch den Wangen in rasender Geschwindigkeit lenkte. Der Schnauzer und die zwei Cousins waren im Auto hinter uns … Und in der Konstellation stürmten wir auch das Krankenhaus. Luca war mit Vincent sofort auf die richtige Station verschwunden und dann hatte man die beiden eine sehr, sehr lange Zeit nicht gesehen.

Keiner hatte mich, während wir auf den ungemütlichen Plastikstühlen saßen, gefragt, wieso ich überhaupt dabei war, oder gar daran gedacht mir auf die Toilette zu folgen. Sie wussten, ich würde nicht fliehen und das war im Moment einerseits das Letzte, was ich wollte, aber auch das Erste. Denn es war meine Schuld ... Wenn Vincent sterben würde, wäre ich schuld.

Verzweifelt ließ ich nach Lucas Diagnose meinen Kopf in meine Hände fallen und starrte den grünen, ausgebleichten Boden an. Luca stürmte davon ... und kam nicht zurück.

Irgendwann wurden wir zu Vincent ins Zimmer gelassen. Ich postierte mich leise in einer Ecke und entschied nicht zu weichen, bis es entschieden war – was auch immer.

Die anderen machten es sich in anderen Ecken mehr oder weniger gemütlich und wechselten sich damit ab, Vincent, der unter Schmerzmitteln stand, zu bespaßen.

Ich grinste gerade träge in einem Pullover des Riesen eingemummelt, weil der Schnauzbart Vincent irgendeine italienische Anekdote erzählte ... da schob sich eine runzlige Hand in mein Blickfeld. Sie hielt einen Becher dampfenden Tees. Gähnend und die Hand vorhaltend, blickte ich hoch und geradewegs in das Gesicht der Großmutter. Erst jetzt bemerkte ich, dass sie die anderen auch mit Tee versorgt hatte. Alle sahen uns an. Ich dankte ihr leise und ehrlich erfreut über die warme Wohltat. Sie lächelte und es erreichte ihre trüben grau/grünen Augen. Dann legte sie die Hand auf meine Schulter und drückte sie, bevor sie sich zu Vincent ans Bett begab und anfing alle möglichen tomatigen Leibspeisen aufzutischen.

Vincent freute sich, auch dank der Schmerzmittel, wie ein kleiner Junge ... und nutzte gleich die Gelegenheit, um mich hinterhältig zu zwingen, näherzukommen und die Tomatensoße seiner Oma zu probieren. Dies forderte er mit Hexenstimme und dazugehörigem lockendem Gichtfinger. Natürlich tat ich ihm den Gefallen und ließ mich von ihm füttern, was er sehr gewissenhaft machte. Es war mir peinlich, weil jeder bemerken musste, wie vertraut Vincent und ich uns in den letzten Monaten geworden waren. Wie auch immer. Ich musste zugeben, ich würde es noch einmal essen, wenn ich unbedingt musste.

Es wurden zwei Pritschen von weiß der Geier woher gebracht und der Riese (Nino) und der Schnauzer (Bruno) breiteten sich darauf aus. Eine Stimmung wie im Ferienlager kam in dem, für die Menge an Personen, viel zu winzigem Zimmer auf. So stellte ich mir das zumindest vor, dieses Zusammengehörigkeitsgefühl, diese Geborgenheit.

Als ich mitten in der Nacht bei Vincent im Bett lag, meinen Kopf an seiner Schulter ruhend und ihm das leise flüsternd mitteilte, während die anderen alle schnarchten, meinte er nur, er würde es nicht anders kennen, so sei seine Familie.

Die zwei Cousins, die ich ab diesem Abend auch beim Namen nennen durfte (Mario und Luigi – ohne Witz), und die Oma waren schon lange weg, und ich fragte mich drängender, wo Luca war. Selbst am nächsten Morgen tauchte er nicht auf … Ich fing mir an Sorgen zu machen, doch ich traute mich nicht zu fragen, oder gar zu viel zu sprechen.

Gegen Mittag stürmte dann Cassandra lebendig und wunderschön wie eh und je in einem schwarzen engen Kleid und auf Heels das Zimmer. Das hieß, Luca hatte sie tatsächlich nicht umgebracht.

Sie fiel Vincent um den Hals und blickte ihn mit so viel Zärtlichkeit an, dass ich nur vom Zusehen rot wurde. Er murmelte etwas, was sich stark nach machohaften Beruhigungssprüchen anhörte. Sie verdrehte die Augen, beugte sich aber vor und küsste ihn sanft, was er heißblütig erwiderte. Alle anderen waren ganz plötzlich mit etwas sehr Dringendem beschäftigt. Bruno spielte an seinem Handy rum und Nino starrte stoisch aus dem Fenster. Ich wollte im Boden versinken, als die beiden sich etwas zu sehr gehen ließen. Zum Glück stöhnte Vincent kurz darauf schmerzverzerrt und sie kletterte wieder von ihm runter.

Um sich im nächsten Atemzug schon wieder auf mich zu stürzen. Auf Italienisch schreiend. Komischerweise war Nino plötzlich an meiner Seite und hielt sie von mir ab.

Auch Vincent richtete sich auf und zog sie zurück, während sie mich übel beschimpfte – so viel verstand ich mittlerweile. Schließlich brach sie förmlich zusammen und umklammerte Vinc, vergrub ihr Gesicht an seinem Hals und weinte laut und herzzerreißend.

Ich konnte sie verstehen. Das zweite Mal wurde er wegen mir verletzt. Ich weiß nicht, was ich getan hätte, wenn jemand Luca dasselbe angetan hätte. »Es tut mir so leid …«, murmelte ich mit Tränen in den Augen, obwohl es keiner hörte. Ich fühlte mich wie der letzte Dreck.

Es würde mehr Schaden anrichten als alles andere, wenn ich jetzt noch blieb, und so entschied ich mich, den beiden ihre Privatsphäre zu lassen und mich zurückzuziehen. Fest umarmte ich Vincent, der mich mindestens genauso fest zurückdrückte. Es war noch etwas von seinem speziellen Geruch nach … ja, nach Tomaten und Meer da. Er war noch nicht ganz von dem typischen Krankenhausgestank vernichtet worden.

Nino bot mir an mich zu fahren – per Zeichensprache. Ich musste ein winziges bisschen Lächeln, denn es passte nicht zu dem großen, düsteren Mann. Wahrscheinlich hatte er beabsichtigt, meine Laune zu heben. Es gelang ihm nur kurzzeitig.

Er fuhr mich zurück ins Haus und zog sich dann zurück, ließ mich völlig allein im Wohnzimmer, ohne Handschellen und ohne sonst etwas. Und ich wusste nicht, was ich mit mir und meiner neuen Freiheit anfangen sollte. Aber das Letzte, was ich mit einem Mal wollte, war durch die Tür zu treten und sie zu verlassen. Ich wollte nur noch zu ihm … und mich in seine Arme werfen.

***

Ich ging die Treppen hoch zu Lucas Zimmer. Zaghaft klopfte ich, auch wenn ich normalerweise durch diese Tür zu meinem Schlafzimmer gelangte. Es ertönte kein Herein. Trotzdem öffnete ich einen Spalt und wurde fast von dem widerlichen Gestank nach alkoholischen Ausdünstungen erschlagen. Wie hatte er das innerhalb von fünf/sechs Stunden geschafft? Es war mufflig und dunkel, alle Vorhänge zugezogen … dennoch wagte ich mich in den Raum.

»Luca?«, murmelte ich und ein Stöhnen zeigte mir den Weg. Diesen bahnte ich mir zittrig und müde und absolut ausgelaugt …

Ein wenig Licht drang durch einen Spalt und bewahrte mich davor, über den Glascouchtisch zu stolpern, über den Sessel und gegen den Paravan zu rennen, dann war die Glückssträhne vorbei. Ich hatte ja nicht wissen können, dass er flach vor dem Bett lag, wer macht so was? Ich konnte mich gerade so auf Hände und Knie abfangen … und keuchte.

»Autsch!«, kommentierte er trocken mitten in die rauschende Stille. Das konnte er laut sagen.

Mit zusammengepressten Lippen drehte ich mich um und ertastete, über welchen Teil von ihm ich genau gestolpert war, was er mit einem »Uhh dolcezza« retournierte.

Da waren seine Schuhe, die Unterschenkel, seine Oberschenkel … da war … er stöhnte auf eine besondere Art – eilig tastete ich weiter … Da war sein harter Bauch und seine Brust und … sein Gesicht … Okay … kantiges Kinn inklusive Grübchen, volle, glatte Lippen, unrasierte, stopplige Wangen, Augen, Nase, Stirn … Bettrahmen … Ahhh! Er war mit dem Rücken ans Bett gelehnt, die Beine von sich gestreckt … alle Gliedmaßen waren dran, der Puls ruhig und stark …

»Was wird das, wenn´s fertig ist, außer mich heißzumachen?«, fragte er leicht lallend und eindeutig amüsiert, als ich in seinen Haaren herumpatschte.

»Ich schaue, wo du bist und ob du lebst.«

»Ich spreche, also leb ich.«

»Hätt ich jetzt gar nicht gedacht …« Ich wollte zurückweichen, doch er umfing meine Handgelenke und zog mich ruckartig quer über seinen Schoß. Dann richtete er mich noch ein bisschen hin. »Ich hab auf dich gewartet«, murmelte er und sein Whiskey-Wein-Atem strömte über mein Gesicht.

Ich ekelte mich nicht. »So verdammt lange ...« Und dann beugte er sich herab und wollte mich küssen. Ich hielt ihm den Mund zu und schob ihn etwas zurück.

»Das ist keine gute Idee, Luca.«

»Doch. Das hätte ich schon viel früher tun sollen! Ich hab mich nur zurückgehalten ... weil ich kein Monster sein wollte!«

»Du redest wirr!« Und wie Edward ... schoss es mir durch den Kopf.

»Nein! Ich rede völlig klar!« Er nahm meine Hand von seinem Mund und es kam aus ihm rausgeschossen wie ein Wasserfall. »Ich *sehe* jetzt völlig klar! Ich habe so lange nach einem verdammten Weg gesucht, wie ich dich beschützen kann. Du bist Freiwild für sie, ich kann dich nicht schützen, weil unsere Gesetze für so jemanden wie dich keinen Schutz vorsehen ... du bist der Staat, du bist der Feind, du bist unser größtes Übel, du bist der Joker, du bist die Separatisten ...«

»Ich hab´s verstanden.«

»Aber ... weißt du wen sie nicht anfassen dürfen? Unter keinen Umständen?«

»Du wirst es mir sicher gleich sagen.«

Er machte eine Kunstpause. Vielleicht suchte er auch nur Frischluft, die in diesem Zimmer schwer zu finden war.

»Meine Frau.« Diese zwei Worte verschlugen mir die Sprache. Ich wusste nicht, was ich dazu sagen sollte. Das war so ... abwegig ... so *irre* ... Auf so einen Gedanken konnte er nur in betrunkenem Zustand kommen.

»Wie viel hast du getrunken?«, meinte ich vorsichtig.

»Drei Flaschen Wein und ... eine halbe Whiskey ... außerdem war da noch ...«

»Okay, das reicht.«

»Noch lange nicht ...«

»Oh doch. Ich denke schon!«

»Wie auch immer ... Sie können dir nichts anhaben, wenn du mit mir verheiratet bist, das heißt natürlich, du müsstest hier herziehen und ... na ja ... aufgenommen werden in die Familie

... aber sie hat endlich die Erlaubnis erteilt. Du hast keine Ahnung, wie lange ich gebraucht habe, um Don dazu zu bringen ...«

»Wer ist überhaupt dieser Don?« Das fragte ich mich jedes Mal, wenn von ihm gesprochen wurde.

»Na, Oma!«

OMA war Don! Oh mein Gott! Deswegen hatten sie auf dem Balkon immer die hitzigsten Diskussionen geführt – meinetwegen! Und deswegen war er danach immer so sauer gewesen. Weil er ihren Segen nicht bekommen hatte. Aber jetzt ... jetzt schon?

»Sie hat mich heute angerufen, als sie nach dem Krankenhaus nach Hause fuhr und ich wie verrückt nach Nieren gesucht habe, doch ich sag´s dir. Wenn du keine Zeit hast, bringt dir alles Geld der Welt und Kontakte nichts ... Wie auch immer, sie sagte wortwörtlich: Sie ist es wert, in unsere Familie aufgenommen zu werden. Ihr Herz sitzt am rechten Fleck und es schlägt für die richtigen Menschen. Sie ist außerdem stark genug, um an deiner Seite zu bestehen. Ihr werdet es schaffen und ich gebe euch nicht nur meinen Segen, sondern die besten Wünsche mit auf euren Weg. Möge er noch so steinig sein. Und das wird er ... ich muss zu den Oberhäuptern aller Familien ... ich muss dich sozusagen als würdig erweisen, und gleichzeitig beweisen, dass mir nichts wichtiger ist als die Famiglia.« Dabei machte er voller Theatralik ihre schwächliche, bebende Stimme nach.

»Tja ... Luca ... es ist ja wirklich schön und gut, dass du die Erlaubnis und kitschige Zukunftswünsche vom Don hast ... aber hast du nicht etwas vergessen?«

»Was denn?« Ich wusste, dass er nun angestrengt die Stirn runzelte.

»Ob die Frau dich überhaupt heiraten will.«

»Oh ...« Eine Stille legte sich über das Zimmer, die Tote hätte wecken können. Sie hatte etwas Eisiges, trotz seines warmen Körpers unter mir. Er lehnte sich vor, umfing mich fester mit den Armen und sprach kleinlaut an meinem Hals.

»Will sie?«

»Nein!«, rief ich natürlich aus. Wie kam er auf den Gedanken, ich würde freiwillig in diese Verbrecherwelt einheiraten?

»Nein?« Das konnte er nun gar nicht nachvollziehen. Luca wollte mich wirklich heiraten!

»Nein Luca ... ich kann dich nicht heiraten ...«

»Aha!« Er zuckte zurück, um mich ausgiebiger zu betrachten – selbst wenn er durch die Dunkelheit nichts erkannte. »Das heißt, du willst, aber du kannst nicht?«

»Das heißt, das ist absolut unmöglich!«

»Wieso?«

Darauf fehlten mir kurz die Worte.

»Du bist ein Verbrecher!«

»Habe ich dir jemals etwas angetan? Ja okay, am Anfang musste ich so tun, als wärst du mir egal. Ich wusste nicht, wie weit Cassandra alles in der Hand hatte und wo überall Wanzen waren ...«

»Nein. Abgesehen davon hast du mir nun wirklich gar nichts getan«, gab ich sarkastisch zurück.

»Wieso sollten wir nicht heiraten, wenn wir uns lieben? Weil wir verschiedene Berufe haben? Weil wir aus verschiedenen Welten stammen? Ich ... ich ... habe mich schon am ersten Morgen in dich verliebt, Bella. Als du an diesem Strand standest mit Möwenkacke im Haar ...« Er strich mir sanft eine Strähne zurück, ich errötete heftig – das hatte ich jetzt hören wollen! Hatte er es also doch mitbekommen, aber was eigentlich nicht?

»Und trotzdem stalkte ich dich und versuchte meinen Auftrag zu erfüllen ... Irgendwie ... mit Händen und Füßen ... obwohl ich wusste, dass ich bereits mein Herz an dich verloren hatte ... Ich fühlte mich tatsächlich, wie dieser Edward ... musste für die Liebe und gegen das kämpfen, was ich bin ...«

»Wieso erzählst du mir das alles?« Was brachte es?

»Weil ich will, dass du mich verstehst.« Er klang nun gar nicht mehr betrunken.

»Und ich wollte dich nicht hierher bringen, alles in mir sträubte sich. Spätestens nach unserem ersten Mal ... Sobald ich in dir war ... du hast keine Ahnung, was ich da gefühlt habe. Es war wie eine Erleuchtung und dann hast du auch noch geweint, weil du dasselbe gefühlt hast wie ich ... Ab dem Moment dachte ich: Fick sie als wär sie irgendeine Schlampe! Sie bedeutet dir nichts und danach hau um Gottes willen ab! Tu ihr das nicht an! Und ich hab es geschafft, dich zu verlassen und irrte die halbe Nacht kopflos umher, nur um mich doch wieder in deinem Zimmer vorzufinden. Ich dachte mir: nur noch ein Blick. Dann lass ich sie gehen ... doch ich konnte mich nicht abwenden, als hättest du mich wortwörtlich an dich gebunden ...

Dann hast du dein Schicksal besiegelt und mich gebeten, dass ich bleiben sollte und ich fragte mich, wie ich dir jemals einen Wunsch abschlagen könnte ...

Und als du gemerkt hast, dass ich eine Waffe bei mir trage, auf dieser verdammten Landstraße, dachte ich, du würdest laufen, so schnell du kannst, aber du bist bei mir geblieben, du hast mir vertraut und mir die schönste Nacht meines Lebens geschenkt ... Ich wollte dich nicht gehen lassen, zögerte es hinaus, und dann ... habe ich etwas gemerkt. Du bist nicht nur wunderschön, klug, rechtschaffen und witzig. Nein, du bist perfekt, weil du mich ausgleichst ... Nur du hast es bis jetzt geschafft, mir mit so wenig Worten, so viel zu vermitteln.

Du wärst meine Rettung in dieser Welt – mein Seelenheil, mein Gewissen ... aber ich konnte dich nicht opfern, nicht einmal für Mama. Also entschied ich, dich nicht nach Sizilien zu bringen und dir die Wahrheit über mich schonend beizubringen ... Tja ... es war, als hätte Cassandra meine Gedanken gerochen. Vielleicht war ich auch verwanzt, bei der Frau weiß man nie ...«

Ab hier klang er alles andere als locker oder amüsiert. »Dann habe ich dich eben mit hierher gebracht, habe eben mein verdammtes Spiel mit dir gespielt, dann habe ich dir eben wehgetan ... und versucht dich von mir fernzuhalten ... Es machte mich wahnsinnig, dich nicht lieben zu dürfen.

Wortwörtlich. Mit jedem Tag ein wenig mehr ...«

Er verstummte und eine lange Zeit war es still ... Ich konnte nicht anders und lehnte meinen Kopf nun geschlagen an seinen Hals, fühlte seinen Schmerz, die Verzweiflung, lauschte seinem Herzschlag und seiner Beichte. Er dachte wohl an all das, was er die vergangenen Monate tun musste und ich fühlte, wie es ihn zerriss. Er machte das nicht zum Spaß, er machte es, weil er musste ... Wie konnte ich es ihm vorwerfen? Blieb ihm denn eine Wahl?

»Und gerade vorhin ... als ich mit Oma telefoniert habe ... hat sie mir noch etwas mitgeteilt ... Ich meine, es ist ja nicht weiter nennenswert, dass meine Mutter am Totenbett gar nicht verlangt hat, ich soll kommen und unseren Vater rächen.« Jetzt klang seine Stimme eindeutig hart und spöttisch.

»Was?«

»Ja ... Ganz im Gegenteil. Sie meinte: Luca soll nie wieder hier her zurückkehren. Das waren ihre letzten Worte.« Ein Gänsehautschauer erfasste mich von Kopf bis Fuß.

»Oh mein Gott!« Ich schlug die Hände vor den Mund, war völlig geschockt und fassungslos. Wie konnte ihn seine Schwester mit dem letzten Wunsch seiner Mutter manipulieren? Er lachte hart. »Und ich Idiot ... habe ihr sofort geglaubt ... Wie auch immer, wie ich hierher komme, ist eigentlich egal. Ich bin jetzt hier und es zählt nur eins: Nachdem ich gemerkt hatte, dass ich rein gar nichts für ... Vincent tun kann ...« Nun verstummte er wieder voller Trostlosigkeit und seine Schultern sackten herab. Ein paar Mal zuckte er und ich wusste, dass er versuchte, nicht zu weinen. Ich drückte ihn an mich und streichelte die feinen Haare in seinem Nacken. Seine Finger umklammerten mich fast schon schmerzhaft. Unverhofft erzählte er weiter, als hätte es die Unterbrechung nicht gegeben.

»Ich saß also hier und überlegte was wir tun werden, wenn er weg ist ... Ich dachte darüber nach, ob ich mit dir abhauen und dich endlich in Sicherheit bringen sollte, aber dann dachte ich an Bruno und Nino und Luigi und Mario, ich dachte selbst an meine

Schwester, die sich für Vinc alles ausreißen würde, sie vergöttert ihn geradezu – was denkst du, wieso sie die Verbannung so hart getroffen hat? Härter als alles andere ...« Wieder eine kurze Pause ... dann, »Ich kam auf jeden Fall zu dem Entschluss, dass ich das nicht kann. Egal was Mama gesagt hat, sie sind meine Familie und ich kann sie in dieser Welt nicht sich selbst überlassen. Keiner von ihnen hat das Zeug zum Oberhaupt, aber ich habe es laut Oma. Deswegen hat sie auch nie etwas von dem wahren letzten Wunsch meiner Mutter erzählt. Sie wusste, unsere Familie würde ohne mich untergehen ... Sie findet, ich bin der Einzige, der das schaffen kann, was mein Vater nicht zu schaffen vermochte. Den Kodex friedlich durchzusetzen. Das ist pure Ironie nicht wahr? Du siehst ja, wie friedlich ich so bin ... das Ergebnis ist mein Neffe im Krankenhaus und sein Tod.«

Ich zuckte bei seinen letzten Worten zusammen, doch ich ließ ihn nicht los. Ich wusste, sie würden nun kommen: die Selbstvorwürfe.

»Er ist mit einer Schrumpfniere zur Welt gekommen, deswegen musste sie entfernt werden und deswegen ist Nephrologie auch mein Spezialgebiet ... Ich habe ihn damals gepflegt, bin ihm nicht von der Seite gewichen ... Ich wusste es und ich habe genau gezielt ...«

»Luca ...«

»Ich habe es absichtlich getan ... Ich war außer mir vor Eifersucht ... Weil du ihn so behandelt hast wie mich am Anfang ... Weil du dich ihm geöffnet hast, weil du dich in ihn verliebt hast ...«

»Das hab ich nicht!«, rief ich sofort aus, doch er sprach einfach weiter.

»Während ich dich immer weiter verlor und nichts dagegen tun konnte ... konnte ich es verstehen ... Wie könntest du den Mann, der ich jetzt bin, lieben, im Vergleich zu ihm? Und trotzdem habe ich dich weiter festgehalten ...« Das tat er auch jetzt, während er seine Wange auf meinen Kopf lehnte und mit selbstvergessener Stimme sprach.

»Ich habe dich nie angelogen, nur Dinge zurückgehalten – zumindest am Anfang und dann ... habe dir so weh getan ... Immer wieder ... Im Wald ... und im Keller ... und dann ... vor dem Balkon ... Als ich sie vor deinen Augen geküsst habe ...«

Ich wollte nicht daran denken und löste mich automatisch etwas von ihm, doch er zog mich zurück, hielt mich fester, sprach direkt in mein Ohr und das voller Verzweiflung, während er meinen Nacken umfing.

»Du hast so jemanden wie Vincent verdient.« Seine Stimme war rau wie ein Reibeisen. Er gab mich frei.

»Du bist wie Vincent ... oder besser gesagt, er ist wie du ... Oder zumindest so, wie du warst, als ich dich kennengelernt habe«, murmelte ich nachdrücklich. Wir erkannten nur unsere Schatten und dunkle Konturen. Trotzdem wusste ich, dass er mich gequält ansah.

»So kann ich jetzt nicht mehr sein ... Also gibt es nur eine Möglichkeit, und wenn ich dich gehen lasse, Bella ... dann werden wir uns nie wieder sehen.« Er strich mir die Haare zurück, seine Stimme war rau und eindringlich. »Ich weiß nicht, wie weit Cassandra gehen wird ... Das hat sie schon immer getan. Immer wollte sie in allem besser sein und mich übertrumpfen. Sie will in Omas Fußstapfen treten, doch das wäre fatal. Unter anderen Umständen würde ich dir bis ans Ende der Welt folgen, aber ich kann die *Famiglia* nicht im Stich lassen ... Ich muss hier bleiben.« Seine Stimme wurde immer leiser, immer kraftloser, als würde ihn der Gedanke, mich ganz zu verlieren, innerlich umbringen und ganz ehrlich ...

Ich legte die Arme um seinen Hals. »Ich verstehe.«

Er verspannte sich. »Du verstehst?«

»Ja.«

»Und jetzt?« Ich lächelte, weil er mir die Wahl ließ. Sanft umfing ich sein Gesicht, strich mit meiner Nase über seine.

»Sei still.« Und dann küsste ich ihn.

23. Das Kapitel der Erkenntnisse 8

»Dir ist kalt« Diese Feststellung seinerseits riss mich aus meinen Gedanken, die so, wie die letzten Stunden, konstant um Vincent schwirrten.

Ich saß immer noch seitlich und zitternd auf Lucas Schoß auf dem Boden, in seinem dunklen Zimmer, dessen Gestank ich schon gar nicht mehr wahrnahm. Das Gesicht an seine Brust gelehnt, beide Arme um ihn geschlungen, sog ich seinen ganz persönlichen Duft tief in meine Lungen, strich mit meiner Nase über seine warme Haut.

»Egal«, murmelte ich und kuschelte mich enger an ihn. Seine streichenden Hände hörten auf zu streicheln und ich brummte unzufrieden. Besonders, als er mich von sich schob. »Wann hast du das letzte Mal gegessen?« Wenn ich nur an Essen dachte, wurde mir gleichzeitig übel und mein Magen zog sich vor Hunger zusammen.

»Vor … vor …«

»Reicht schon!« Er schob mich komplett von sich und schwankte auf die Beine. Ich war völlig hinüber und schwankte eine Runde mit. Er packte mich an den Schultern und dirigierte mich zu seinem Bett, das ich bis jetzt noch nicht mal angeschaut hatte.

»Sitz.« Ich war zu fertig, um zu protestieren. Auch nicht gegen die Pasta mit grünem Pesto, die er brachte. Auch nicht gegen das Wasser und auch nicht, als er die Decke über mich zog und sich meine Lider schlossen. Denn ich hatte während der Nacht im Krankenhaus kein Auge zugemacht.

Eingekuschelt in seinen Duft und im Schutz seiner Arme konnte ich ehrlich zu mir sein.

Ich war schon so lange hier, und eigentlich vermisste ich nichts – außer ihm. Jetzt schien ich noch das i-Tüpfelchen zu bekommen, aber würde ich dann tatsächlich freiwillig bei ihm bleiben und vor allem: Sollte Vincent wirklich der Preis dafür sein?

***

Zwei Stunden später schreckte ich aus einem Traum hoch, denn ich hatte im Schlaf eine Erleuchtung gehabt. »Luca!«, rief ich aus und hechtete auf die Beine.

»Was?«, rief er sofort alarmiert und ich vernahm ein verdächtiges Klacken.

»Zieh den Abzug wieder zurück!«

»Was?«

»Mach das Ding wieder sicher!«

»Hä?«

»Leg die Knarre weg!«

»Okay!« Ich hatte nämlich eine Vision oder so was im Schlaf gehabt. Ich wusste nicht mehr genau, was dort passiert war, aber eine Gewissheit war mir geblieben.

Wie ein blinder Maulwurf stolperte ich mit ausgestreckten Armen durchs stockdunkle Zimmer, um ihn zu finden. Irgendwann erbarmte er sich und murmelte von dem Bett aus, aus welchem ich gerade gestartet war. »Was ist?«

»Meine Niere! Sie passt!« Während ich sprach, steuerte ich wieder zurück. Die Beine hebend und senkend wie ein Storch.

»Was?«

»Ich hatte im Schlaf eine Erleuchtung, oder einen Besuch Gottes ... oder waren es meine Eltern ... oder Marc ... Vielleicht auch Nicole, oder war es ein Rabe ... ich weiß es nicht mehr, aber wer auch immer es war, hat gesagt, dass meine Niere passt!«

»Isabella, Süße ... du ...«

»Nenn mich nicht so!«

»Süße oder Isabella?«

»Beides!«

Mit einem Mal war seine Stimme nah und seine warmen Hände an meinen Oberarmen. »Das ist nur ein Wunsch deines Unterbewusstseins … Du …« Er rieb beruhigend über meine Haut.

»Probieren wir′s! Was kann schon schiefgehen? Werde ich überhaupt aufgeschnitten?«

»Nein man macht eine Kreuzprobe. Dafür benötigt man Vincents Blutserum und Blut, Lymphknoten- oder Milzzellen von dir. Der Test ermittelt, ob sich in Vincents Blutserum Antikörper gegen das gespendete Gewebe befinden. Und die Blutgruppe muss stimmen.«

»Ich versteh nur Bahnhof.«

»Die Bestandteile eures Blutes werden verglichen.«

»Ich hasse Ärztekauderwelsch.«

»Es ist nur eine Blutabnahme …«

»Fahren wir!« Ich nahm seine Hand und wollte ihn hinter mir herziehen. Er sträubte sich leicht, aber eher vor Verwirrung, als aus Widerwillen.

»Bella … Ich weiß du würdest wahrscheinlich alles für ihn tun, aber es ist ziemlich unwahrscheinlich, dass … und selbst wenn … du hättest dann nur noch eine Niere …«

»Reicht doch!«

***

Den ersten Teil der Fahrt über klärte er mich über die Risiken meines Vorhabens auf. Er malte mir in allen möglichen Schreckensszenarien aus, was alles passieren könnte. Den Teil, in dem er mal den Mund hielt, verbrachte ich wiederum damit, ihn zu überzeugen, dass die Blutabnahme ja wohl kein Risiko war, und dass wir es versuchen mussten. Ich war mir sicher, dass meine Niere passte. Vielleicht drehte ich auch durch, weil der erste und einzige Freund, den ich seit Jahren hatte, in Lebensgefahr schwebte. Meinetwegen.

Wir diskutierten hitzig. Doch dabei hielt er meine Hand wie selbstverständlich in seiner. Schließlich verstummte er und ich verbrachte die dann noch übrig gebliebene Zeit damit, meinen Kopf an seine Schulter zu lehnen und für ihn da zu sein. Im Krankenhaus schaltete er dann aber automatisch in den unpersönlichen Modus und ordnete alle nötigen Tests an. Dadurch, dass er ein Gönner des kleinen Krankenhauses war und dieses sogar sein Großvater für die Bevölkerung der Insel erbaut hatte, genoss er zu allem freien Zutritt.

**

Kurz darauf hielten wir es in den Händen. Schwarz auf weiß. Luca konnte es nicht glauben, er wurde ganz bleich, als er die Zeilen immer und immer wieder las.

Sie passte tatsächlich. Es war ein Wunder. So betitelte es Luca zumindest und sah mich mit einem ganz neuen Ausdruck in den Augen, fast wie eine Heilige an. Er musste sich sogar setzen und sprach kein Wort mehr, starrte nur auf den Zettel.

»Luca?« Er reagierte nicht und ich stellte mich vor ihn, berührte zaghaft seine Wange. »Alles in Ordnung?« Als er zu mir hochsah, hatte er Tränen in den hellen Augen. *Tränen!*

Es blieb mir nichts anderes übrig, als mich zu ihm auf den Schoß zu setzen, seinen Kopf zu umfassen und ihn an meine Brust zu ziehen. Sanft streichelte ich sein Haar, während er tausendundein Dankeschöns an meinem Hals murmelte und mich so fest umfing, dass ich Angst hatte, er würde mir die Rippen brechen.

Dieser eine Moment seiner Schwäche war es, in dem mein Herz bis zur Unkenntlichkeit schmolz und sich mit seinem komplett vereinte. Ich wusste, ich konnte ihn nicht verlassen. Nicht verantworten, dass er in Zukunft in solchen Momenten alleine sein würde. Denn egal, was er tat, er tat es, um seine Familie zu schützen. Dieser Mann besaß wirklich Ehre, er war wirklich altmodisch und er liebte mich wirklich. Er passte perfekt zu mir. Egal, was er mir angetan hatte, egal was für eine Hölle es kurzzeitig gewesen war. Nur mit ihm flog ich so hoch, dass ich auch den Himmel berührte.

Er hatte mir einen Heiratsantrag gemacht, weil er mich den Rest seines Lebens beschützen wollte. Und ich wusste, dass er mich mit derselben Intensität begehrte, wie ich ihn. Sogar jetzt in diesem Moment spürte ich den eindeutigen Beweis dafür. Es würde alles andere als eine lieblose, langweilige Ehe werden.

Meine rationelle Seite konnte zu meiner Verblüffung mit nichts dagegenhalten: Was wartete schon auf mich, wenn ich zurückkehrte, außer meinem Job? Keine Leidenschaft, keine Liebe, keine Person. Nur eine leer stehende einsame Wohnung, die bis an mein Lebensende einsam bleiben würde und ein gefülltes Bankkonto. Nur Materielles.

Manchmal kommt man an einen Punkt in seinem Leben, an dem sich alles ändert, an dem einem das Gehabte nicht mehr reicht. An dem man mehr will. Diese Punkte sind wichtig, denn nur sie bringen uns weiter. Oft schleicht sich dieser Punkt ungeplant und unbemerkt ein, doch irgendwann muss man sich immer entscheiden, ob man die neue Herausforderung annimmt oder zu dem zurückkehrt, wie es mal war. Dann bleibt alles gleich – sicher – nur: Wenn man etwas wagt, kann man auch etwas gewinnen.

Auf der einen Seite war Luca, auf der anderen mein bisheriges Leben.

Außerdem war auf Lucas Seite Vincent ... auch ihn konnte und wollte ich nicht mehr verlassen ... Natürlich nicht aus romantischen Gründen.

Dass meine Niere auch noch passte, war der benötigte Wink vom Schicksal.

»Du musst das nicht tun ...«, murmelte Luca irgendwann an meiner Brust, als hätte er wieder mal meine Gedanken mitverfolgt.

»Ich will es.«

»Die Risiken ...«

»Sind nicht wichtiger als Vincents Leben oder deins.«

Darüber musste ich nicht nachdenken, um es zu wissen. Luca widersprach nicht, denn er verstand auch die Doppeldeutigkeit.

***

Den nächsten Strich durch die Rechnung machte jedoch besagter Vincent. Ich hätte es mir denken müssen. Er war kreidebleich, wirklich weiß wie eine Wand, mit Augenringen – völlig ausgemergelt und das bereits nach einem Tag in dem stickigen Krankenhauszimmer! Außerdem wirkte seine sonst so agile, große Statur … geschrumpft. Doch sein Protest war riesengroß.

»Auf keinen Fall wirst du dein Leben für mich riskieren. Ich hab nicht diese ganze Scheiße auf mich genommen, nur damit du dann trotzdem stirbst. Auf keinen Fall! Onkel Luca sag´s ihr!«

Onkel Luca lehnte nur mit verschränkten Armen an der Wand und sah ihn ernst an. »Sie kann für sich selbst entscheiden.« Vincents Mund klappte auf. Dann wandte er sich händeringend wieder an mich. Die Haare standen ihm dabei zu Berge, als wäre er Einstein persönlich.

»Bella! Ich mein es ernst!«

»Ich auch Vinc …« Ich setzte mich auf seine Bettkante und nahm seine große, schlanke Hand in meine. Ich mochte es, seine Hand zu halten … »Wir können und werden es beide schaffen! Du musst doch noch deine Cassandra heiraten.« Besagte Cassandra lehnte in derselben Pose wie ihr Bruder neben ihm und sah mich nicht an, sondern blickte stur aus dem Fenster. So nebeneinander gaben sie wirklich das perfekte Mafiapärchen ab. Luca und sie …

Vincents Ohrenspitzen wurden knallrot, und er warf ihr einen fast schon verschämten Blick zu, doch dann sah er mich wieder an.

»Ich werde die Papiere nicht unterschreiben. Du kannst dich auf den Kopf stellen und mit den Arschbacken Fliegen fangen, ich werde nicht zustimmen.«

Sehr ausdrucksstark und fordernd sah ich über seine

Schulter zu Luca.

Er grinste halb, ohne mich anzusehen – doch wahrscheinlich hatten meine penetranten Schwingungen gereicht, um ihm klarzumachen, was er sagen sollte. Nämlich: »Du wirst zustimmen!«

»Scheiß auf die Scheiße! Dem Befehl werde ich nicht folgen, und wenn ihn mir Gott persönlich erteilt!«, spie Vincent seinem Padre entgegen. Mein Blick wurde noch eine Runde eindringlicher und Luca zuckte entschuldigend mit den Schultern, wofür ich nur ein trockenes Schnauben übrig hatte. »Was? Soll ich ihm damit drohen, ihn zu erschießen?«, murmelte er mir zu und ich verdrehte die Augen, nachdem ich mich wieder Vincent zugewandt hatte – damit Luca es nicht merkte.

Okay. Ich musste härtere Geschütze auffahren. Alles kein Problem, die war ich gewöhnt.

Ich ließ Vincents Hand los, um meine Arme vor der Brust zu verschränken.

»Dann habe ich wohl Pech gehabt, denn ich lasse mich von keinem anderen zum Altar führen, als von dir!« Vincents Mund klappte auf, als hätte sich sein Kiefer gelöst.

Mit diesen Worten ließ ich ihn zurück und marschierte aus der Tür. Mit einem Grinsen … Denn erstens waren alle Münder aufgeklappt und zweitens wusste ich, dass ich gewonnen hatte.

Auf so vielen Ebenen.

24. Kapitel 9

Als seine Hand meinen Oberarm umfing, musste ich noch breiter grinsen, denn ich wusste, was nun folgen würde. Oder meinte es zumindest zu wissen …

»Du kannst nicht einfach verkünden, dass du meine Frau wirst und dann abhauen!« Er schob mich gegen die nächstbeste Wand und folgte auf dem Fuß.

»Ich habe nie gesagt, ich werde *deine* Fr...!« Er küsste mich mit einer fast rasenden Gier und lodernden Augen. Kurz und knapp. Das war eine Ansage, die mich bereits jetzt atemlos zurückließ, dann folgte auch schon die Nächste.

»Wenn du vorhast jemanden außer mir zu heiraten wird dieser jemand nicht lang genug leben, um das zu erleben!«

»Noch nicht mal zwei Minuten verlobt und schon stößt du die ersten Morddrohungen aus!« Es war nicht schwer, das auszusprechen, so wie alles mit ihm leicht war, wenn ich es zuließ.

Wir mussten lachen, dann küssten wir uns noch mal und … und noch mal und noch ein bisschen inniger – vergaßen schließlich, dass wir uns mitten an einem öffentlichen Ort aufhielten.

Erst das Räuspern einer älteren Dame, die jedoch ziemlich gierig auf Lucas Hintern starrte, um den meine Beine geschlungen waren, brachte uns ins Hier und Jetzt zurück.

Luca räusperte sich auch und setzte mich auf den Boden. Ich lächelte schüchtern, während er meinen Kiefer umfing und mit dem Daumen zärtlich über meine Unterlippe strich.

»Sag mir nicht, dass das kein Schicksal ist«, murmelte er heiser. Ich schlang beide Arme um seinen Hals und ging auf die

Zehenspitzen, glitt mit meinen Lippen über seine ...

»Vielleicht ...«

***

Das Erste, was ich nach der Operation erblickte, sobald ich die schweren Lider öffnete, war ein verwischter Luca, ganz nah vor mir.

»Hey ...«, murmelte ich schwach und er nahm meine Hand, drückte seine Lippen an meine Knöchel.

»Hey ...«

Ich lächelte mühsam. »W... wie geht's ... Vinc?« Meine Kehle war staubtrocken.

»Er ist noch nicht wach. Der Eingriff ist gut verlaufen.«

»Gut ...« Ich driftete wieder weg.

***

Als ich das nächste Mal meine Lider öffnete, kam er mir zuvor.

»Willst du mich immer noch heiraten?«

Ich grinste träge ... »Wo soll ich unterschreiben?«

Sein leises Lachen wiegte mich in den nächsten Schlummer ... zusammen mit seinen Lippen auf meiner Stirn. Alles würde gut werden.

***

Beim dritten Aufwachen war er weg. Ich wusste es sofort und schoss in meinem Bett in die Höhe. Natürlich drehte sich alles, mein Magen inklusive und ein heftiger Schmerz durchzuckte meinen Unterbauch. »Luca?«

»Er ist bei Vincent im Zimmer nebenan«, verkündete Nino ruhig, der mit hinter dem Rücken verschränkten Händen neben der Tür stand.

Ich sank keuchend zurück, der Schweiß stand mir auf der Stirn. »Aua ...«

»Du solltest dich nicht bewegen.« Ha! Er sprach! Mit mir!

»Danke für den Tipp!«, grummelte ich und schielte dabei sehnsüchtig die immer wieder verschwimmende Wasserflasche auf dem Tischchen an. Nino trat an meine Seite, schenkte etwas davon in ein Glas mit einem Strohhalm und hielt es mir entgegen. Ich versuchte mich aufzurichten, aber dabei musste ich die Zähne zusammenpressen, um den Schrei zurückzuhalten. Ein riesiger Arm schob sich unter meinen Kopf. Er hob mich etwas an und hielt mir den Strohhalm an die Lippen. Ich war zu durstig, um zu protestieren und schaute beim Trinken in seine emotionslose Miene. Nahm die großen grau-grünen Augen in mich auf. Die penibel rasierten Wangen, das kantige Kinn. »Danke … Wie bist du mit ihm verwandt?«

»Ich bin der Cousin seines Onkels.« Und ich bekam auch noch Informationen!

»Also gehörst du eigentlich zu einer anderen Familie?«

»Wir sind alle die Familie.«

»La Famiglia ...«, machte ich mich grusliger, tiefer Stimme nach und kicherte dann. Oh Mann, was hatten die mir für Opiate gegeben? Er warf mir einen winzigen mahnenden Blick zu, der aber auch jede Menge Nachsicht und einen Tick Belustigung enthielt, und legte mich wieder sanft in den Kissen ab.

»Was hat er gemacht, während wir operiert wurden?« Luca hatte es strikt abgelehnt, mich oder Vincent zu operieren und ich verstand ihn. Ich an seiner Stelle hätte wahrscheinlich die Nerven verloren, wenn ich ihn von innen gesehen hätte. Wenn sein Leben in meinen Händen gelegen wäre.

»Er ist im Flur auf und ab gelaufen. Wollte wohl so etwas wie einen neuen Rekord aufstellen ...« Dies kam so trocken, dass ich den Witz erst gar nicht bemerkte, doch als es dann ankam, lachte ich aus vollem Halse, ungefähr eine Sekunde. Und wurde augenblicklich mit einem stechend heißen Schmerz bestraft! Also verstummte ich abrupt und widerstand dem Drang, die Hand an meine Seite zu pressen.

»Wieso sagst du nicht Bescheid, dass sie wach ist!?«

»Den Zustand kann man ja wohl kaum als wach

bezeichnen.« Luca war, wie immer lautlos, eingetreten und an meiner Seite. »Musst du dich immer so anschleichen?«, motzte ich, verstummte aber spontan, weil er mich anfing zu untersuchen, und seine Finger besonders stark kribbelten.

»Das ist Gewohnheit«, murmelte er.

»Wieso redest du mit ihm nicht mehr Italienisch?«

Er sah mich schief an. »Weil es unhöflich ist, wenn du nichts verstehst.« Dann wurde ich über meinen Zustand ausgefragt, was, wie, wo wehtat und darüber informiert, dass ich erst in frühestens zwei Tagen raus durfte. Egal, wie sehr ich protestierte.

Schließlich handelte ich wenigstens aus, dass Vincent auf mein Zimmer gebracht wurde. Der musste allerdings mindestens zehn Tage bleiben und sah aus wie der lebende Tod persönlich.

Und wir konnten uns nicht mal umarmen, weil wir beide zu große Schmerzen hatten. Aber Luca schob Vincents Bett (extra ruckartig und aggressiv) nach einigen Diskussionen so nah an meines, dass ich wenigstens Vincents Hand halten konnte. An einer Seite Luca (der wirklich alles andere als amüsiert war, aber versuchte, es nicht durchblicken zu lassen) und an der anderen Vincent. Nino in der Ecke, der wie ein Fels über uns wachte und zwei Gorillas vor der Tür. Bruno, der mit uns Karten spielte, Luigi und Mario, die uns zum Lachen brachten (worauf Vincent und ich vor Schmerzen fast umkamen) und Oma, die uns mit Tomatensoße vollstopfte. Was wollte ich mehr? Na gut, da gab es so einiges … Zum Beispiel keine Tomatensoße und stattdessen Zweisamkeit mit Luca. Die nächsten Tage unmöglich … Aber ich merkte an seinen verheißungsvollen Blicken … seinen kribbelnden Berührungen und seinen kaum gezügelten Küssen …

Unser Sex würde phänomenal werden.

25. Kapitel 10

Nach drei Tagen wurde ich aus dem Krankenhaus getragen – unter lautem Protest – was er natürlich ignorierte. Das erste Mal sah ich, wo sich die überdachte Anlegestelle befand, von der aus man die Insel nicht sehen konnte. Da war nichts außer einem schnittigen weißen Boot, das leise schwappend im Wasser hin und her schaukelte.

»Wie heißt die Insel?«, erkundigte ich mich, als ich in eine Decke eingewickelt auf dem Boot neben ihm saß.

»l isola dalla Casa – Insel der Heimat,« meine er sanft lächelnd.

Sie kam erst nach einiger Zeit in Sicht und war nicht einmal so klein, wie ich gedacht hatte. Dicht bewachsen, mit klarem Sandstrand umgeben und einem Hügel mit Kapelle drauf, wenn mich nicht alles täuschte.

»Und die ganze Insel gehört deiner Familie?«

»Japp.« Oh Gott das ploppende ›P‹! Wie kann man etwas, das man normalerweise nicht mag, so vermisst haben? »Und die ganze Insel versorgt sich selbst«, gab er mit einigem Stolz zu.

»Echt?«

»Japp. Wir haben eine Post. Zwei Supermärkte. Drei Cafés. Drei Restaurants. Zwei Kindergärten. Eine Schule. Eine Bank. Ein Schreibwarengeschäft, eine Wäscherei, zwei Boutiquen, wir haben sogar eine Mühle und eine Kläranlage, eine Quelle, zwei Bars und das Gegenteil – zwei Kirchen, ach und einen Nachtclub. Ein kleines Stromwerk … etliche Fischer … und sechzehn Bauernhöfe, verschiedener Art. Geheizt wird per Solar und Pellets. Außerdem findet man uns weder per Google Maps noch per Satellit …« Luca rutschte unruhig auf der Bank herum. »Und das Letzte solltest du wieder vergessen.«

»Wieso?«

Er sah mich düster an. »Je weniger du weißt, umso weniger können sie dir entlocken, falls du in die falschen Hände gerätst.« Seine Stimme war todernst und genauso meinte er es. Er musste wohl meinen Gänsehautschauer gefühlt haben. »Das wird aber nicht passieren, ich werde dich mit meinem Leben schützen«, raunte er und strich mit der Nase durch mein Haar.

»Das ist es, wovor ich Angst habe ...«, murmelte ich zurück und ließ meinen Blick über das heute ziemlich raue Meer schweifen. Gleichzeitig drückte ich mich enger in seine starken Arme.

Ich entschied in diesem Moment, mich niemals danach zu erkundigen, was genau Luca dafür tun würde, um mich zu schützen. Denn ändern könnte ich es sowieso nicht.

***

Sobald wir in einer waschechten Limousine auf der Insel heimwärts fuhren und dunkle Scheiben uns vor jeglichen Blicken trennten, verlor Luca seine Geduld. Mit einem Schlag änderte sich wieder sein gesamtes Auftreten.

»Hör mir zu, ich habe mich zu lange zurückgehalten, und entweder es geschieht jetzt oder ich platze. Du wirst dich nicht bewegen ... und ich werde vorsichtig sein, aber ich muss es tun. Du hast keine Ahnung, wie oft ich mir das ausgemalt habe.«

Bereits während des Redens hatte er sich vor mich auf den Boden gekniet und meine Beine gespreizt. Ach ... deswegen das Kleid, welches er mir für die Heimfahrt mitgebracht hatte.

Ich protestierte in keinster Weise, sofort von einer ungemeinen Spannung erfüllt, denn mir ging es nicht anders als ihm. Drei Monate! Drei Monate hatte ich von ihm geträumt ... er war so nah gewesen und doch so weit weg. Drei Monate hatte ich ihn vermisst und mich schmerzlich nach ihm gesehnt, auch wenn ich das niemals zugegeben hätte ... ich konnte sein Drängen verstehen!

»Oh Gott, Bella ...«, murmelte er, sobald er mein Höschen zur Seite geschoben hatte. Dann beugte er sich vor und stürzte sich mit seinem perfekten Mund förmlich auf mich – wenn auch ziemlich sanft für seine Verhältnisse, das musste ich ihm zugutehalten. Ich bewegte mich natürlich trotz allem und stöhnte vor Schmerzen und gleichzeitiger Erregung. Die Hand in sein dichtes Haar gekrallt, die andere in den Sitz unter mir.

Ich kam innerhalb von ein paar Zungenstreichen, so ausgehungert war mein Körper nach seinen berauschenden Aufmerksamkeiten und er tat es mir gleich.

Alles was er fand, war ein Weinglas, um die Spuren seiner Lust nicht in seiner Hose zu hinterlassen.

***

»Willst du eine Hochzeit am Strand?« Luca spielte mit meinen Fingern, strich mit seinen langen immer wieder über meine kurzen Wurstfinger.

»Wenn´s sein muss ...«

»Willst du auf einem weißen Pferd angeritten kommen?«

»Willst du mich umbringen?«

»Willst du barfuß heiraten?«

»Nein!«

»Einen Haarkranz aus Blumen?«

»Bin ich ein Hippie?«

»Hast du heute schon viele Schmerzmittel genommen?«

»Nur die leichten ...«

»Ich will wissen, wie du dir deine Hochzeit vorstellst. Sag mir, was du willst. Egal welchen Wunsch, ich erfülle ihn dir ... Tauben ... weiße Rosenblätter ... malerischer Sonnenuntergang ... all das Zeug ...«

»Hauptsache, du bist da.« Ich lächelte.

»Das kann ich arrangieren.«

Kichernd legte ich meinen Kopf auf Lucas Schoß, wir waren gerade in seinem Zimmer angekommen und hatten es uns auf der Couch gemütlich gemacht. Er streichelte meine Haare und spannte sich dann an, als ich meine Wange an IHN schmiegte. »Du versautes Ding ...«, schnurrte er tief und rieb sich träge an meiner Wange.

»Und du so schamlos wie immer ...«

»Wer ist hier schamlos, ich möchte mit dir über unsere Traumhochzeit sprechen und du versuchst, mich zu verführen!«

»Was ist denn bitte an meiner Wange verführerisch?«

»Alles an dir ist verführerisch.«

»Das halte ich für ein Gerücht.«

»Weil du keine Ahnung hast. Du bist so unschuldig wie eine Heilige ...«

»Hm?«

»Du hast deine Weiblichkeit noch nicht ganz entdeckt. Aber wir werden sie Stück für Stück weiter aus dir rauskitzeln, nicht wahr?« Ja, er sorgte dafür, dass ich mich begehrenswert und sexy fühlte. Erst er hatte mir gezeigt, was für eine starke Emotion Leidenschaft sein konnte, wenn man sich liebte. Meine Wangen wurden rot, weil er, während er ruhig mit mir sprach, nebenbei die Hose öffnete und hineinfasste ...

Sanft rieb er seinen harten Penis an meinen Lippen. »Glaubst du, das geht so?«

Ich nickte und küsste genussvoll seine Spitze, während ich zu ihm hochblinzelte. Wenn ich so liegen blieb, würde ich keine Schmerzen haben. »Zeig mir, was ich dir beigebracht habe, Isabella.« Er strich mir ein paar Haare aus dem Gesicht.

Mit einem leisen Seufzen nahm ich ihn tief in meinem Mund auf, wie bei unserem ersten Mal, als ich das bei ihm gemacht hatte.

»O mio dio, Bella!«

Er murmelte heiser und ließ seinen Kopf nach hinten fallen, krallte eine Hand in die Lehne. Mit der anderen dirigierte er ihn in meinem Mund. Mit rauer Stimme wies er mich weiter in mein weibliches Können ein, wie er es nannte ... Er musste die letzten Monate wirklich gelitten haben, so aufgeladen, wie er war. Er kam bereits nach ein paar Minuten, doch er ließ mir die Wahl.

Ich nahm alles in mich auf.

Somit war das leidige Thema Hochzeitsplanung wenigstens vorerst abgewendet.

**

Das Meer rauschte, die Sonne schien, die Möwen kreischten. Endlich war ich zu Hause angekommen, denn ja, das war es mittlerweile. Ich war glücklich und wusste nun endlich, was es überhaupt hieß, glücklich zu sein. Er hatte es mir gezeigt …

Doch eigentlich wollte ich aus der Vermählung kein riesiges Trara machen. Wenn es nach mir ginge, hätten wir nur standesamtlich geheiratet, aber das geziemte sich natürlich nicht für ein Familienoberhaupt. Ich befürchtete, dass Luca eher vorschwebte, das Event des Jahrhunderts daraus zu machen … ihm und Bruno. Letzterer war schon ganz Feuer und Flamme im Krankenhaus gewesen und schlimmer als jede Frau.

Zwei Tage war mir Luca im Krankenhaus nicht von der Seite gewichen, doch jetzt, wo ich wieder zu Hause, ergo in Sicherheit war, musste er sich anderen Dingen widmen – nachdem wir das mit der oralen Befriedigung noch einmal ausgiebig geübt hatten, klingelte sein Handy. Luca schien jedoch im Großen und Ganzen viel ruhiger als in den letzten Tagen – wenn nicht sogar total ausgeglichen. Beschwingt trug er mich ins Wohnzimmer und verabschiedete sich mit einem langen und sehr gründlichen Kuss von mir.

Den restlichen Tag kümmerte Bruno sich aufopfernd um mich. Er las mir jeden Wunsch von den Augen ab. Nino war ja nicht da, der war bei Vincent geblieben. Mittlerweile war mir jeder von ihnen, sogar Lui, ans Herz gewachsen. Ihr Zusammenhalt war rührend, jeder stand für den anderen ein und hätte sein letztes Hemd gegeben. Das war Familie und ich gehörte dazu. Wo es mich am Anfang bei diesem Wort geschüttelt hatte und ich nichts damit anfangen konnte, breitete sich nun ein warmes Gefühl aus.

Familie bedeutete eine Menge: Und man musste dazu nicht einmal blutsverwandt sein. Es bedeutete den anderen so zu akzeptieren, wie er war. Mit allen Fehlern und Schwächen. Es bedeutete sich alles offen und ehrlich sagen zu können, ohne Angst haben zu müssen, den anderen damit zu verprellen. Es bedeutete, loyal zu sein! Es bedeutete in schweren Zeiten zusammenhalten – mehr noch als alles andere. Es bedeutete Respekt zu haben, vergeben zu können und sich aufzuopfern … Es bedeutete aus vollstem Herzen und mit ganzer Seele zu lieben. Familie bedeutete *alles*.

Die Verbundenheit, die ich für diesen Ort und vor allem die Menschen empfand, war so intensiv, dass sie mich hätte ängstigen sollen, das tat sie aber nicht. Als einzige Frau würde ich hier nun also wohnen, neben der Schwester, die immer noch nicht mit mir sprach oder mich gar registrierte. Dies war das einzige Manko, wobei mir das lieber war, als wenn sie wieder versucht hätte, mich umzubringen oder mich beschimpft hätte. Außerdem war sie sowieso kaum da, weil sie ihre Zeit mit Vincent verbrachte.

Sein Körper hatte das Organ gut angenommen, aber er würde trotzdem noch mindestens sieben Tage im Krankenhaus bleiben. Dann wären wir alle vereint und ich bereit für einen neuen Lebensabschnitt.

26. Kapitel 11

Als Luca am Abend wiederkam, saß ich gerade mit Bruno und Mario am Tisch und zockte Canasta, manchmal spielten wir auch Mühle oder Dame. Aber Schach spielte ich nur mit Vinc. Ich mochte es, sie hatten jedes Spiel drauf und jeder seine eigene Vorgehensweise, die den Charakter widerspiegelte. Bruno lenkte gerne durch endloses Gerede ab, versuchte einen auf diese Art nervös zu machen. Lui ging immer in die Vollen, auf volles Risiko sozusagen und übernahm sich dabei oft. Nino musste ich nicht gesondert erwähnen.

Schon im Krankenhaus hatten wir uns damit etliche Stunden um die Ohren geschlagen. Aber der ehrlichste Spieler fehlte – Vincent. Und Luca, weil der nie mitmachte, der alte Miesepeter.

Normalerweise wirkte er im unteren Bereich, wenn er mit seiner Famiglia zusammen war, immer gelassen, doch nun knallte die Tür mit voller Wucht hinter ihm zu, als er mitten in der Nacht zurückkehrte.

Wir alle zuckten zusammen und hoben die Blicke, um uns fragend anzusehen. Italienisches Gefluche näherte sich in rapider Geschwindigkeit und Luca stürmte kurz darauf das Wohnzimmer. Den Kopf hochrot, die Fäuste geballt, die Adern an seinem Hals kurz vor dem Platzen. Sofort durchrauschte es mich heiß, sobald ich ihn erblickte, auch wenn es alles andere als passend war.

»VENEDIG!«, rief er. »Natürlich nach VENEDIG! Wieso auch nicht nach Volterra? Wieso nicht etwas in der Nähe? Nein, alle treffen sich in VENEDIG, um MEINE verdammte Hochzeit zu besprechen! Um zu bestimmen, ob ich die Frau heiraten DARF, die ich liebe … und ich muss kommen und für diese große EHRE vorsprechen. Wegen Verdacht auf Spionage. Könnt ihr das glauben?« Sein Zeigefinger zeigte auf mich, wie ich mich da in meinem rosafarbenen Flanell-Sport-Anzug auf dem Stuhl kleinmachte. »Sie und Spionin!«

Er lachte bitter auf und schüttelte voller Unglauben den Kopf. Das fand ich jetzt alles andere als schmeichelhaft, aber ich enthielt mich eines Kommentars dazu. Ich wäre eine ziemlich gewitzte Spionin!

Luca stapfte murmelnd zur Bar, Gläser klirrten um die Wette, dann stürmte er nach draußen und ließ uns zurück.

Sobald er nicht mehr sichtbar war landeten alle Röntgen-Augen auf mir. Ich hob die Hände …

»Ich geh ja schon!« und machte mich ächzend auf den Weg nach draußen. Von der Couch packte ich mir noch die flauschige Decke und schlurfte durch die wehenden weißen Vorhänge auf die riesige Holzterrasse, mit dem Meer in fünf Meter Entfernung.

Er lehnte mit den Ellbogen an der Brüstung, war wieder mal in seinem Meer-blicken vertieft, doch natürlich nahm er dennoch genauestens jeden meiner Schritte wahr, so wie immer. Ich legte ihm von hinten die Decke um die Schultern und stellte mich dann neben ihn. Er schnaubte, dann zog er mich wortlos vor sich, sodass wir beide von der Decke umhüllt wurden, und legte sein Kinn auf meinen Kopf ab, während er meine Hände auf dem Geländer umfing. »Es sind fünf Tage … Fünf Tage und ich muss in einer Stunde los …«, raunte er zusammenhanglos in meine Haare. »Sie wollen mich testen. Meine Loyalität … ich muss dich zurücklassen. Und das, obwohl ich schon so lange auf dich warte … Es ist wie ein Fluch!« Eine Hand umfing zärtlich meinen Intimbereich und er rieb sich ziemlich offensichtlich an meinem Hintern. Oh Gott … jetzt noch so lange auf ihn zu verzichten, kam auch mir wie eine Ewigkeit vor. Nun, da wir endlich zusammengefunden hatten, konnte ich mir fünf Tage ohne ihn nicht vorstellen. Ich schloss leise stöhnend die Lider, ließ meinen Kopf gegen seine Schulter sinken und gab seinem verwegenen Treiben willig nach. Mein Körper war ausgehungert.

Das Ereignis heute Vormittag in der Limousine und wenig später das Wangengereibe auf der Couch und dessen nur für Luca befriedigende Nachspiel, hatte nicht für die richtige Linderung gesorgt. Nein, stattdessen sehnte ich mich noch mehr nach ihm.

»Hör auf!«, befahl er jedoch.

»Wieso?«

Anstatt einer Antwort bewegte er sich nur ein winziges kleines bisschen fester und ich spürte den bekannten Schmerz durch meinen Bauch wüten. Nicht so schlimm wie die Tage davor, aber ich war auf jeden Fall noch empfindlich, was ja auch nicht weiter verwunderlich war, nach so einer OP.

Sex war ausgeschlossen.

»Das ist Folter!« Als ich mich mürrisch umdrehte, nur ein wenig keuchend, wollte ich am liebsten schreien. Er sah das wohl genauso, denn sein Kiefer war verbissen und seine Augen von einem irren Verlangen gesättigt.

»Ja. Das ist es.«

Er hob mich hoch und trug mich in sein Zimmer. Dort legte er mich aufs Bett und küsste mich. Ich hatte einen Orgasmus, ohne dass er meinen Intimbereich auch nur streifte. Allein seine Kusskünste reichten aus.

Die nächste halbe Stunde verbrachte er damit, zu packen und seine Männer zu befehligen. Die letzten fünf Minuten hockte er vor dem Bett und strich mir über die Wange.

»Ich muss los.«

»Hm ...«

»Du ... du bist noch da, wenn ich komme?« Noch niemals hatte ich ihn so offensichtlich unsicher erlebt.

»Glaubst du etwa, ich bin so wankelmütig?« Über meine hochgezogene Augenbraue musste er grinsen – ziemlich erleichtert. Er strich mir die Haare aus der Stirn.

»Nein. Du sicher nicht!« Und gab mir noch einen zarten Kuss.

***

Luca war bereits vier Tage weg und ich hatte immer noch nichts von ihm gehört. So langsam fing ich an, mir Sorgen zu machen. Was, wenn sie es ihm verbieten würden? Ich hatte keine Ahnung, wie er darauf reagieren würde. Was, wenn ihm etwas geschehen war?

»Kannst du nicht wenigstens mal anrufen?« Ich telefonierte gerade mit Vincent. Ihm ging es schon viel besser. Es sah fast so aus, als würde er tatsächlich in drei Tagen nach Hause kommen und ich konnte es kaum erwarten. Natürlich mochte ich die anderen aus der Famiglia auch sehr gern, aber mit Vincent war es etwas ganz anderes. Ich brauchte ihn – besonders, wenn Luca nicht da war und besonders, wenn ich mir solche Sorgen um ihn machte.

Auch ein ungewohntes Gefühl, noch niemals, außer in meiner Kindheit, war ich von anderen Menschen so abhängig gewesen wie jetzt. Immer hatte ich versucht so selbstständig wie möglich zu sein, und meine Probleme allein zu meistern. Das hatte sich nun auch geändert. Ich spielte sogar mit dem Gedanken, Luca hinterherzureisen. Nur um ihn im Falle aller Fälle dafür in den Hintern zu treten, dass er weder die Emails, SMS, noch die Pn´s oder Anrufe beantwortete.

»Ich habe probiert bei ihm anzurufen, nicht nur einmal ...«, murmelte Vincent düster.

»Dann probier´s bei diesen Oberhäuptern!« Unwirsch fuchtelte ich mit der Hand.

»Ich kann da nicht einfach so anrufen!«

»Wieso nicht?«

»Weil ... weil ... ich aus einer niederen Kaste stamme, ich würde sowieso keinen an die Strippe bekommen, der eine Ahnung hätte ... Die Kaviarfresser bleiben gern unter sich.«

»Kaste? So, wie in Indien?«, fragte ich abgelenkt.

»Ja ...«

»Ich dachte, im Fußvolk sind alle gleichgestellt?« Seufzend ließ ich mich auf der Terrasse auf eine Liege fallen. Es nieselte ein wenig, hatte aber trotzdem locker 24 Grad im Schatten.

Die kurze leichte Hose und das Spaghettioberteil klebten förmlich an meinem Körper, es war drückend schwül.

»Vinc?« Er antwortete nicht. »Bist du noch da?«

»Ich komme aus einer Sklavenfamilie ...«, offenbarte er plötzlich nuschlig.

»Sklaven!«

»Ja. Die Welt ist manchmal nicht rosa.«

»Ich sag nur altmodisch ...«, murmelte ich vor mich hin, doch bevor Vinc darauf eingehen konnte, sputete ich mich, um abzulenken. »Das weiß ich ganz genau, aber ich hätte nicht gedacht, dass die Famiglia sich Sklaven hält.«

»Tut sie ja auch nicht mehr. Zumindest seit Luca. Er hat uns allen – mir als Allererstem, das war sogar genau genommen, seine erste Amtshandlung – die Freiheit gegeben.«

»Wie Aladin dem Dschini?« Ich kicherte.

»Was?«

»Nichts! Darf er das denn einfach so?« Ich trank einen Schluck von meinem grünen Tee und fächerte mir mit einer Zeitschrift Luft zu.

»Nein. Er musste dafür hart verhandeln, über zwei Wochen lang ... Unser Glück, dass er so ein raffinierter Scheißer ist, der weiß, wie er die Leute auf seine Seite bringt und Francesca eine der Oberen ist ...« Sofort ging ein innerer Alarm in mir los, derjenige, den jede Frau besitzt. Zumindest wenn sie einen Mann liebt und im Bezug auf ihn ein fremder Frauenname fällt.

»Francesca?«

»Na, seine Ex-Verlobte ... sie war auch auf der Party letztens! Hat er dir nicht davon ... *Merda*!«

EX ... Verlobte ... Ich starrte mit einem Mal blicklos eine Möwe an, die sich vom Wind treiben ließ. Wahrscheinlich die Frau im Wasser ... Deswegen hatten sie so vertraut gewirkt – weil sie es waren – und er hatte mir nichts gesagt, *gar nicht*s. Und er meldete sich bereits seit Tagen nicht! Mir fiel auf, dass ich in Kürze einen Mann heiraten würde, von dem ich keine Ahnung hatte, wie er zur Treue stand.

»Bella?«

»Ex-Verlobte?« Ich klang ruhig und sachlich und fühlte förmlich, wie sich Vincent in seinem Bett hin- und herwand. Cassandra zischte ihm etwas zu ... gab sie ihm da etwa einen kleinen Schlag?

»Si ... also ... äh«

Ich hob die Hand, auch wenn er mich nicht sah. »Kein Rumdrucksen nötig, Vinc ... ich denke mal, er hätte es mir früher oder später auch selbst gesagt, wobei früher eindeutig besser gewesen wäre ... Ich muss jetzt auflegen ...« *Und danach etwas treten ...*

»Bella ...«

»Nein! Hör auf mit diesem Tonfall. Mir geht es bestens ...« *Nachdem ich was getreten habe ...*

»Wenn du sagst, dir geht es bestens, geht's dir beschissen!«

»Das ist nicht dein Problem.« *OH, nein, nur Lucas!*

»Natürlich ist das mein beschissenes Problem, wenn´s dir beschissen geht! Ich bin dein Freund!«

»Sag mal ... von wem, hast du so fluchen gelernt?« Luca achtete ja meist sehr auf seine Aussprache, es sei denn, er war wirklich außer sich.

»Von Tristan, lange Geschichte ... nicht jetzt. Lenk nicht ab! Er hat nichts mehr mit ihr ... Bella, bitte ...« Er klang, als würde er gerade tausend Tode sterben ... Gut, wenn er wirklich diskutieren wollte, konnte er das haben!

»Ja klar ... seit wann? Seit letztens auf der Party, oder?«

Er schwieg. Das war Antwort genug und ich glaube, er bekam noch einen Schlag und Cassandra zischte ein bisschen lauter. Ich beendete das Gespräch, denn ich musste mich übergeben, wortwörtlich. Mir war seit dem Morgen etwas übel, aber ich hielt meinen Mageninhalt zurück. Schwer ließ ich mich auf der Liege zurückfallen und legte einen Arm über meine Augen.

Super. Perfekt. Ich hätte ahnen müssen, dass noch etwas kommen würde. Eine Bombe der besonderen Art.

Natürlich war es mir nicht vergönnt, wenn ich mich nach zweiunddreißig Jahren Einsamkeit endlich dazu entschieden hatte, jemanden zu heiraten und noch einmal komplett neu anzufangen, einfach nur glücklich zu werden. Da mussten ja noch Komplikationen kommen. Als ob eine Nierenentnahme nicht reichen würde!

Mit brennenden Augen stand ich auf, ich hätte am liebsten den Tisch durch die Gegend getreten, doch ich wusste, dass er zu schwer war und ich mir nur den Zeh gebrochen hätte. Also stapfte ich rein, dort hätte ich am liebsten seinen Schreibtisch auseinandergenommen … oder irgendetwas anderes, leider waren alle Möbel aus Massivholz. Stattdessen marschierte ich nach unten ins Wohnzimmer. Es war ungewohnt leer, keiner zu sehen … Gut … Dann hatte ich wenigstens meine Ruhe. Ich ging zur Anlage, suchte nach einem passenden Titel und drehte voll auf (Muse – Stockholm Syndrom!)… Dann begann ich zu kochen …

Irgendwann hatte ich ein deutsches fünf Gänge Menü fertiggemanscht. Das Sauerkraut war angebrannt, die Knödel batzig und der Schweinsbraten schweinetrocken. Mir egal – die würden das essen, es war schließlich gute, deutsche Hausmannskost!

Das taten sie auch, mehr oder minder freiwillig. Nino, Luigi, Mario und Bruno saßen am Tisch im Wohnzimmer und versuchten besonders emotionslos das Menü zu verzehren, als oben mein Handy klingelte.

Seufzend sah ich die Treppen hoch, ich hatte zwar keine Schmerzen mehr, aber ich traute es mir dennoch nicht zu, die Treppen zu stürmen. Mario erbarmte sich und sprintete hoch. Trotzdem schafft er es nicht. Als er mir das Telefon gab, hatte es schon aufgehört zu klingeln. Ich sah auf den Bildschirm und erblickte Lucas Namen. Sofort presste ich die Lippen aufeinander.

»Entschuldigt mich bitte …«, bei den Worten drückte ich bereits auf Rückruf und ging die Treppen nach oben.

Er hob beim zweiten Klingeln ab und klang völlig gehetzt. »Bella! Alles okay?« Ich stockte kurz in meinen Schritten, weil ich unerklärliche Panik in seiner Stimme vernahm, die so gar nicht zu ihm passte.

»Jaaaa, wieso? Ist bei dir alles okay?« Kurzerhand betrat ich unser Zimmer und ließ mich seufzend auf meiner Lieblingscouch nieder.

»Mehr oder weniger ...«, knurrte er förmlich.

»Was ist los?«

»Ich habe heute eine einstündige Rede darüber gehalten, wieso du keine Gefahr für sie darstellst. Die meisten waren einsichtig und würden uns sofort ihren Segen geben, doch einige sträuben sich vehement … aus welchen Gründen auch immer ...« Das Einige betonte er auf besonders harte Art.

»Meinst du damit vielleicht Francesca, deine Ex-Verlobte?« *Stille* … »Ja, genauso hab ich mich heute Nachmittag auch gefühlt, als ich von ihr erfahren habe.«

»Von wem?«

»Das tut nichts zur Sache.«

»Ich entscheide, ob es etwas zur Sache tut oder nicht.«

»Oh … wieder mal im altmodischen Modus?«

»Isabella ...« Ich legte auf, auf das Theater hatte ich keine Lust. Ich würde mir von ihm nichts befehlen lassen. Er rief noch einmal an, ich ließ durchklingeln, bis der AB ranging.

Seine Stimme klang mörderisch.

»Bella, reiz mich nicht. Geh ran!«

Pah! Ich dachte ja nicht mal daran! Ich ließ es noch einmal durchklingeln und blickte dabei mit verschränkten Armen stur aufs Telefon. Hoffentlich war er so sauer, wie ich mich gerade fühlte!

Ein drittes Mal rief er nicht mehr an. Aber ein brummeliger Bruno kam ins Zimmer gestürmt und drückte mir mit tadelndem Gesichtsausdruck den Hörer ans Ohr. Gut, wie er wollte. Sofort säuselte ich mit lieblicher Stimme und bösem Grinsen.

»Zum Glück leben wir in einer modernen Zeit, in der sich die Frauen von den Männern nicht einfach so den Mund verbieten lassen ... Und wo wir schon mal dabei sind, bei Frauen und Männern und was sie miteinander tun oder eben nicht tun ... Wie waren die letzten vier Tage so? War sie besser als ich? Wahrscheinlich schon ... so eine kleine, naive Fast-Jungfrau, die ich doch bin ... Und sie ... so eine rassige Schönheit, die dich mit Sicherheit in und auswendig kennt ...«

»Da war nichts!«

»Ach? So, wie letztens auf der Party? Das war doch die Frau, die du vor meinen Augen fast begattet hast, oder?«

»Verdammt ...«

»Nur eine Frage: Wieso hast du das getan?«

»Weil du mich abgewiesen hast und ich vor Wut außer mir war! Übrigens, bin ich das auch jetzt.«

»Soll das eine Drohung sein?«, vergewisserte ich mich in eiskaltem Staatsanwältinnen-Modus.

»Bella ...« Er seufzte schwer ... »Ich liebe dich ...«

Mit einem Mal traten mir Tränen in die Augen. Ich wollte nicht mit ihm streiten, aber ... »Wieso hast du mir nichts von ihr gesagt? Denkst du, das ist eine gute Beziehungsgrundlage?«

»Weil sie nicht von Bedeutung ist.«

»Wer hat wen damals verlassen?«

»Ich hab sie vor dem Altar sitzen gelassen ...« Wow ...

»Wieso?« Ich hörte, wie er es sich gemütlicher machte.

»Ich wusste schon als kleiner Junge, dass ich sie mal heiraten müsste. Wir sind uns seit der Geburt versprochen. Ihr Vater ist die höchste Stelle, er hat immer das letzte Wort. Mein Vater fand, das war ein super Fang ... wie auch meine Mutter. Ich hatte kein Mitspracherecht und es war mir ehrlich gesagt auch nicht weiter wichtig. Neben ihr hatte ich einige Affären. Das ist bei uns gang und gäbe ... und so habe ich es auch gehalten. Sie hat sich nie beschwert, denn sie wurde schon von klein an darauf getrimmt, eine gute Frau zu sein. Doch ... als ich mich an diesem Morgen fertigmachte und als Vinc und Bruno mir beim Ankleiden halfen, war da dieser Druck auf meiner Brust. Ich konnte nicht atmen. Bei dem Gedanken, den Rest meines Lebens mit dieser unterwürfigen, künstlichen Frau zu verbringen, die ich zwar begehrte, das gebe ich zu, die ich aber nicht liebte, fühlte ich immer mehr die Verzweiflung aufwallen. Niemals würde ich mich mit ihr so richtig streiten – immer würde sie klein beigeben, mir nie die Stirn bieten. Niemals wäre wahre Leidenschaft im Spiel.

Mein Vater meinte, das wären Gedanken, die eines zukünftigen Padres nicht würdig wären. Ich sollte mir einen Kopf über andere Dinge machen, Liebe sei zweitrangig. Und als ich ihn fragte, wieso er dann Mutter geheiratet hatte, sagte er, aus denselben Gründen, aus denen ich Francesca heiraten würde. Er hatte meine Mutter nie geliebt, jeder Kuss, jede Berührung war gespielt. Und das schockte mich zutiefst, denn ich hatte es nie gemerkt. Dann vertraute er mir auch noch an, dass das nicht heißen würde, dass ich nur noch mit dieser einen Frau das Bett teilen müsse ...«

»Aber ... aber seid ihr nicht so gläubig?«

»Pah!« Er winkte ab, ich sah es vor meinem geistigen Auge genau. »Bei den meisten ist das alles scheinheiliger Schall und Rauch, nichts weiter! Außerdem ... wer ist schon Gott, wenn du ein Familienoberhaupt bist? Sie leben nach ihren eigenen Gesetzen und die werden angepasst, auch was den Glauben an Gott und das Sakrileg der Ehe angeht. Nino stellte mir im letzten Moment eine Frage, als er mir den Kragen richtete. »Willst du den Rest deines Lebens ohne Liebe und Leidenschaft dafür mit Sicherheit und einer schönen Frau verbringen, überlege es dir jetzt mein Neffe. Denn eine zweite Chance wirst du nicht bekommen. Und ich musste nicht lang überlegen. Mit allem wäre ich klargekommen: mit den Prüfungen, mit den Ritualen, mit allem ... aber nicht damit ... Nein, ich würde nicht mein gesamtes Leben mit einer Frau verbringen, die kalt wie Stein ist ... also flüchtete ich mit Brunos und Ninos Hilfe aus dem Fenster, der Kapelle«

»Aus dem Fenster, ehrlich?«

»Ja ... und ich sage dir, das war hoch und ich bin in einem Rosenstrauch gelandet, mit dem Arsch voran ... Danach musste ich schwimmen, kannst du dir die Kombination von Dornen im Hintern und Salzwasser vorstellen?«

»Uhhh ...«

Er lachte leise. »Ja ... das war wirklich ein Abenteuer. Die nächsten zwei Jahre habe ich inkognito gelebt ... doch dann fand mich Cassandra ... Und von da an hat sie zwei Jahre gebraucht, bis ich mich dazu entschied, zurückzukehren ...« Seine Stimme verlor sich in der erdrückenden Stille, die plötzlich bei uns beiden herrschte.

»Also ...«, fing er schließlich an. »Ich hoffe die Kernaussage ist bei dir angekommen. Kein Bedarf an Francesca, wahnsinnige scheiß Sehnsucht nach Bella!«

Ich verdrehte die Augen, hätte ihm jetzt gern durch die Haare gestrichen und ihn dann an mich gezogen. Das ging aber nicht. »Wieso hast du dich die letzten Tage nicht gemeldet, wenigstens kurz? Ich habe mir Sorgen gemacht.«

»Ich konnte nicht. Frag nicht weiter!« Diesen harten Ton kannte ich bereits und ich ließ es.

»Wann kommst du wieder?«

»Ich hoffe, dass sie sich morgen entschieden haben werden.«

»Gut ...«

»Ich weiß, es war ein Fehler, dir nichts zu sagen, und ich weiß, ich werde noch viele solcher Fehler machen, aber könntest du mir in Zukunft einen Gefallen tun?«

»Welchen?«

»Könntest du im Hinterkopf behalten, dass ich verrückt nach dir bin, auch wenn ich mich aufführe wie ein Idiot?«

Ich lachte leise. »Ich werde es probieren, aber es wird nicht immer möglich sein. Du hast mir meine rationelle Denkfähigkeit genommen!«

»Das nennt man Liebe.«

Ich seufzte. »Ich weiß ...«

Wir verabschiedeten uns kurz darauf, leise und vertraut und wir konnten die Sehnsucht nacheinander förmlich spüren. Leise lächelnd legte ich auf, strich noch über sein Anruferbild, sah hoch und ... bemerkte den Mann, der mit verschränkten Armen an der Tür lehnte. Von innen. In Schwarz ... Mit Maske ... »Ohhh, wie verdammt rührend, so eine schnulzige Scheiße habe ich ja schon lang nicht mehr erlebt.«

»Was zum ...?« Als er drei maskierten Männern mit Waffen im Anschlag galant die Tür öffnete, wusste ich, dass dies kein netter Teebesuch war.

Die Augen strahlten braun aus den Schlitzen.

»Sagt ihr, wir haben sie!« Er kam auf mich zu.

LAUF!, brüllte eine Stimme in meinem Kopf panisch, die sich verdächtig nach Luca anhörte, da hatte er mir bereits eine mit dem Knauf verpasst. Das Handy glitt aus meinen erschlaffenden Fingern und landete auf dem Flokati.

27. Kapitel 12

Keine Ahnung, wieso mein Kopf immer wehtun musste, wenn ich aus der Bewusstlosigkeit aufwachte, diesmal drehte er sich auch noch. Luca hätte jetzt mindestens eine leichte Gehirnerschütterung diagnostiziert und mich schon wieder eingewiesen. Also der Umgang mit ihm war alles andere als gesund für mich ... Und für Vincent auch und ... wo war ich überhaupt?

Sobald ich die Lider aufschlug, wäre ich wieder gern bewusstlos geworden, denn mein Blick fiel auf einen einfach möblierten, aber luxuriösen Raum. Stöhnend richtete ich mich auf und versuchte meinen Blick zu fokussieren. Eindeutig war ich nicht mehr zu Hause, was eines hieß: raus, ich musste hier raus! Das war mir sofort klar!

Etwas komisch kam es mir ja schon vor, dass mich keiner aufhielt, als ich die unabgeschlossene Tür einen Spalt öffnete. Keine Affen, kein gar nichts, huh?

Auf Zehenspitzen über teuren roten Marmor, barfuß wohlgemerkt, schlich ich aus dem Zimmer und fand mich auf einem balkonartigen Flur wieder, von dem aus man in die untere Etage einer riesigen Villa blicken konnte.

Bereits von Weitem erkannte ich die murmelnden Stimmen – vor allem Lucas. Und die von einer Frau! Vorsichtig schlich ich zu der steinernen Brüstung und linste um eine Säule herum. Im nächsten Moment keuchte ich schockiert auf.

Da saß mein zukünftiger Mann! Lässig in schwarz gekleidet, mit einem Glas in der Hand und mit ausdruckslosem, aber wunderschönem Gesicht, auf einem Sessel. Ihm gegenüber saß Francesca – braun gebrannt, in einem weißen Kleid und imposanten, wallenden Locken. Sie beugte sich vor, legte ihre Hand auf sein Knie und flüsterte etwas sehr, sehr eindringlich!

Und er starrte ihr einige Sekunden in den Ausschnitt, dem sie ihm perfekt präsentierte!

Ich sah rot! Absolut!

Gerade wollte ich die Treppen runterlaufen und mich auf sie stürzen, da bekam ich so einen Schlag auf den Hinterkopf, dass ich schon wieder Sterne sah.

So ein Mist aber auch!

***

Als ich diesmal aufwachte, fiel mein Blick sofort auf lange, schlanke, gebräunte überschlagene Beine, ein bezauberndes weißes knappes Kleid, Riesenbrüste und ein wunderschönes, wie aus Stein gemeißeltes, filigranes Gesicht, mit einer ausdrucksstarken Nase und wahnsinnig faszinierenden dunkelbraunen Augen.

Die hatte gerade noch gefehlt. Stöhnend schloss ich die Lider wieder und ließ meinen Kopf auf die Matratze fallen.

»Schön ... du bist wach ...«, meinte sie samten.

»Nein ... ich schlafe noch!«, gab ich trocken zurück und rieb mir angestrengt die Stirn.

Ich schrie auf, als sie meinen Kopf an den Haaren zurückzog und meine Augen flogen auf. Na wunderbar ... schon wieder so eine Frau mit irrem Funkeln. Von denen hatte ich wirklich die Nase gestrichen voll. Waren eigentlich alle italienischen Frauen so rabiat? Also das Exemplar, das bei uns immer das Eis verkaufte, schien mir etwas freundlicher und ausgeglichener!

»Du bist schuld!«

»Aha?«

»Du bist schuld, dass er sich sträubt. Seit drei Tagen versuche ich ...« Sie verstummte abrupt und ich verengte die Lider.

»Was?«

Sie lächelte lieblich. »Es ist nicht so, dass er nicht wollen würde. Sein Körper will sehr wohl, den Beweis dafür kann man erkennen, sobald ich den Raum betrete und sein Blick auf mich fällt, du weißt schon. Dunkel, verlangend, total angeturnt ... So typisch Luca ... Er ist wirklich gut darin, eine Frau ordentlich mit den Augen zu ficken«, hauchte sie reizend, ihr Atem roch nach süßem Kaugummi und nach Rauch. »Wir sind zu dem Entschluss gekommen, dem lieben Luca auf die Sprünge zu helfen, ihn daran zu erinnern, wem er verpflichtet ist und vor allem ... wer ihm versprochen ist.«

»Nur die Zigarre fehlt«, murmelte ich vor mich hin.

»Was?«

»Nichts!«

»Ja ...« Sie ließ mich los und schlenderte zur Tür des kleinen Hotelzimmers. »Jetzt spuckst du noch große Töne, aber sehen wir, was du gleich sagen wirst.« Die Tür wurde geöffnet und sie gab ein paar knappe italienische Befehle.

Dann stolzierte sie zurück, positionierte sich in ihrem Chefsessel und betrachtete mich von Hass zerfressen. Ich wusste genau, was in ihrem Kopf vorging. Was hatte ich, was sie nicht hatte? Na ja ... ich konnte mit klarem Menschenverstand dienen. Sie nur mit äußerlicher Attraktivität, doch ich entschied mich dazu, ihr besser nicht auf die Sprünge zu helfen.

Stöhnend richtete ich mich auf der Liege auf und fasste an meine Stirn. Ich trug immer noch die kurze Hose und das einfache schwarze Oberteil. Meine Haare waren wahrscheinlich ein einziges Nest ... Sie hingegen war das strahlende Leben in voller Perfektion. Die schwarzen Haare fielen elegant über ihre zierlichen Schultern und ein überlegenes Lächeln zierte die vollen, wahrscheinlich künstlich modellierten Lippen.

»Du siehst aus wie eine Langweilerin ...«

»Vielleicht ist Aussehen nicht alles für ihn.« Sie lachte hart auf und lehnte sich vor.

»Und wieder einmal ein Punkt, wieso du nicht zu ihm gehörst. Der Schein ist alles!«, wisperte sie verschwörerisch und lehnte sich wieder gemütlich zurück. »Und? Wie hast du ihn kennengelernt?« Oh, das wusste sie nicht? Sehr gut, dann würde ich besser nicht sagen, wer ich war!

»Im Urlaub ...«, gab ich nonchalant zurück und rieb mir den Nacken, denn der Schmerz zog sich weit herab.

»Aha«, gab sie trocken zurück und zündete sich eine der Zigaretten an, die auf dem Beistelltischchen lagen. Sie waren lang und dünn, wie ihre Fingernägel. Die Frau rauchte sogar elegant.

»Wie ist dein Name?«

»Isabella ...« *Ähm* ... »Isabella Swan!«

»Wie schön ...«, gab sie ironisch zurück und ich hätte fast angefangen zu lachen. Leicht irre. Das wurde allerdings von einem Klopfen durchbrochen. Sie bat herein – ein vorfreudiges Funkeln auf dem Gesicht.

Von einem Gorilla wurde Luca ins Zimmer geschoben. Ich erstarrte. Er trug ein halb offenes schwarzes Hemd, das Haar zerzaust, die Anzughose dennoch lässig. Er fluchte, sobald er mich erblickte und wollte zu mir, doch der Gorilla verfestigte den Griff und Luca blieb, wo er war. Sein Blick scannte mich sofort von oben bis unten.

»Das hat ja gedauert!«, beschwerte sich Francesca.

»Er hat´s uns ziemlich schwer gemacht und wollte nicht mitkommen. Wir mussten ihn zu viert händeln ...«

»Wäre nicht Luca Cavalli wenn nicht, hm?« Sie stellte sich direkt vor ihn, stützte die Hände auf seine sich heftig hebende und senkende Brust und sprach an seinen vollen, aber verkniffenen Lippen. »Wann machst du es schon mal jemandem leicht?« Genüsslich leckte sie über seine Unterlippe und drehte sich mit einem Ruck zu mir.

»Also ... Luca ... Du willst diese Frau heiraten?«

»Wo sind die anderen? Das hier sollte ein offizielles Treffen werden!« Sie zwinkerte unschuldig.

»Ist es ja ... mit mir!«

»Du bist nur die Stimme deines Vaters France. Wo ist er?«

Luca klang ausnehmend kühl und so, als wäre er Herr der Lage, obwohl er von dem Gorilla mit Gewalt festgehalten wurde. Sie winkte ab. »Ach ... der weiß doch schon selber nicht mehr, was er tut. Alzheimer und so ... aber auf jeden Fall, wollte er nichts lieber, als uns beide vor dem Altar sehen. Du kannst dir nicht vorstellen, wie erbost er war, als du nicht kamst und nicht kamst und nicht kamst ... Diese Schande Luca ...« Sie fasste sich theatralisch ans Herz und so langsam aber sicher mochte ich sie nicht nur nicht, ich begann, sie zu hassen. Dabei kannte ich sie gerade mal fünf Minuten. »Wie auch immer ... er würde dir noch eine Chance geben ...«

»Ich will und werde dich nicht heiraten! Das habe ich dir gerade eben schon klar gemacht!«

»Gut! Kein Problem!« Und somit zog sie eine winzige Waffe und marschierte auf mich zu.

»NEIN!«, brüllte er sofort und ich zuckte zurück, als sie den kalten Lauf direkt gegen meine Stirn drückte. Alle erstarrten.

»Was nein?«, fragte sie lauernd, während ich mit Tränen in den zusammengekniffenen Augen mein letztes Gebet aufsagte. *War schön auf dieser Welt, danke für die zweiunddreißig Jahre ... Aber ich hätte ihn wenigstens ein wenig früher kennenlernen können. Ehrlich jetzt. Ich will mich ja nicht beschweren oder so ... aber ...*

»Wehe!« Er bekam kaum die Zähne auseinander und in der Luft baute sich eine heftige Spannung auf.

»Klar ... kein Problem. Ich lass sie in Ruhe ... Ich hab im Moment nur eine Bedingung.«

Er schwieg – starrte sie nur in Grund und Boden. Seufzend drehte sie sich um, schlenderte mit wiegenden Hüften auf ihn zu und legte die schlanken Arme mitsamt der Waffe um seinen Hals.

»Schlaf mit mir ...«, hauchte sie in sein Gesicht und spielte mit den feinen Haaren in seinem Nacken. Da seine Hände noch hinter ihm festgehalten wurden, konnte er sie nicht von sich stoßen, doch ich bemerkte, wie seine Armmuskeln unter dem schwarzen Hemd zuckten. »Schlaf mit mir – vor ihr.« Sie ging auf die Zehenspitzen und strich mit ihren Lippen erneut über seine. Zusammen hätten sie auf ein Calvin Klein Plakat gepasst.

Sanft flüsterte sie ihm etwas ins Ohr. Er sah mich an – sein Blick brannte sich förmlich in meinen – dann schloss er geschlagen die Lider. Und ich wusste, er würde es tun – vor mir!

Sie rieb sich an ihm. »Ich wusste, dass du mich noch willst.«

»Nein«, murmelte ich und fühlte, wie meine Augen feucht wurden. »Nein! Dann bring mich lieber um, du elendige, kleine ...!«

»ISABELLA!«, zischte er mir zu. »Halt den Mund!«

»Wie bitte?« Auf ein Zeichen hin wurde er losgelassen – sofort fing er an, sich den Gürtel und die Hose zu öffnen.

»Ich habe gesagt, du sollst die Klappe halten!«

»WAS?«

»Meine Güte ... Nicht einmal die einfachsten Anweisungen kann sie verstehen! Manchmal frage ich mich selbst, was ich mit ihr will ...« Er verdrehte die Augen, dann umfing er ihr Gesicht mit beiden Händen, bückte sich und küsste sie kurzerhand. Er hätte mir genauso gut eine verpassen können, das aus vollster Nähe mit anzusehen war Folter. Der Gorilla zog sich dezent in eine Ecke zurück, ließ mich aber nicht aus den Augen.

Ich schloss sie, wollte sie nicht sehen, nicht hören ... gar nichts ... »Mach die Augen auf!«, befahl Luca auch noch ... und ich öffnete sie, um ihn mit all der Wut, die nun heiß in mir loderte, anzufunkeln. Was war das hier für eine kranke Scheiße?

Er stand hinter ihr, hatte sie umgedreht und liebkoste ihren Nacken. Seine Hände schlichen sich nach vorne und direkt unter ihren Rock. Als ich bemerkte, wie er sie darunter befriedigte, wollte ich brechen ... aus dem Mund und aus den Augen!

»Zeigen wir dem Flittchen, wie es geht!«, stöhnte sie heiser und drehte sich zu ihm um. Doch als sie in die Hose griff, erlosch das erregte Glimmen in ihren Augen und wich der nicht gerade harten Realität. »So ist das also?«

Sie nickte ihrem Gorilla zu, der stapfte mit ausdrucksloser Miene zu mir und bevor ich zurückweichen konnte, hatte er mich an den Haaren gepackt. Ich verkniff mir den Schrei nur schwer, genauso wie das Beben, das von meinem Körper Besitz ergriff. Stattdessen sah ich Luca direkt in die Augen, versuchte nun ihn zu beruhigen, denn ich bemerkte, wie sich seine Fäuste ballten.

»Vielleicht hilft es ja, wenn sie aus dem Weg ist ...«, murmelte die italienische Schönheit.

»Nein!« Luca griff nach unten … »Warte!« Und dann fing er an sich selbst zu befriedigen, doch es half nichts. Wenn er jetzt nicht gleich eine Erektion bekam, wären wir alle so gut wie tot. Little Princess würde jede Sekunde austicken.

Sie fluchte auf Italienisch. »Wird´s bald?«

»Ich arbeite dran!« Luca klang ziemlich verkniffen.

Hörbar pustete sie ihren Atem aus und verschränkte gelangweilt die Arme, sah an die Decke und dann auf ihre imaginäre Uhr. Nach zwei Minuten platzte es jedoch heraus. »Ach weißt du was, bring die Schlampe her, auf die Knie!«

Der Gorilla tat, wie ihm befohlen, und schleifte mich an den Haaren durchs Zimmer. Vor Luca zwang er mich auf die Knie. Nun ballten sich die Fäuste noch fester, während wir uns in die Augen sahen.

»Na?« Sie drückte mir wieder ihr Schießeisen an die Schläfe und ich hätte fast gewimmert. An seinen Oberschenkeln stützte ich mich ab und beugte mich nach vorne. Fast schon unwillig hielt er ihn an meine Lippen und ich schloss sie darum.

Sofort zischte er und sein Blick wurde von diesem einen Schimmer überzogen, der darauf hindeutete, dass er ziemlich erregt war, egal in was für einer Situation. Sobald ich ihn berührte, fühlte ich, wie er Stück für Stück härter wurde, was mich auch erregte – irre, aber wahr!

»Geht das nicht schneller?«, bohrte sie auch noch. Luca vergrub seine Hand in meinen Haaren, etwas auf Italienisch knurrend. Sie wurde knallrot und enthielt sich jeden weiteren

Kommentars, während er anfing selbstvergessen, als wären wir allein, seine Hüften zu bewegen.

Einige Zeit ließ sie uns in Ruhe, dann erklang ihre sehnsüchtige Stimme.

»Küss mich!« Er küsste sie, ziemlich grob und aggressiv. Mir kamen die Tränen, doch seine Hand glitt herab und streichelte meine Wange. Schließlich packte er seine Härte und zog sie aus meinem Mund.

Total desinteressiert ließ er mich auf dem Boden knien, um sich voll und ganz ihr zu widmen, rieb sich zwischen ihren Beinen und drängte sie von mir weg, gegen die Wand. Er vereinnahmte sie vollkommen, fasste an ihre Mitte, befriedigte sie gekonnt, machte sie völlig wahnsinnig, sodass sie immer lauter stöhnte und ihre Fingernägel in seine Schultern bohrte.

Ich wollte ihn anschreien ... und dann umbringen! Wie konnte er es wagen, so etwas vor mir zu tun und dabei auch noch ihren Namen hingebungsvoll zu stöhnen ...

Im nächsten Moment hatte er ihre Waffe in den Händen und hielt sie an ihre Schläfe. Sie keuchte auf, als er sich von ihren Lippen löste, aber nicht allzu weit. Er war ihr total nah, sah ihr aus nächster Nähe direkt in die Augen. »Isabella!«

Ich zuckte zusammen, als er meinen Namen mit dieser unnachgiebigen Padre-Stimme ausspie. »Steh auf!« Ich folgte sofort. »Jetzt weißt du, wieso sich altmodisch sein manchmal auszahlt. Der Gorilla gibt dir seine Knarre ...« Ich nahm sie mit spitzen Fingern entgegen ...

Er packte alles schön ein, dann holte er sein Handy hervor, wählte eine Nummer und ließ von ihr ab, um zu telefonieren. Sie ließ sich mit wackligen Beinen und käseweiß auf dem Sessel nieder und lauschte mit riesigen Augen seinen Worten. Leider verstand ich ihn nicht, aber ich erkannte den Namen seines Vaters und meinen – meinen richtigen. Wobei ihre Augen einen Tick größer wurden, außerdem fing sie an zu heulen.

Ich hatte kein Mitleid.

Schließlich beendete er das Gespräch locker und ging noch einmal zu ihr. Er lehnte sich an die Armlehnen des Sessels, sprach direkt in ihr Ohr, raunte eher ... und einmal zuckte sie geschockt zusammen, als er mit der Waffe an ihrer Wange entlangstrich. Ich drehte mich um, weil ich ihn so nicht sehen wollte. Auch wenn es feige war ... Seine andere Seite – so skrupellos und finster konnte ich kaum ertragen. Sie heulte nun richtig, laut und verzweifelt, sie flehte und sie bettelte, aber Luca hatte keine Gnade – das wusste ich.

Schließlich ließ er ein bibberndes Elend zurück, kam zu mir geschlendert und legte mir den Arm um die Schultern. Ich kuschelte mich sofort an seine Brust, konnte erst jetzt wieder richtig atmen und fühlte mich in Sicherheit. Mit genauso spitzen Fingern, wie ich sie empfangen hatte, gab ich ihm die Waffe des Gorillas.

Wir verließen das Gebäude, ohne von irgendjemandem behelligt zu werden, obwohl überall Gorillas herumstanden. Als wir raustraten, bemerkte ich, dass wir in einer Großstadt waren. In einer malerischen, mit verwinkelten engen Gassen. Mit Backsteingebäuden, mit gepflasterten Straßen, tausenden Brücken, die sich über Kanäle schlängelten, zwischen singenden Gondolieries ...

»Venedig«, meinte er locker und ließ mich galant in eine Gondel einsteigen. »Irgendwann zeige ich es dir richtig.«

Der Gondoliere sang tatsächlich, als Tenor und das ziemlich gut, aber ich hatte für all das keinen Blick, weil meine Augen geschlossen waren und mein Gesicht an Lucas Halsbeuge ruhte.

***

Eine halbe Stunde später saßen wir in einer schwarzen Luxus-Limousine und verließen die Stadt im Meer über eine schier endlos lange, enge Brücke. Er lenkte, während ich merkte, dass ich einen Schock davongetragen hatte. Mein gesamter Körper bebte ... Dabei erzählte er mir alles Mögliche von Venedig.

Ich konnte mich nicht auf das, was er sagte konzentrieren, die Autos glitten wie durch einen Schleier an uns vorbei, und seine Stimme, die mich sonst zu beruhigen vermochte, machte mich eher aggressiv.

Irgendwann hatten wir die ›schwimmende Stadt‹ weit hinter uns gelassen und ich sah ihn von der Seite an. Sein markantes Profil ... seine angespannte Haltung, seinen verbissenen Kiefer und seine Lippen ... die sie berührt hatte – und nicht nur die! Etwas Heißes, Kribbelndes erfasste mich von Kopf bis Fuß. Prompt fühlte ich mich, als würde ich jeden Moment platzen und erst jetzt bemerkte ich, welche Emotion, wie wild durch mich wütete:

WUT!

Unbändige Wut.

Eine Emotion, die ich so heftig noch nie empfunden hatte. Aber so ist das wohl mit der Liebe. Man fühlt in Extremen.

»Fahr rechts ran!« Nach einem irritierten Blick tat er sofort, wie ihm befohlen. Wieder kamen wir auf einer italienischen verlassenen Landstraße zum Stehen. Die Dämmerung legte sich bereits über das Land, am Horizont zeichneten sich lilafarbene Schlieren ab, als hätte ein Künstler seinen Malkasten über den italienischen Himmel verteilt. Grillen zirpten im hüfthohen, ausgetrockneten Gras der weiten Felder. Die warme Luft, die durch das geöffnete Fenster drang, strich über mein Gesicht. Doch es war noch hell genug, um das fragende Funkeln in seinen Augen zu erkennen.

»Was ...?« Schon beugte ich mich über die Konsole, packte ihn am Kragen seines Hemdes und zog ihn ruckartig an mich. Ich küsste ihn wie wild und er versteifte sich im ersten Moment, doch dann gab er mit einem strangulierten Stöhnen nach, packte meine Haare und zog mich zurück.

»Du weißt, was du gerade tust, Isabella?«

»Ja ...« Ich küsste ihn erneut, doch er zog mich noch einmal zurück.

»Ich werde nicht sanft sein … Ich werde mir nehmen, was ich will, ohne Rücksicht auf Verluste, willst du, dass unser erster Sex nach so langer Zeit so wird?«

»Egal wie – ich will dich. Ich muss wissen, dass du mir gehörst!« Obwohl sie ihn geküsst hatte, obwohl er sie berührt hatte! Luca verstand mich – wie immer – und ein weicher Ausdruck überschattete für einige Sekunden die ungezügelte Gier.

»Ich gehöre dir – mit Leib und Seele. Ti amo, Isabella.« Die letzten drei Worte waren kaum mehr als ein Hauchen und mein Magen machte einen Sprung. Um sie zu verstehen, brauchte ich kein Wörterbuch. Wärme breitete sich in meinem Körper aus und überschattete fast die Wut, dennoch war sie so kräftig, dass ich drohte, an ihr zu ersticken.

Tief sah ich ihm in die Augen.

»Beweise es!« Mir war vollkommen klar, dass ich ihn herausforderte, aber ich vertraute ihm genug, um zu wissen, dass er das nicht übermäßig ausnutzen und sich vergessen würde. Er war schließlich altmodisch. Sofort stieg er aus und umrundete das Auto, ich tat es ihm gleich. Wir prallten davor, von den Scheinwerfern erhellt, förmlich aufeinander. Die Luft kribbelte um uns herum, doch zeitgleich schien die Welt stehen geblieben zu sein, als er mein Gesicht in die Hände nahm und mich küsste. So ungezügelt, wie er bereits angekündigt hatte.

»Ich liebe dich … falls du es nicht verstanden hast. Fühle dich geehrt, du bist die erste und die letzte Frau, die das von mir zu hören bekommt«, murmelte er an meinen ausgehungerten Lippen. Seine Hände zerrten bereits das Oberteil über meinen Kopf, sein Mund glitt über meinen Hals, hinterließ eine Spur Gänsehaut, während ich den Gürtel seiner Hose öffnete.

»Ich hab es verstanden!« Das hatte ich wirklich! Wieder küsste ich ihn und griff hinein, umfing ihn, berührte ihn, bereitete ihm Genuss, spielte mit ihm, knabberte dabei an seinem markanten Kiefer und seinem Hals, wofür ich auf die

Zehenspitzen gehen musste.

Luca gehörte mir!

Er stöhnte heiser, sein Kopf fiel genüsslich zurück. Die Hände krallten sich hilflos in die Motorhaube hinter ihm, die Adern an seinem Hals spannten sich an.

»Ich LIEBE dich wirklich ...« Dies war ein selbstzufriedenes, erregtes Raunen in meinen Haaren und ich sah ihn leicht lächelnd an, führte aber dabei mein verruchtes Treiben in seiner Hose konstant fort – liebte es, ihn dick und schwer in der Hand zu haben.

Er grinste mit trägen Lidern genüsslich auf mich herab und sein Anblick war gleichermaßen schmerzlich schön wie erregend. Ich stöhnte leise und biss ihm in den Kiefer, woraufhin er heiser keuchte und irgendwas auf Italienisch murmelte. (»Dio Mio, questo Donna mi fa impazzire!« So was wie: Gott im Himmel, diese Frau macht mich wahnsinnig.)

Leider war seine Geduld ziemlich schnell am Ende.

Wie immer übernahm er bereits nach fünf Minuten die Führung, wirbelte mich herum, knurrte in meinen Nacken, öffnete meine Hose und zerrte sie an meinen bebenden Beinen herab. Die Zeit der Worte war vorbei, es gab nur noch die Sprache unserer Körper.

Endlich!

Seine Lippen küssten, seine Zähne knabberten sich an meinen Schenkeln hoch. Rüde Finger schoben mein Höschen zur Seite und noch rüdere Hände drückten mich mit dem Oberkörper auf die Motorhaube, schoben sich tief in meine Strähnen, hielten meinen Kopf fest.

Ich sah den lilafarbenen Lavendelhimmel, als er von hinten mit einem bestimmten Stoß in mich eindrang … und dabei über und über bekundete, wie sehr er mich liebte. Mit Worten und seinem Körper.

***

Mit Luca Cavalli Sex auf einer Motorhaube zu haben, wenn er sich an einem abreagieren muss, ist nicht komisch – es ist göttlich. Ich liebte jeden einzelnen besonders tiefen und fast schon brutalen Stoß – von hinten! Jeden einzelnen besitzergreifenden brennenden Blick, jedes einzelne schmerzhafte Zupacken und jedes Stöhnen meines Namens an meinem Nacken.

Ich liebte ihn … und er liebte mich – wenn auch etwas ungewöhnlich und ungezügelt, sowie absolut … mitreißend.

28. Kapitel 13

Er hatte ihnen gesagt, wer ich war und dass ich ihnen Informationen darüber beschaffen könnte, wer der Spitzel in ihren Reihen war. Das hieß, ich müsste mich mit dem Polizisten treffen, der damals den Fall seines Vaters bearbeitet hatte.

Unter den Bedingungen dürfte ich natürlich sofort in die Famiglia einheiraten, wobei sie ihre Hoffnungen durchblicken ließen, mich später als Spitzel nutzen zu können. Was natürlich nicht infrage kam. Die hatten ja wohl nicht mehr alle Birnen in der Fassung. Es reichte ja nicht, dass ich einen Verbrecher heiratete, ich sollte auch zu einem mutieren? Oh nein! Niemals! Das hatte Luca ihnen natürlich nicht gesagt.

Er hatte erklärt, Francescas Familie wäre heiß auf die Insel und die dazugehörige Macht, doch wenn alle anderen zusagten, konnte ein Mitglied nicht mehr dagegenstimmen und das würden sie. Wir würden unsere Ruhe haben und ihren Segen bekommen, das war das Wichtigste.

***

Na ja … zumindest ab dem Moment, in dem endlich diese Tätowierung fertig wäre … Ich wusste nicht, wie er mich dazu gebracht hatte, na gut, eigentlich wusste ich es noch zu genau. Er hatte mich dazu überredet – im Bett! Nachdem er mich absolut willenlos gemacht hatte, konnte ich ja nur noch Ja und Amen sagen. So auch zu dem Familienritual. Das Brautpaar musste sich den vollen Namen des anderen eintätowieren lassen – die Stelle durfte der Partner wählen. Erst wenn man das aushielt, erwies man sich als würdig. Man musste beweisen, dass man imstande war, auch körperliche Schmerzen für den Geliebten auf sich zu nehmen.

Luca (der Sadist) ... hatte meinen Innenschenkel gewählt, sehr nah an meiner Mitte ... und ich wette, er genoss mein Winden und Zähnezusammenbeißen, genauso, wie der Rest der Hochzeitsgesellschaft, die sich fröhlich um den Stuhl herum in der Küche versammelt hatte, in der das Ganze geschah. Klar, das waren ja die Zeugen.

Luca hatte seine Tätowierung bereits und zuckte nicht einmal mit der Wimper, als ich ihm förmlich die Hand zerdrückte – genauso wenig wie beim Tätowieren. Ich hatte mir nur eine Stelle denken können, wo mein Name hingehörte und so prangte er als filigraner Schriftzug auf seiner Leiste – genau über seinem Familiennamen. Denn ich war nicht nur ein Teil von ihm, sondern auch von ihnen geworden.

Es sah ziemlich gut aus – und sehr anziehend. Mit der weißen Hose und dem offenen weißen Hemd, das er zu unserer Hochzeit trug.

Irgendwann hatte ich es geschafft, es wurde gejubelt und sich danach über meinen Gang lustig gemacht.

Ich war doch barfuß und trug einen Blumenkranz und ein Vintage-Kleid, das wunderbar meinen Kurven schmeichelte. Es war alles edel, aber schlicht gehalten – und ich musste zugeben: Diese Hochzeit, obwohl kitschig, gefiel sogar mir – weil es meine war.

Und ich bereute nichts, während ich drinnen darauf wartete, dass draußen alle ihre Plätze einnahmen. Vincent machte mir Mut, oder eher sich selbst – am Schluss musste ich ihn beruhigen, anstatt er mich.

Bruno winkte uns schon bald heraus auf die Terrasse und über den direkt angrenzenden Strand. Zu den Klängen des Hochzeitsmarsches durchquerten wir einen Rundbogen aus weißen Rosenranken. Es handelte sich um eine wunderschöne Violinenadaption gespielt von Vincent. Ich atmete tief durch, langsam kribbelte es doch ziemlich intensiv in meinem Bauch und leichte Fluchtgedanken kamen auf.

Doch in dem Moment, als Vincent seine Hand auf meine legte, die in seiner Armbeuge ruhte. Er führte mich zwischen den weißen Stuhlreihen durch den heißen Sand unter meinen nackten Füßen direkt zu Luca. Und als ich meinen zukünftigen Ehemann erblickte, wurde es mir bestätigt: Ich tat das Richtige.

Wie Luca an diesem Sonntag unter dem weißen Pavillon stand, vor der Kulisse der leise, aber beständig rauschenden Wellen. Dieses Bild würde ich nie vergessen. Ganz in Weiß, mit sanft wehenden Haaren und Hemd und mit reiner Seele – zumindest für mich. Denn auch wenn er der Boss einer Verbrecherfamilie war, so besaß er dennoch Ehre, Anstand und er konnte lieben ... *mich*. Ich sah diese Liebe in seinen hellen Augen glühen – stark und beständig wie das Rauschen des Meeres und ich wusste, er würde diese Liebe am Leben erhalten. Und wäre es das Letzte, was er tat.

Hinter ihm ging die Sonne unter und mir wurde klar, dies war der letzte Sonnenuntergang, den ich als Alleinstehende erlebte.

Sobald Vincent meine Hand genommen und in Lucas gelegt hatte, war ich am rechten Ort. Meine Reise, die als Zwangsurlaub angefangen hatte, fand ihre Bestimmung.

Es war eine kirchliche Hochzeit, der Pfarrer in Schwarz gekleidet und wie aus dem Bilderbuch. Die Zeremonie kam mir aus einigen Büchern bekannt vor und wurde auf Deutsch abgehalten.

Als ich »Ja, ich will!« sagte, hatte ich noch nie in meinem Leben etwas so ernst gemeint und mit so fester Stimme verkündet, wie diese drei Worte. Und bei ihm klang es auch stark, sicher und absolut hingebungsvoll. Sein Kuss, nachdem er meinen Schleier gelüftet hatte, war es auch, genauso, wie seine Hände, die mich eng an sich zogen.

Die Verbrecher jubelten und johlten wie Teenager, als er mich fest an der Taille packte und hochhob, um mich mit seinen

Lippen förmlich zu verschlingen.

Dann ging er vor mir auf die Knie und küsste die Tätowierung ehrgebietend und verschmitzt grinsend, wofür er mein Kleid hochschieben musste und das Gejohle noch lauter wurde.

Meine Wangen brannten ... als er vor mir kniete, mein Bein mit dem halterlosen Strumpf entblößte und mit lauter Stimme auf Italienisch verkündete.

»Con le mie mani e con i miei gesti farò`tutto l'immagginabile per proteggerti, onorarti e procurarti piacere. Ti porterò sul palmo delle mie mani per scacciare ogni paura e preoccuppazione ogni dubbio e vergona fino a raggiungere l'apice dalla felicita`.Saranno per sempre i tuoi servitori, come anche il mio corpo, il mio cuore e la mia anima.«

Es klang wunderschön – wie ein Gedicht. Ich glaube, es war dasselbe, das ich schon einmal von ihm gehört hatte. Damals am Strand, als ich in seinen Armen geweint hatte ... Als er aufstand, küsste er mich noch mal und hielt mein Gesicht dabei in seinen Händen.

»Jetzt du.« Zaghaft ging ich vor ihm auf die Knie – wobei die Geräuschkulisse noch lauter wurde und zog die leichte Hose an seiner Leiste herab. Ich liebte seine Leiste – sanft strich ich mit meinen Lippen über den Schriftzug. Seine Augen brannten mit einer Intensität, die mir schier den Atem raubte. Mit leiser, rauer und gefühlvoller Stimme gab er mir vor, was ich sagen sollte. Ich sprach es mit einigen Schwierigkeiten nach. Erst dann waren wir Mann und Frau – vor Gott und vor allem vor der Famiglia.

***

Danach gab es Kuchen und Spiele ... Typisch Italienische. Mit dem Ausruf »Bacio!« zum Beispiel forderten die Hochzeitsgäste uns immer und immer wieder zum Kuss auf. Mir war schon ganz schwindlig, als Luca endlich von mir abließ ... und so war es auch richtig. Nur mit einem besonders intensiven Kuss gaben sie sich zufrieden.

Danach ging es an die Geschenkevergabe. Ich saß dazu auf einem Thron – peinlich aber wahr. Auf einem Podest auf der Terrasse, geschützt durch einen riesigen Pavillon und erhellt von unzähligen Fackeln. Jeder einzelne Gast musste vortreten, das Geschenk darreichen und dem Hochzeitspaar seine persönlichen Wünsche mitgeben. Danach musste er sich verbeugen und den Ring an Lucas Finger küssen, genauso wie meinen. Sobald alle ihre Geschenke überreicht hatten, beugte ich mich zu ihm.

»Die Ringe, was haben sie eigentlich zu bedeuten?«

Luca erklärte, auf meinem Ehering befände sich sein Familienwappen und jeder würde daran erkennen können, zu wem ich gehörte. Ich musste nur diesen Ring zeigen und würde unter seinem Schutz stehen – so wie es sich für seine Frau gehörte. Sein intensiver Blick lag auf meinem Gesicht, als er meine Hand hob und auch meinen Ring küsste. Dann gab er mir meine Hand zurück.

Zaghaft strich ich über den wunderschön ausgearbeiteten Raben, mit blutroten Rubinen als Augen und einer weißen Schachfigur – der Königin – im Schnabel. Jetzt verstand ich auch die Tätowierung auf Lucas Rücken.

Ein fliegender Rabe mit dem schwarzen König eines Schachspiels im Schnabel. Die Flügel breiteten sich imposant über beide seiner muskulösen Schulterblätter aus. Luca erklärte weiter, nur der Padre hat den König. Alle Familienangehörigen hatten diesen Raben irgendwo eintätowiert, aber bei den Untergebenen trug er etwas anderes mit sich. Entweder im Schnabel oder in den Krallen – das konnte man selbst entscheiden, aber das war's auch schon.

Bauern für die, die die Drecksjobs machen mussten – also die niederste Kaste – Vincent, Luigi und Mario. Turm für die, die für die Verteidigung zuständig waren – also diejenigen, die die Hauptsitze oder wichtige Personen der Famiglia beschützten – zum Beispiel Nino. Das Pferd für die, die sich Taktiken ausdenken mussten – also Bruno. Dann der König und die Königin.

In der Hierarchie aufzusteigen, war so gut wie unmöglich, es war bereits alles durch Geburtsrecht geregelt. Deswegen konnten Vincent und Cassandra auch niemals heiraten, denn er trug den Bauern und sie nur eine Krähe. Sie würde erst nach ihrer Hochzeit eine Schachfigur erhalten, doch niemals einen der Niederen. Nur der König konnte eine Frau zu seiner Königin machen.

Sie benutzten auch die Schachsprache als Codes. Ihre Einsatzgebiete waren riesige Schachbretter und sie bewegten sich danach. Zum Beispiel Springer nach A3, nach da und da hin oder den und den Schach-Matt setzen. Dies alles erzählte mir Luca offen und ehrlich, denn er wollte, dass ich alles erfuhr, was ich wissen musste. Es sollte keine Geheimnisse mehr zwischen uns geben. Doch ich stoppte ihn irgendwann ... und erinnerte ihn daran, dass es besser war, je weniger ich wusste ...

***

»Na? Gefällt dir die Party?« Vincent ließ sich neben mir auf die gemütlichen Sitzgelegenheiten fallen und schmiss seinen Arm um meine Schulter.

Wir beide waren nach einigen Trinkspielen schon leicht angeheitert, deswegen kicherte ich und kuschelte mich enger an seine Seite. »Ja ... ziemlich amüsant ... aber ich würde gerne wissen, wer das ist!« Ich zeigte auf einen dunkelblonden, riesigen Mann in tiefschwarzem Anzug. Er fiel dadurch auf, dass er seine schwarzen Lederhandschuhe nicht auszog und Luca die ganze Zeit eisig beobachtete. Von ihm hatten wir ein Luxus-Apartment in einem ominösen Tower geschenkt bekommen.

»Das ist Vladimir Romanov ... Wir haben durch ihn engen Kontakt zu den Russen, was sehr gut ist, doch er ist mit Vorsicht zu genießen und zurzeit wohl einer der mächtigsten Männer dieses Planeten ...«

»Und wer ist das?« Ich deutete mit meinem Glas nicht gerade unauffällig auf einen Mann, der mir sofort aufgefallen war, als er die Terrasse betreten hatte, um uns sein Geschenk zu übergeben – einen besonderen Urlaub, mit besonderem Fotoshooting in einem Sexclub! Seine grünbraunen Augen waren sehr wachsam und schienen intelligent. Aber im Großen und Ganzen war er gleichermaßen wunderschön wie gefährlich aussehend und absolut arrogant wirkend. Ein Mann, wie von einem Zeitschriftencover, ein Mann dessen alleiniger Anblick mir im ersten Moment die Sprache verschlagen hatte.

Außerdem machte er mit Luca gerade einen ziemlich derben Scherz ... beide grinsten daraufhin in meine Richtung und prosteten mir einträchtig zu. Ich wurde knallrot wie eine Tomate und schaute schnell weg.

»Das ist Tristan Wrangler, so was wie ... ein Bruder. Luca hat ihn vor fünf Jahren durch Onkel Leo kennengelernt. Er ist nicht nur einer unserer Männer in Deutschland, er ist vor allem eng mit Luc befreundet und absolut cool ... Ich habe eine Zeit lang bei ihm gewohnt, sozusagen zum Anlernen, in einigen Dingen ... ähm ja ...« Vincent wurde tatsächlich knallrot und ich entschied mich, irgendwann in Erfahrung zu bringen, was das genau für Dinge waren. Aber nicht jetzt ... Jetzt hatte ich anderes zu tun, zum Beispiel nicht spontan in Flammen aufzugehen ...

Obwohl so ein beeindruckender Mann wie Tristan Wrangler ganz in Schwarz neben Luca stand, hatte ich nur Augen für meinen Mann. Er hatte ein paar Knöpfe zugeknöpft, die Ärmel hochgerollt und er ließ mich nicht aus den Augen.

Wie ein weißer Mafia-Traum schob er die Hände in die Hosentaschen und kam auf mich zugeschlendert, wurde aber von einem schwarzhaarigen, attraktiven Kerl mit einer rehäugigen, unterwürfigen Blondine am Arm aufgehalten. Er unterhielt sich eher abgelenkt mit ihm. Immer wieder schweifte sein Blick zu mir – und der war eindeutig. Wir würden nicht mehr lang bleiben. Als ich versuchte, meinen verwischten Blick auf die Uhr zu fokussieren, gelang das nur kläglich. Weswegen ich Vincent fragte, wie spät es sei. »Drei Uhr ...« war eine gute Uhrzeit, um diese Party zu beenden ...

»Ich glaube, ich werde langsam hochgehen ...«

»Hm, hm ... wir machen hier unten die Musik lauter, nur für den Fall, dass wir einiges übertönen müssen ...«, murmelte Vinc abgelenkt von Cassandras Hintern in dem roten Cocktailkleid, den sie zu der fünfziger Jahre Musik schwang. Sein Blick war voller unerfüllter Sehnsucht – mein Herz zog sich zusammen.

»Du liebst sie wirklich.« Er sah mit seinen Strahleaugen ertappt zu mir, doch schließlich seufzte er tief.

»Ja, das tue ich«, gab er ohne sie aus den Augen zu lassen zu.

»Dann sag es ihr!«

»Nein!«

»Wieso nicht?«

»Weil sie etwas Besseres verdient hat als mich, verdammt noch mal!«

»Vinc ...« Ich strich ihm ein paar dunkle Haare aus der Stirn. Er war wirklich attraktiv, jede Frau, die ihn bekam, konnte sich glücklich schätzen. Wenn er zehn Jahre älter wäre und es Luca nicht gäbe ... wer weiß ... »Sag es ihr, sie liebt dich auch.« Ich lächelte ihn warm an, beugte mich vor und flüsterte in sein Ohr. »Man trifft nur einmal im Leben diesen einen Menschen, den man genauso stark liebt, wie er einen und er könnte schneller weg sein, als man blinzeln kann.« Als ich mich zurücklehnte, schlenderte gerade ein anderer Kerl auf sie zu, und tanzte sie von hinten wie zur Veranschaulichung an.

Ihr Blick glitt Hilfe suchend zu Vinc, nur für eine Sekunde. Er sprang sofort auf und stürmte auf die beiden zu, schob sich rabiat dazwischen und legte ihr die Arme um die Hüften, zog sie an sich. Und sie lächelte wie die glücklichste Person dieses Planeten, als sie ihre Wange an seine breite Schulter schmiegte. Die beiden würden es trotz der Umstände irgendwie schaffen, ich war mir sicher ... Und Luca würde ihnen dabei helfen.

Auch ich grinste wohl etwas verträumt und bemerkte im ersten Moment gar nicht, dass Luca in der Nähe war – wie so oft. Beim tiefen Einatmen roch ich jedoch sein frisches Aftershave, er beugte sich von hinten über die Couch und strich den geflochtenen Zopf von meinem Nacken.

»Siehst du etwas, das dir gefällt?«, raunte er an meiner zarten Haut und ich erschauerte.

»Ja ...«, meinte ich und nahm seine Hand, drückte sie ... »Amore.«

»Hm, hm ... Amore also ...« Seine Lippen glitten unter mein Ohr. Ich schloss die Augen und sank in die weichen Kissen zurück. »Das ist es, was du suchst?«

»Nein ...« Ich drehte mich zu ihm um und sah in diese Augen, mit denen er mich vom ersten Moment an geblendet und gleichermaßen fasziniert hatte. »Die hab ich schon gefunden.«

Zielsicher stand ich auf und torkelte/schlenderte um die Couch herum zu meinem Ehemann. Es war immer noch komisch, das zu denken. Noch vor einem halben Jahr hätte ich darüber gelacht, wenn mir jemand gesagt hätte, ich würde den Boss einer Verbrecherfamilie heiraten.

Er lächelte stolz, als er mich an sich zog. »Gehen wir?«, raunte er an meinem Ohr und rieb ziemlich offensichtlich das an mir, was mir zeigte, wie sehr er mich begehrte. Ich nickte – natürlich.

Wir machten noch eine ›kleine‹ Runde. Verabschiedeten uns gefühlt von jedem einzelnen Menschen auf diesem Planeten. Dann hob er mich gekonnt hoch und trug mich geradewegs über die Schwelle in unser Zimmer. Er hatte gefragt, ob ich woanders wohnen wollte, aber ich hatte vehement verneint. Es gefiel mir hier – mit Vincent, Nino, Bruno und auch mit Lui und Mario. Hier würde ich leben, bis ich eines (hoffentlich) friedlichen Todes sterben würde.

***

Er lehnte locker mit den Händen in den Hosentaschen vergraben an der Tür, während ich die weißen halterlosen Spitzen-Strümpfe an meinen Beinen herabziehen musste – und noch mal hoch ... und noch mal runter ...

Natürlich mit einem Fuß auf dem Bett … und immer aufgeregter werdend, je länger er es hinauszögerte. »Und wieder hoch«, verkündete er ein letztes Mal und ich hielt mich gerade so davon ab, die Augen zu verdrehen.

»Zieh das Kleid aus!« Ich tat auch nun, wie mir befohlen, aber nur weil es unsere Hochzeitsnacht war und weil ich wusste, was für eine Freude ich ihm mit meiner Demut bereitete. Kommentarlos fasste ich nach dem Reißverschluss, ohne seinen immer dunkler werdenden Blick loszulassen, fühlte, wie die Funken auf mich übergingen und mich so wie immer in Brand setzten. Nun war mir klar, ich hatte nie eine Chance gehabt, ihnen zu entkommen.

Ich zog das Kleid langsam aus und zurück blieben die strahlend weißen Strümpfe, gleichfarbige Spitzenunterwäsche, eine Diamentkette, passende Ohrringe und ein seitlich geflochtener Zopf, aus dem sich bereits unzählige Strähnen gelöst hatten.

Ihm gefiel, was er sah – mittlerweile wusste ich seinen Blick gut zu deuten, aber nur, weil er es im Schlafzimmer zuließ. Besitzerstolz überschattete seinen Ausdruck und ich fühlte dasselbe, wenn ich ihn bewunderte. Ich liebte das Gefühl.

»Du bist wunderschön … Wie du so schüchtern und doch so erregt vor mir stehst. Leg dich aufs Bett und zeig mir, wie schön du erst bist, wenn du dir Lust für mich verschaffst.«

»Oh Gott …«, murmelte ich kaum hörbar, doch an dem winzigen Schmunzeln, das *fast* seine Mundwinkel hochzog, merkte ich, dass er es auf jeden Fall gehört hatte.

»Der Slip?« Meine Stimme klang ungewohnt leise und unsicher, so wie immer, wenn ich mich voller Vertrauen und Liebe, aber auch Aufregung, in die Hände des Mannes begab, von dem ich nie wusste, welche Seite mich im Bett erwartete – Schwarz oder Weiß.

»Bleibt an.«

Okay … Mit vorsichtigen Bewegungen und brennenden Wangen schob ich mich auf den Laken zurück … und lehnte meinen Rücken gegen den massiven Bettrahmen. Noch zaghafter spreizte ich die Beine.

»Berühr dich, Isabella.« Und ja, sogar den Namen mochte ich, wenn er ihn aussprach. So sanft, so zärtlich und doch so dominant und unnachgiebig. Meine Hand rutschte unter das weiße Satin-Höschen, das sich hell auf meiner gebräunten Haut abhob. Mittlerweile hatte er mir zu gut beigebracht, wie ich mir Lust verschaffte und das tat ich. Mit einem leisen Stöhnen bemerkte ich, wie sehr die Situation mich bereits erregt hatte und ich ließ den Kopf zurückfallen, während meine Lider zuglitten. Er murmelte auf Italienisch etwas, was auf jeden Fall ein Teil eines Gebets, vermischt mit einem harten Ausdruck für Penis und explodieren war, so viel verstand ich mittlerweile, dann kam er auf mich zu.

Ich biss mir bei diesem Anblick auf die Unterlippe und machte weiter, während er neben dem Bett stehen blieb und auf mich herabsah. Voller Hingabe und Lust.

»Ich liebe dich.« Sanft strich er mir eine Strähne aus dem Gesicht, ließ dann einen langen Finger an meinem Kinn, meinem Hals, zwischen meinen Brüsten und über meinen Bauch hinabwandern, ohne meinen Blick loszulassen. Forsch wie er war schob er die Hand direkt unter meinen Slip und unter meine Hand – mit diesem völlig emotionslosen Gesicht, aber diesen intensiven Gefühlen in seinen Augen und drang mit zwei Fingern in mich ein. Laut stöhnte ich seinen Namen. Vom Alkohol und vor allem von seinen langsamen, bedachten Liebkosungen beflügelt, packte ich sein Hemd und zog ihn zu mir herab.

Genauso träge und sanft wie er mich berührte, küsste er mich auch – voller Genuss. Als wäre dies unser erster Kuss, unser erster Sex ... und das war es auch – zumindest als Mann und Frau in trauter Zweisamkeit. Doch schon bald stellte er sich wieder gerade hin.

»Setz dich auf die Bettkante, meine wunderschöne Braut und zeig mir mit deinem Mund, wie sehr du mich liebst.«

Ich richtete mich zaghaft auf, strich mir ein paar Strähnen aus dem Gesicht, »Zieh den Slip aus ...« Mit wild klopfendem Herzen folgte ich der Anweisung und setzte ich mich auf die Bettkante.

»Beine breit ... ich will mein Paradies sehen.« Oh Gott ... errötend öffnete ich die Schenkel, was ihm fast ein Keuchen entlockte, aber nur fast.

»Stütz dich mit den Armen hinter dir ab.« Ich tat auch das, dann stemmte er ein Knie aufs Bett ... und strich mit seinem Penis über meine Lippen, was mir ein Seufzen entlockte. Ich schmeckte seinen Lusttropfen und sammelte ihn mit kecker Zungenspitze auf, bevor ich ihm einen Kuss gab. Ja, ich liebte ihn wirklich ... das zeigte ich ihm in dem Blick, mit dem ich zu ihm hochsah. Mit einem hingebungsvollen Stöhnen vergrub er eine Hand in meinen Haaren und schob sich mit der anderen zwischen meine Lippen.

Breitbeinig und mit nach hinten gestützten Armen, mit Lucas Blick auf gewisse Körperteile geheftet, der mich noch heißer machte, saß ich hier das erste Mal als seine Frau ... und verglühte förmlich.

Von meiner eigenen Lust angestachelt hatte ich ihn bereits nach ein paar Zungenstreichen so weit, zu explodieren. Er zog sich etwas zurück und verlangsamte das Tempo seiner Hüften. So wie immer war er ein Meister darin es hinauszuzögern – wenn es ihm beliebte über Stunden!

»Berühr dich ...« Schon bewegten sich meine Finger an mir. Während ich ihm mit dem Mund Genuss verschaffte, ließ ich ihn ganz genau sehen, wie sehr es mir gefiel, mich ihm zu unterwerfen. Ich ließ alle Mauern fallen und offenbarte ihm, wie sehr ich ihn wollte, dass ich mich ihm immer hingeben würde, dass er alles mit mir tun konnte, und dass ich ihm vollkommen vertraute ... Was ihm wieder diese sexy Töne entlockte, die geradewegs in meinen Bauch fuhren.

Wir waren beide am Rand der Klippe, als er sich plötzlich vor mir auf die Knie fallen ließ, mein Gesicht mit beiden Händen umfasste und mich küsste, absolut mitreißend und fast schon verzweifelt.

Im nächsten Moment spürte ich, wie er in mich eindrang, und stöhnte laut in seinen Mund. Er packte ein Knie und ich schlang einen Arm um seinen Nacken, als er anfing, sich in mir zu bewegen ... Dabei ließ er nicht eine Sekunde meinen Blick los.

Getroffen hatten wir uns als Fremde, verbrachten eine Zeit als Feinde und auseinandergehen würden wir als Liebende. Dies war eine Tatsache, welche niemand zunichtemachen konnte. Eine Tatsache, so sicher wie sein Griff an meinem Kiefer oder die Intensität unserer Leidenschaft, sobald unsere Körper sich vereinten.

Nur vom Kaminfeuer wurde er erhellt – eine Seite im Schatten, eine im Licht, als er mich auf das Bett zurückfallen ließ und das Tempo drosselte, damit wir jeden einzelnen Stoß und gleichzeitig den Anblick des anderen aus vollen Zügen genießen konnten.

Die Wellen rauschten vor dem Fenster, die Luft war warm und rein, die Flammen prasselten im Kamin, genauso wie in meinem Inneren.

Während ich das mächtige Gefühl von ihm in mir genoss, er meine Brüste ehrfürchtig mit beiden Händen verwöhnte und ich mich in die Laken klammerte, kam mir eine Erkenntnis. Ja, es gab einen schwarzen und es gab einen weißen Luca, zwei Seiten, wie beim Schach. Eine hell und rechtschaffen, eine düster und skrupellos.

Aber nur bei mir ... ganz allein für mich ... wählte er eine Farbe dazwischen. Für mich war er ein komplett neuer Mann geworden. Er hatte für mich seine Prinzipien über Bord geworfen, hatte mich beschützt, obwohl er mich vernichten sollte. Hatte mich lieben gelernt, obwohl er mich hasste.

Und auch ich hatte mich verändert – durch ihn – und bereute nichts davon.

Nein, stattdessen hatte ich mich dazu entschlossen, an jedem einzelnen Tag etwas Genussvolles zu tun – mit ihm zusammen.

So erklommen wir zusammen den Gipfel der Lust.

Denn zu zweit zu genießen, wenn man im Licht wandelt – das ist Liebe.

Genauso wie in den dunkelsten Zeiten zusammenzuhalten.

Und das würden wir – für immer.

29. Epilog 14

»Was hast du eigentlich bei unserer Hochzeit zu mir gesagt, als du vor mir gekniet hast?« Mein frisch angetrauter Ehemann – es war auch nach einer Woche komisch ihn so zu betiteln –, stoppte abrupt mit dem, was er tat. Nämlich hauchzart mit den Fingerspitzen über die Innenseite meines Oberschenkels zu streichen, und beugte stattdessen den Kopf herab, geisterte mit seinen Lippen über mein Ohr.

»Mit meinen Händen und Taten werde ich alles Erdenkliche tun, um dich zu schützen, dich zu ehren und dir Genuss zu verschaffen. Auf meinen Händen werde ich dich tragen, über Ängste und Sorgen hinweg, über Zweifel und Scham bis hin zum Gipfel des Glücks. Sie werden auf ewig deine Diener sein, genauso wie mein Körper, mein Herz und meine Seele.«

Mit dem letzten Wort hauchte er einen Kuss auf meine Lippen. Ich war völlig erstarrt und er wich zurück, erblickte die Tränen in meinen weit aufgerissenen Augen. Tatsache war, ich war so gerührt, dass ich im ersten Moment nicht sprechen konnte. JA! *Mir* hatte es die Sprache verschlagen!

»So einen schönen Eheschwur hab ich seit James Fraser nicht gehört«, wisperte ich schließlich.

Er grinste spöttisch.

»Dein Schotte?« Dann nahm er allerdings die Reise wieder auf und umfasste die drängende Hitze zwischen meinen Beinen besitzergreifend mit der Handfläche.

»Er ist nicht *mein* Schotte!«

»Du hast beim Schlafen schon mal seinen Namen gestöhnt! Während ich neben dir lag! Was denkst du, wieso ich dich vorgestern Nacht so unsanft aus dem Schlaf gevögelt habe ...«

Absolut sanft glitt nun jedoch ein Finger in mich, erkundete mich, bereitete mich vor ... und lenkte mich vom Thema ab. Deswegen schob ich ihn an der Brust von mir, er knurrte ungehalten. So wie immer, wenn ich im Bett aufbegehrte, wich aber zurück und hörte auf, mir mit seinen großen, schönen Händen wie versprochen Genuss zu verschaffen.

»Hast du das damals auch am Strand zu mir gesagt? Nach dem Überfall?« Irgendwie kamen mir die Worte nämlich wage bekannt vor.

»Si ...« Er knabberte geduldig an der Haut meines Halses ...

»Das ist so wunderschön ...« Und das, obwohl ich normalerweise mit Romantik nichts anfangen konnte!

»Ich weiß.«

»Und so typisch italienisch ...«

»Ich *bin* Italiener, falls du das noch nicht gemerkt hast.«

»Und Boss einer der skrupellosesten Verbrecher-Organisationen.«

»Ich nenne unsere Verbrecher-Organisation lieber Familie, und nur damit du es nicht vergisst, du bist nun ein Teil davon, Signora Cavalli!«

Oh ja, das war ich!

Ich stöhnte, als er sich zwischen meinen Beinen rieb. Er war hart und groß, wie immer, sobald wir im Bett waren.

»Sag das noch mal!«

»Chiudi la bocca, Signiora Cavalli.*«

Ich erschauerte, wie immer, wenn er mit dieser einen bestimmten Stimme und diesem bestimmten Tonfall mit mir sprach, so wie immer, wenn er sich in mich schob und so wie immer, wenn er mich küsste ...

* *Chiudi la bocca, Signiora Cavalli – Mach den Mund zu, Signiora Cavalli ;)*

30. Danksagung:

Ich liege hier in meinem Urlaub, bei satten 20 Grad in Italien (Grado) auf meinem Bett im Hotelzimmer auf meiner Edward-Decke und könnte heulen. Dieses ENDE hinzuschreiben ist mir sehr, sehr, sehr schwergefallen. Es ist so unwirklich, diese Charaktere sind mir so ans Herz gewachsen und besonders auch die Leute, die mich bei dieser Geschichte unterstützt haben.

Zu der Entstehung:

Am Anfang sollte das hier die erste fluffige Liebesromanze sein, die Don Both jemals geschrieben hat. Ging ne Zeit lang gut. Dann kam ich nicht mehr weiter, als würde ich vor einer Steinwand stehen … und mir kam die Idee eines totalen Richtungswechsel – ab da flutschte es wie von selbst. Daran weiß ich, dass ich mit einer Geschichte auf dem richtigen Weg bin – wenn sie sich von selbst schreibt. Ich bin froh, dass mir selbst die Richtung dieser Story am Anfang nicht bekannt war, denn sonst wäre sie niemals das, was sie jetzt ist. Eine meiner Lieblingsgeschichten und ich habe keine Ahnung wieso.

Aber ich danke auf jeden Fall aus vollstem Herzen (auch wenn du es hasst) dir Nicole. Deine Ideen waren der HAMMER und deine Hilfe perfekt! Deine analystischen Fähigkeiten waren genial, haha! Danke, dass ich dich Tag und Nacht mit Textausschnitten überfallen und mit dir darüber schwafeln konnte, bis uns die Finger glühten. Danke, dass du wirklich IMMER für mich da warst!

Und Tina, meine wunderschöne Stilikone! Danke für deine Ehrlichkeit! Danke für deine Musenfähigkeit ;) (Und für die Mitfahrt in deinem saugeilen Auto! haha)

Ich danke euch beiden für eure Inspiration, eure Zeit und eure Nerven!

Danke auch an die feurige Loredana, die mir mit der wunderschönen Sprache Italienisch geholfen hat!

Die mir auch auf die Finger hauen durfte, wenn ich das Land und die Leute falsch dargestellt habe. Das habe ich hoffentlich nicht. Denn Tatsache ist: ICH LIEBE ITALIEN und dessen Bewohner! Ich hoffe, das kommt hier ein wenig rüber.

Danke natürlich auch an meine geniale Mari, die, egal was sie tut, immer besser wird <3 LOL

Und an Anke und an Peter und an den A.P.P. Verlag! Ich liep euch!!!!!!

Danke auch an Sabrina, für das WAHNSINNIG schöne Cover und für die vielen Nerven, die sie meinetwegen verloren hat ;)

Sof, I Love you so fucking much, du host kei Ahnung! Ich WUSSTE, dass du genial bist! Schon immer! Haha!

Außerdem möchte ich unbedingt noch einmal ausdrücklich betonen, dass dies kein Aufdeckungs-Tatsachen-Bericht, sondern in erster Stelle eine Romanze ist!!!! Wenn irgendwas mit der Realität übereinstimmt, dann unbeabsichtigt!

Letztendlich frage ich mich immer, ob mir ein Buch gelungen ist, das ich selber gern lesen würde. Etwas mit Tiefgang, etwas bei dem man richtig lachen oder auch mal richtig weinen kann. Etwas, bei dem man rot wird, aber sich gleichzeitig halb tot schmachtet und bei dem man vielleicht sogar auf neue Ideen kommt hihi. Etwas, mit einer breiten Facette an Emotionen, etwas, bei dem du NIE erwartest, was auf der nächsten Seite passieren wird. Und vor allem etwas, von dem ein paar Sätze nachhallen und über die man ausgiebig nachdenkt!?

Wenn ich auch nur einen Punkt davon bei euch bewirken kann, bin ich bereits überglücklich.

Ich hab euch lieb! Und wünsche euch eine wunderschöne und beschauliche Weihnachtszeit!

(Ich hoffe, ich konnte euch die kalten Tage mit diesem Roman erwärmen und vor allem auf das hinweisen, das in meinen Augen in unserem Leben am Wichtigsten sein sollte: La Famiglia ;)

Eure

DON BOTH

Immer wieder Verführung 2

Seine Unterwerfung

Mia `the sexbomb` Engel

Als ich um neun in der gemeinsamen Küche des Clubs ankam, saßen dort Lena und Georgi und tranken Kaffee. Ihre Schicht würde bald beginnen und sie tankten wohl noch mal Power. Stanley thronte erhaben auf Georgis Schoß und ließ es sich dort gut gehen.

»Wie viel Hundekekse hast du schon in ihn reingestopft? Er sieht aus wie ein Fass auf zwei Beinen!« Beide lachten, als ich meinen Hund hochhob und kritisch seinen Bauch inspizierte. Der sah aus, als würde er aus allen Nähten platzen.

»Ein oder zwei ...«, gab Georgi unschuldig lächelnd zu.

»Oder zehn ...«, murmelte Lena nüchtern.

»Hmmm.« Ich schenkte mir Kaffee ein. »Wo ist Tristan?« Mit dem heißen, duftenden Getränk in den Händen lehnte ich mich an die Anrichte.

»Im Studio. Er will ein zweites in der nächsten Stadt eröffnen und geht mit seinen Mitarbeitern ein paar geschäftliche Dinge durch.«

»Also kann das länger dauern?«, fragte ich und merkte mit Grauen, dass ich knallrot wurde.

Lena stand auf und wusch ihre Tasse ab. »Auf jeden Fall ...

Wieso läufst du denn jetzt so an?«, erkundigte sie sich mit ihrer sanften Art amüsiert und ich wurde noch einen Tick dunkler.

»Tja ... also ... ich ... ähm ...« Georgi lehnte sich interessiert in seinem Stuhl zurück, wobei ich verwundert registrierte, dass er eine Jogginghose trug. Auch Lena musterte mich gespannt von der Seite, während ich meine Lippe kaute und unentschlossen auf den Boden starrte. Okay ... Jetzt oder nie ...

»Könnt ihr mir beibringen, wie man strippt?« Ich war ja so verrucht!

Einige Sekunden war es still, dann packte Lena meine Hand und zog mich lachend hoch. Ihre hellbraunen Haare wehten ihr hinterher, als sie mich zum Treppenhaus dirigierte.

»Haha, DAS kann ja was werden!« Georgi war offensichtlich schon Feuer und Flamme. Er folgte uns die Stufen hinab und durch den Hintereingang in den Kellerbereich.

»Wohin verschleppst du mich?«, fragte ich Lena, die immer noch nicht stoppte. Kurzerhand machte sie einen scharfen Bogen nach rechts und zog mich durch eine rot lackierte Tür.

»AJA!« Wir befanden uns eindeutig im Strippzimmer, wenn man das so nennen konnte. Alle Wände waren verspiegelt, was den Raum optisch größer machte und die Stange in der Mitte gut in Szene setzte. Am anderen Ende stand ein schwarzer Chefsessel aus Leder. Ich stellte mir Tristan darin sitzend vor, wie er die Mädchen inspizierte, und heiße Eifersucht loderte in mir auf. Dahinter schlängelte sich ein Metallgerüst nach oben, das sicher dazu diente, den Mann seiner Wahl festzubinden. Diffuses Licht sorgte für die richtige Stimmung, dennoch konnte man alles erkennen. Genau wie in Tristans Schlafzimmer hatte man mit dem Polarlicht gespielt. Alle möglichen Rottöne tanzten wie Farbkleckse durch den Raum und wurden, wenn sie den Spiegel trafen, zurückgeworfen. Ein faszinierender Anblick, von dem ich mich kaum losreißen konnte.

»Hier arbeite ich sehr gerne«, verkündete Lena grinsend. Georgi setzte sich locker im Schneidersitz auf den Sessel. Vorfreude strahlte in seinen großen hellgrünen Augen, während mich Lena in die Mitte des Raumes und auf den weichen roten Teppich lotste.

Unsicher betrachtete ich sie, denn sie war so schön mit einer natürlich Ausstrahlung und wirkte geradezu edel. Wie eine ägyptische grazile Katze und ich sollte gleich vor ihr den strippenden Truthahn mimen? Gott ... wieso hatte ich nur gefragt?

»Tristan wird ausflippen!« Das befürchtete ich auch, aber ihr verschwörerisches Grinsen zerstreute all meine Bedenken augenblicklich.

»Ich auch!«, rief Georgi und ich versuchte, ihn zu ignorieren.

»Also das Wichtigste an der ganzen Sache ist, dass DU weißt, was du zu bieten hast. Denn nur so hast du eine gute Ausstrahlung. Beim Tanzen, und bei vielem mehr, kommt es auf nichts weiter als auf die Ausstrahlung an. Du bist eine wunderschöne junge Frau mit perfekten Proportionen. Bei dir ist alles an genau der richtigen Stelle und dein Gesicht ist wirklich BEZAUBERND. Das ist schon mal ein großer Vorteil, denn ein hübsches Gesicht kann man sich in keinem Fitnessstudio antrainieren. Tristan Wrangler, der schönste Mann auf diesem Planeten, ist verrückt nach dir. Er wird dich immer schön finden, er wird dich immer verehren und er wird dich immer lieben. Egal was du tust, auch wenn du stolperst oder wenn du etwas nicht perfekt hinbekommst. Vergiss das nicht, okay?«

»Ist er echt so verrückt nach mir?«, fragte ich voller Hoffnung.

»Und wie!«, bestätigten mir beide wie aus einem Munde. »Er hat sich ziemlich verändert, seitdem ihr zusammen seid«, fügte Georgi hinzu.

»Also.« Lena lächelte und nahm mit ihren zarten Händen meine Hüften. »Das hier ist am wichtigsten. Wenn du die hier nicht bewegen kannst, dann kannst du kurz gesagt auch nicht tanzen. Kannst du mit ihnen kreisen?« OH JA! Das konnte ich! Ich tat es oft genug, wenn ich Tristan ritt. Als Beweis ließ ich meine Hüften kreisen.

»WOW!« Lena und Georgi schienen begeistert.

»Sie könnte das professionell machen!«, gab Georgi sofort zu und ich verdrehte die Augen.

»Du wirst ihn wirklich wegbangen!«, lachte Lena hell.

Dann fing sie an, vor mir zu strippen und mir dabei Anweisungen zu geben. Sie bewegte sich so geschmeidig wie flüssiges Wasser. Keine einzige Bewegung wirkte unsicher oder tölpelhaft. Sie war ein Traum von einer Frau, komplett im Einklang mit ihrem Körper und ihrem Können. Außerdem bemerkte man sofort, dass sie eine Grundausbildung in Ballett hatte und ich wusste genau, wieso Tristan sie eingestellt hatte.

Als ich an der Reihe war, wurde die Sache, die so leicht ausgesehen hatte, schon schwerer. Beide waren wirklich süß und sprachen mir Mut zu, doch bei mir sah es keineswegs so aus wie bei Lena und vor allem musste ich die ganze Zeit daran denken, dass ich nicht mal vernünftige, geschweige denn zusammenpassende Unterwäsche anhatte, während Lena hier in einem atemberaubenden Set aus Satin und Spitze stand.

Als ich am Schluss in besagter unpassender Unterwäsche da stand, war mir das Prinzip klar – viel mehr aber nicht. Die beiden versicherten mir, dass ich meinen Körper sehr gut bewegen konnte, das hatte man ja ohne Frage damals gesehen, als ich an der Stange getanzt hatte ... OH MANN!

»Also Mia ... dieser Move hier wird ihn umbringen.« Georgi erhob sich und stellte sich hinter mich. Ziemlich nah hinter mich. Aber das verdrängte ich jetzt mal aus meinem Bewusstsein.

»Streck deinen Rücken durch, den Arsch raus und dann schmeiß deinen Kopf nach hinten.« Er packte einfach meine Haare und zeigte mir, wie er es meinte ... »Dann musst du nur deinen Arsch ein bisschen an seinem Schritt reiben, während du dich aufrichtest, und er wird auf der Stelle losgehen wie eine Granate. JA, GENAU SO!« Ich tat ihm den Gefallen und rieb mich mit hochrotem Kopf etwas an Georgi. Lena lachte, als sie Georgis gequältes Gesicht sah.

»Und du bist dir sicher, dass ich die Freundin vom Chef

wirklich nicht vögeln darf? Auch kein kleines bisschen? Nur ganz kurz mal andocken? SIEH, WAS SIE MACHT!«, klagte Georgi an Lena gerichtet, als ich meinen Kopf gegen seine Schulter sinken ließ und mich ein bisschen an ihm wand und rekelte.

Lena lachte lauter und gab ihm eine Kopfnuss. »Du hast dich freiwillig als Trainingsobjekt gemeldet, also ertrage es mit Würde.«

»ARGH ... SIE BRINGT MICH UM!«

Ich hatte mich umgedreht und drückte meine Brüste gegen ihn, während ich nach unten in die Hocke ging. An meinem Benehmen war natürlich nur das Glas Vodka schuld, das die beiden mir zur Auflockerung angeboten hatten ... Das würde ich zumindest als Ausrede vor mir selbst benutzen.

»Ist das ein guter Move, Georgi?«, ärgerte ich ihn weiter, woraufhin er nur ironisch schnaubte.

»DAS finde ich NICHT!«, hallte plötzlich eine eiskalte Stimme durchs Zimmer.

Gleichzeitig stoben wir auseinander.

»OH BLED!«, flüsterte Georgi leise auf Russisch, dann lauter: »HEY, CHEF!«

»Raus!«, donnerte dieser und Lena sammelte schnell ihre Sachen ein, bevor sie fluchtartig mit Georgi den Raum verließ.

Ich drehte mich um und schaute zur Tür. Da stand er: Tristan in all seiner Pracht!

Mit schwarzer Anzughose, schwarzem Hemd, dünner Krawatte, wunderschönem Körper, zerzausten dunklen Haaren, angespannten Zügen und Psycholoverblick. Mir wurde gerade gleichzeitig ziemlich heiß und eiskalt, wie immer, wenn er mich so ansah.

»Hi«, murmelte ich und bemerkte, wie sein glühender Blick äußerst besitzergreifend über meinen Körper glitt. Ich hatte schließlich nur Unterwäsche an. Trotz des akuten Schweißausbruchs, der mich heimsuchte, zwang ich mich, auf ihn zuzugehen. Auch wenn sein Ausdruck alles andere als einladend war.

Er verschränkte die Arme vor der breiten Brust und lehnte sich mit arrogant und göttlich hochgezogener Augenbraue zurück an die Tür,.

»Plötzlich so schüchtern?«, fragte er kühl. Ich hatte keine Ahnung, ob er immer noch wütend war oder ob der Anblick meines Körper ihn schon etwas besänftigt hatte.

»Es ist nicht so, wie es aussieht«, flüsterte ich und blieb Lippen kauend vor ihm stehen.

Jetzt wirkte er amüsiert und gleichzeitig stocksauer. »Ach ja?« Er zog seine Augenbraue weiter nach oben. »Was denkst du denn, wie es für mich ausgesehen hat?«

Er wusste ganz genau, dass er mich gerade einschüchterte. DABEI HATTE ER HEUTE DEN GANZEN TAG DAMIT VERBRACHT, ANDERE FRAUEN BEIM STRIPPEN ZU BEOBACHTEN! Wahrscheinlich hier in diesem Raum! Alles war verpestet!

Jetzt erst fiel es mir wieder ein.

»Ja, Mista Wrangler ... Sie sind ja das Unschuldslamm, nicht wahr? Ich hoffe, Sie hatten genug Geld dabei, um den »Damen« etwas in ihre billige Unterwäsche zu stopfen ...«, zischte ich aus heiterem Himmel. Tristan musterte mich einen Moment verwundert, bevor er in schallendes Gelächter ausbrach, was ich überhaupt nicht lustig fand.

»Tristan!«, presste ich zwischen zusammengebissenen Zähnen hervor.

»Mia!« Er zog mich unvermittelt an sich. Sein Duft umhüllte mich, genauso wie seine harten Muskeln. Sofort seufzte ich besänftigt.

»Hör auf damit, eifersüchtig zu sein. Du bist keine Siebzehn mehr und das ist mein Job! Ich verdiene nun mal mein Geld mit Strippen, Ficken und anderen Dingen, die mit Sex zu tun haben, und ich schaue es mir nicht an, um geil zu werden, sondern weil ich MUSS, okay? Freiwillig will ich nur eine sehen, die sich für mich auszieht.« Sanft küsste er meine Schläfe, seine großen

Hände strichen an meinem Rücken hinab und packten unerwartet meinen Hintern.

»Ahh«, keuchte ich ungehalten, konnte aber nichts gegen mein Kichern tun, als er mich hochhob, uns umdrehte und mich an sich presste, während ich meine Beine um seine Hüften schlang. Wir waren wirklich ein eingespieltes Team.

»Gerade eben warst du alles andere als schüchtern, als du vor Georgi gehockt hast.« Er knetete meinen Hintern. »Und jetzt siehst du mich an, als hättest du noch nie was von Sex gehört ...« Seine vorwitzigen Fingerspitzen schoben sich unter mein Höschen.

Uhhh, war es hier schon immer so schrecklich heiß gewesen?

»Ich habe geprobt«, flüsterte ich schwach an seinem Hals und sog seinen Geruch ein. »Für dich.«

»Für mich?« Mittlerweile war seine schlechte Stimmung wie weggeblasen.

Mühsam schluckend versteckte ich mein glühendes Gesicht an seiner Brust. »Ja, für dich ... Gibst du mir schnell fünf Minuten?«

»Ich weiß nicht«, zog er mich auf und hob mit zwei Fingern mein Kinn an, sodass ich ihn ansehen musste. »Aber ich denke schon«, erbarmte er sich schließlich und drückte mir einen weichen, kleinen Kuss auf die Lippen.

»Mmmmhh«, summte ich und wollte den Kuss ausweiten, doch er entließ mich bereits gedankenverloren aus seinen Armen und setzte sich gelassen auf den Sessel.

Ich starrte sein heißes, weltmännisches Erscheinungsbild an, versank wieder mal in Träumereien. »Die Zeit läuft, Miss Angel. Fünf Minuten!« Er trommelte mit den Fingerspitzen auf seine Uhr.

OH JA, immer diese blöde Zeit! Eilig lief ich zur Tür raus und war froh, dass Lena und Georgi dort auf mich warteten.

»Puh ... ihr Kopf ist noch dran!«, freute Georgi sich.

»Natürlich ist er noch dran, du Idiot! Ohne Kopf könnte sie ihm keinen blasen! Komm schnell!« Lena zerrte mich nach oben in ihr Zimmer, direkt in ihren begehbaren Schrank, wo sie mit sicherem Griff ein schwarzes durchsichtiges Nichts-Set hervorholte, und mir überstreifte.

OH GOTT! Blinzelnd betrachtete ich mich im riesigen Spiegel vor mir.

Darin sah ich verdammt sexy aus! Wie eine richtige Stripperin. Aber ich konnte mich nicht ausgiebiger bewundern, denn schon wurde mir eine weiße Bluse und ein schwarzer kurzer Rock in die Hände gedrückt ... und Stiefel ... oder sollte ich eher sagen: Selbstmord-auf-zwei-Pfennigabsätzen?

Bisher lag ich gut in der Zeit und hatte noch eine Minute.

Lena zupfte zum Abschluss ein paar Strähnen zurecht, nachdem ich die Haare in einem Pferdeschwanz zusammengebunden hatte, den ich zum geeigneten Zeitpunkt lösen sollte.

Georgi zeigte mir mit erhobenem Daumen, was er von meinem Aufzug hielt, als ich vor Lenas Tür trat.

»Ach ja!«, fiel ihr noch ein, bevor sie in ihr Zimmer flitzte, kurz darauf zurückkam und mir silberne Handschellen reichte, die sich kühl anfühlten.

»Mach ihn fest, sonst wirst du deinen Tanz nicht zu Ende führen können. Hier ist der Schlüssel ...« Sie grinste mich verrucht an und versteckte ihn zwischen meine hochgepushten Brüste. Ich hoffte, dass die Röte aus meinem Gesicht verschwunden sein würde, bis ich unten bei Tristan ankam.

***

Das war sie natürlich nicht.

Ich war so aufgeregt, als ich hinter der roten Tür stand, dass mir die Anspannung fast den Atem raubte. Gleich würde ich für Tristan strippen!

Vivi und ihre Pläne ... würden mich irgendwann umbringen. Nach ein paar tiefen Atemzügen überwand ich mich, betätigte die

Klinke und trat ein. Die Handschellen hielt ich unsicher hinter meinem Rücken versteckt, als ich die Tür hinter mir schloss und zeitgleich absperrte, denn ich wollte keinen ungebetenen Besucher. Unnötig lange vergewisserte ich mich, dass das Guckloch auch zu war, bevor ich mich zu ihm drehte und ihn schüchtern ansah.

Tristan saß noch immer locker im Sessel, die langen Beine weit von sich gestreckt, die Hände auf dem flachen Bauch gefaltet und den Kopf nach hinten gelehnt. Er zog eine Augenbraue nach oben, nur sein Blick regte sich und wanderte langsam und gemächlich über die Bluse, den kurzen Rock ... und über die Schuhe, bevor er wieder nach oben glitt und sich mit meinem verwob.

Er starrte mich wie ein hungriger Löwe an, und man konnte die Elektrizität zwischen uns

förmlich knistern hören. Ein dreckiges Grinsen umspielte schließlich seine Mundwinkel, von dem sich mein Herzschlag beschleunigte.

»Ich habe da eine Vorahnung ... und die ist hoffentlich nicht zu gut, um gleich wahr zu werden«, meinte er samten und sinnlich.

Meine Knie wurden weich, doch als er sich aufrichten und aufstehen wollte, war ich nach einigen schnellen Schritten bei ihm. Ich musste meine Schüchternheit ablegen und in meine Rolle schlüpfen, sonst würde er wie immer die Führung übernehmen und vorbei wäre es mit meiner Showeinlage.

»Nein, Mista Wrangler!« Bevor er sich erheben konnte, hatte ich mich schon breitbeinig auf seinen Schoß gesetzt. Er schaute mich verwundert an. »Sie werden heute *mir* gehorchen!« Tristan wendete seinen SUPEREINSCHÜCHTERUNGSBLICK inklusive verengten Augen und spöttischem Schnauben an,. Der war aber nicht ernst gemeint, denn ein Hauch von Belustigung flackerte in seinen Augen ... und Verlangen. Pures, ungebändigtes Verlangen.

Dies loderte noch mehr auf, als ich die Handschellen hinter meinem Rücken hervorholte, und sie unschuldig und silbern blitzend von meinem Zeigefinger vor seinem hübschen arroganten Gesicht baumeln ließ.

»Kannst du mich ohne nicht bändigen?«, neckte er mich, während er freiwillig seine Arme nach oben ausstreckte und sich festhielt, sodass ich ihn an der Gitterwand fesseln konnte. Ganz ehrlich? Nein, das konnte ich sicher nicht! Und noch ehrlicher? In dieser Pose sah er absolut heiß aus!

»MMMM«, brummte er verträumt in meinen Ausschnitt, als ich mich vorbeugte und die Handschellen mit zitternden Fingern zuklacken ließ.

»Ist es so in Ordnung?« Mit schon jetzt rasendem Herzen richtete ich mich auf seinem Schoß auf, und blickte auf seine hilflose männliche Gestalt hinab ... Mich überkam ein Gefühl heißer Macht, als ich bemerkte, wie er mich schon jetzt betrachtete. Wie das Raubtier seine Beute, welche er über alles begehrte. Nur, jetzt konnte er mich nicht einfangen ...

Aber er konnte seinen Schritt an meinem dünnen Höschen reiben, und mir zeigen, wie gut ihm die Situation gefiel. Dabei biss er sich auf die weiche glänzende Lippe ...

OHHHHH!

Jetzt wusste ich, wieso ihn das Lippengebeiße so anmachte. ICH wollte an ihm knabbern.

»Wie Sie unschwer fühlen können, ist alles in bester Ordnung, Miss Angel.« Er kreiste mit

seinen Hüften und schaffte es um ein Haar, so angekettet und hilflos, wie er war, die Macht über mich zurückzuerlangen, indem er mich berauschte.

PAH! NEIN!

»NA, dann ist es ja gut!« Somit klatschte ich ihm leicht mit der flachen Hand auf die Wange. Als er scharf den Atem einsog, sprang ich eilig von seinem Schoß und hoffte, dass die Handschellen im Notfall wirklich halten würden.

»Warte ab, bis ich die Dinger wieder los bin ...«, hörte ich ihn hinter mir grummeln, als ich zur Anlage stolzierte, den Kopf erhoben, den Rücken gerade, die Hüften wiegend, und die CD einschaltete, die ich mit Lena und Georgi vorher ausgesucht hatte.

Die Musik umspielte uns sanft und ich ließ sie in mich eindringen, denn sie versetzte mich in eine andere Gefühlswelt ... Der heftige Rhythmus zog sich bis in meinen Bauch. Verzauberte mich ... Erregte mich ... noch mehr.

Schon jetzt hörte ich an seinem heftigen Atem, dass die Lage misslich für ihn war. Dabei stand ich gerade mal mit dem Rücken zu ihm und kreiste lediglich mit meinen Hüften ... während ich ihn über meine Schulter hinweg lasziv anschaute und ihm zuzwinkerte, bevor ich mich wieder von ihm abwandte.

Langsam und mit animalischen Bewegungen ging ich auf ihn zu, jeden Schritt bewusst machend, und das, ohne auch nur einmal zu straucheln! Ich war stolz auf mich! Meine Finger glitten herab und öffneten problemlos Knopf für Knopf der Bluse.

Ich blieb genau zwischen seinen ausgebreiteten Knien stehen, als ich das Stück weißen Stoff zu Boden sinken ließ. Mit verbissenem Kiefer zerrte er unbewusst an seinen Handschellen und ich wusste ganz genau, dass er im Moment meine Knöpfe drücken wollte. Doch ich schüttelte nur tadelnd den Kopf und strich mit meinen Händen über meinen Körper herab. Hoffte, dass er sich vorstellte, es wären seine ... bis zu dem Reißverschluss meines Rockes. Das winzige Zittern, als ich mich umdrehte und den Stoff LANGSAM nach unten zog, konnte ihm unmöglich entgehen.

Aber alles, was ich von ihm hörte, war, wie er die Zähne aufeinander biss. Ich bückte mich direkt vor ihm und mein Rock wanderte zu Boden. Dabei dachte ich an den raus gestreckten Hintern und den durchgedrückten Rücken und beschloss in einer Blitzentscheidung, ihn zu schockieren. Woraufhin ich mich einfach mit dem Rücken zu ihm auf seinen harten Schoß fallen ließ.

Er keuchte mir ins Ohr. An den Lehnen stützte ich mich mit beiden Armen ab, mit dem Fuß kickte ich den Rock weg, dann lehnte ich meinen Kopf an seine Schulter und ließ meine Hüften auf ihm kreisen.

»Okay ... Mach mich LOS!«, knurrte er mir ins Ohr, und ich fühlte, wie er mit seiner Zunge über mein Ohrläppchen leckte ...

Doch ich dachte ja gar nicht daran zu folgen, sondern konterte mit der nächsten Schockeinlage. Er keuchte wieder, als ich mich kopfüber von seinem Schoß stürzte, sodass meine Beine breitbeinig über seinen Oberschenkeln knieten, ich aber auf ausgestreckten Armen auf dem Boden ankam und er eine wunderbare Aussicht auf meinen Hintern und sein Paradies genießen durfte.

»BIST DU IRRE?«

Ich konnte nicht anders, als leise zu lachen, während ich ihm freizügig diesen Ausblick auf mein durchsichtiges Höschen bot. Ein wenig kreiste ich wieder mit den Hüften wand mich, zeigte ihm, wie ich mich ansonsten unter ihm bewegte.

»Ich schwöre, bei meinem Ficker, wenn du mich jetzt nicht losmachst, dann ... *Mia!*«

Mit einer Hand hatte ich den Verschluss meines BH geöffnet, und ließ meine Füße langsam auf den Boden herab, bis ich mit dem Rücken zu ihm kniete. Eine Hand hob ich, mit der anderen warf ich den Spitzenstoff weg, bevor ich ihm über meine Schulter wieder zuzwinkerte.

Inzwischen wirkte er leicht gequält ... Mit einem leisen, zufriedenen Grinsen drehte ich mich zu ihm um und packte mit beiden Händen seine Knie.

Tristan starrte mit durchdringendem Blick auf meine Brüste. Ich rieb meine nackte Haut an seiner Hose, als ich mich an ihm hochzog, schob dann die Arme zusammen und bot ihm einen vorzüglichen Blick auf mein Dekolleté.

»Das wirst du zurückbekommen«, quetschte er hervor. Ich sah genau die verdächtigen Schweißperlen auf seiner Stirn, als ich mich erneut auf seinen Schoß setzte. Mit einem Ruck zog ich ihn an seiner Krawatte nach vorne an meine Brust.

»Saug!«, lautete mein Befehl. Tristan stöhnte heiser, wieso auch immer, und folgte sofort. Verlangend umkreiste er meinen Nippel mit feuchter, warmer Zunge und stöhnte dabei malträtiert.

Laut keuchend warf ich den Kopf zurück, jetzt wollte ich, dass er woanders seine Zunge zum Einsatz brachte, und entschied in diesem Moment, mir zu holen, was ich brauchte.

»Das reicht!« Damit riss ich seinen Kopf zurück, packte dabei seine vollen Haare und erschrak mich im nächsten Moment zu Tode. Das war tabu ... oder? Meine selbstsichere Maske fiel in sich zusammen, während ich ihn anstarrte.

Doch zu meiner immensen Verblüffung verdrehte er die brennenden Augen. »MACH WEITER!«

OK! ICH *DURFTE* WIEDER SEINE HAARE ANFASSEN! Freude durchströmte mich, wärmte mein Inneres, ließ meinen Bauch erglühen und mein Herz heftig pochen. Noch heftiger, als es das ohnehin schon tat.

Aber ich zwang mich, professionell zu bleiben.

»Wieso so ungeduldig?«, fragte ich engelsgleich und hüpfte von seinem Schoß. »Soll ich die hier ausziehen?«, neckte ich ihn und hakte meine Finger in den Bund des Höschens.

»Mia ...«, warnte er und rasselte an seinen Ketten wie ein eingesperrtes, hungriges Sex-Monster.

»Ja, ja ...« Fröhlich drehte ich mich um und zog einfach so meine Hotpants herab ...

Tristan gab einen strangulierten Laut von sich, als wäre er dem Tode nahe. Ich lächelte in mich hinein, und beugte mich etwas vor, während ich mit beiden Händen zwischen meinen glatten Beinen entlang strich. Es fühlte sich an wie Samt und Seide ... Wie sehr feuchte Seide.

»ARGH!«, keuchte Tristan, der beobachtete, wie ich einen Finger in mich einführte. Als ich mich zu ihm umdrehte, ähnelte er tatsächlich eher einem besessenen Vampir, als einem normalen Menschen. Ich setzte mich mit meiner Hitze genau auf sein Knie und hielt ihm den vor Feuchtigkeit glänzenden Finger unter die Nase.

»Willst du mal probieren?« Er streckte seinen Kopf nach vorne und wollte nach meinem Finger schnappen, aber ich entzog ihn ihm lächelnd. »Dann musst du aber brav sein!«, verkündete ich schelmisch. Tristan hob seinen dunklen Blick und knurrte mich mit glühenden Augen an. Ich erschauerte, entschied jedoch, ihn noch etwas mehr zu quälen, denn das war gar nicht brav gewesen. Kurzerhand hob ich meinen linken Fuß und stellte ihn auf die Lehne, sodass er eine sehr gute Aussicht hatte.

»Okay ... wenn du nicht lieb zu mir sein willst, dann muss ich eben selber lieb zu mir sein.« Somit strich ich mit zwei Fingern zwischen meinen nassen Falten entlang.

Tristan stöhnte frustriert und ruckelte ungeduldig mit seinen Hüften. Ich legte meine Hand auf seine Erregung, die steinhart unter der Hose zuckte. »OH ... du armer kleiner Tristan ... tut es etwa weh?« Er rieb seinen Schritt an meiner Hand und ließ gequält den Kopf nach hinten fallen, während ich ihm nicht die Erlösung gab, die er wirklich dringend brauchte!

»Baby, bitte ...«, presste er durch die Zähne und ich dachte, ich hätte mich einen Moment verhört. Aber es war tatsächlich geschehen. Tristan Wrangler hatte mich angefleht!

»Was denn?« Langsam öffnete ich den Knopf seiner Hose ...

»Mia!« Ein sehr unzufriedener Laut folgte auf meinen Namen.

»Ja, Baby?« Ich zog den Reißverschluss runter.

»Du bringst mich um den Verstand!« Anklagend, *das* war sein Blick. Ich lächelte ihn vergnügt an.

»Ach ja? Jetzt weißt du, wie es mir immer geht!« Und damit stellte ich mich mit einer fließenden Bewegung auf die Lehnen. Breitbeinig. Sodass meine Schnecke genau auf der Höhe seines Gesichtes war.

Ich packte ihn erneut an den Haaren und presste ihn an meinen Schritt.

»Leck!«, forderte ich und erschauerte heftig, als seine Zunge über meinen Kitzler strich. Ich war schon so angeschwollen und so feucht, dass ich meine eigene Erregung nicht vertuschen konnte, aber das musste ich nicht. Denn Tristan leckte mich, als würde sein Leben davon abhängen. Mit beiden Händen hielt ich seinen Kopf, während seine Zunge an meiner Mitte tanzte.

Ohne jede Gnade. Ohne jede Zurückhaltung. Ohne jede Scham.

Er war wie ein wildes Tier und brachte mich innerhalb von Minuten dazu, am ganzen Körper zu zittern, sodass ich befürchtete, gleich zusammenzubrechen. Dabei gab er heisere Laute von sich, die über mein pulsierendes Fleisch vibrierten, und mich nur näher an den Abgrund trieben. Laute, die deutlich zeigten, wie gut ich ihm schmeckte.

»OH ... Gott!« Ich war mir sicher, dass ich jeden Moment kommen würde, und kniff die Augen zusammen. Gleichzeitig verfestigte ich meinen Stand auf der Lehne, denn ich wollte nicht mitten im Orgasmus den fallenden Truthahn mimen.

Er schaffte allein mit ein paar gezielten Strichen seiner Zunge, dass ich kam – *heftig* –, aber nicht laut, denn ich drückte ihn dabei eng an mich. Hörte sein gequältes Stöhnen, als er an der Zunge fühlte, wie ich pulsierte ...

WOAH! Das war der ultimative Höhepunkt!

Kraftlos ließ ich mich auf ihn fallen, legte mein Gesicht an seine Halsbeuge und verschnaufte verträumt. Das Lied lief in Endschlossschleife weiter und umhüllte uns immer noch mit seinen sexy Tönen. Erst jetzt merkte ich so richtig, dass Tristan zum Bersten gespannt war. Dass er heftig atmete. Dass er fast ZITTERTE!

OH! OH!

»Mach. Mich. Jetzt. LOS!«, knurrte er mir in die Haare und ich erschauerte von dem bestimmten und gleichzeitig drohenden Tonfall.

»Ja ... warte ...« Ich wich seinem Blick aus, als ich zu dem BH sprang und dort den Schlüssel suchte.

Vorsichtig und vor allem immer noch nackt und verschwitzt, setzte ich mich rittlings auf seinen Schoß und beugte mich über ihn, damit ich ihn losmachen konnte.

Ich fühlte seinen heißen Atem auf meiner Brustwarze und entschied, die Stimmung ein wenig zu lockern.

»Muss ich davonlaufen, wenn ich dich jetzt befreie?«

Klick ... eine Handschelle war offen ...

Sofort umfing sein frei gewordener Arm wie ein Stahlträger meine Taille und hielt mich fest ... Okay ... die Frage hatte sich somit erübrigt.

Ich schluckte mühsam und öffnete die andere Handschelle ... Schon holte er mit einer fließenden unkomplizierten Bewegung seinen Ficker aus seiner Hose ... Ich hatte keine Chance, selbst wenn ich hätte flüchten wollen. Er fing meinen Blick auf und lächelte dämonisch.

Mit einer Drehung seiner Hüften hatte er mich ausgefüllt, was mir einen heiseren Laut entlockte und meine Fingernägel dazu brachte, sich in seine Schultern zu bohren. Sobald er in mir war, hielt er mich mit beiden Händen an der Taille aufrecht, denn meine Beine zitterten noch von meinem letzten Orgasmus, und stieß sehr langsam immer wieder in mich.

»Fühlst du das, Baby? Wie tief ich dich ficke? Wie ich dich dehne? Wolltest du *darauf* etwa verzichten?«, stöhnte er rau in mein Ohr, und ich seufzte laut auf, als ich meine Lippen auf seine senkte und seine Zunge, die nach mir schmeckte, in einen heftigen Kampf verwickelte. Seine gesamten Bewegungen gerieten außer Kontrolle, wurden arrhythmisch, und ich wusste, dass er jede Sekunde kommen würde, auch wenn er mich *äußerst* vorsichtig nahm.

Sein Ficker fing an, in mir zu pulsieren. Genau in dem Moment presste er seinen Finger auf meinen Kitzler, und drückte noch ein allerletztes Mal den richtigen Knopf, sodass alles eine Sekunde schwarz vor meinen Augen wurde, weil ich nicht mit so einem plötzlichen Orgasmus gerechnet hatte.

Danach sackte ich wirklich atemlos und komplett fertig mit der Welt auf meinem persönlichen Sexgott zusammen ...

»Du bist die heißeste Stripperin, die mich jemals schamlos um den Verstand gebracht hat.« Ja, ja ... er hatte mein Vorhaben durchschaut. Aber die Art, wie er mich in seinen Armen hielt und wie sich seine Lippen in meinen Haaren zu einem Lächeln verzogen, sagte mir, dass ich alle anderen meilenweit ausgestochen hatte ... Yeah!

»Ich will, dass du nur mir bei so was zusiehst!«, nuschelte ich an seinem Hals.

»Baby ...« Ich fühlte förmlich, wie er die Augen verdrehte. »Ich arbeite in einem Sexclub! Ich *muss* mir meine Mädels dabei ansehen, denn ich muss überprüfen, ob sie gut sind, oder nicht!«

»Bin ich gut?« Ich versteifte mich in dem Moment, als die Frage meinen Mund verlassen hatte.

»Nein. Du bist nicht gut ...«, antwortete er ruhig und ich dachte, ich hätte mich verhört.

»BOAH!«, legte ich schon los und richtete mich auf, um ihn wütend anzufunkeln, doch dann sah ich sein verschmitztes Lächeln. Er nahm vorsichtig mein Gesicht in seine Hände.

»Du bist nicht gut, sondern die Beste, verdammt noch mal. Jeder Mann hätte gern an meiner Stelle gesessen.« Dann zog er mich zu sich heran und küsste mich. Ich konnte einfach nicht aufhören, an seinen vollen Lippen zu lächeln.

AUF JEDEN FALL würde es ein ›*Und WENN sie nicht gestorben sind, dann ficken noch heute*‹ geben!

Bald ...